Arena-Taschenbuch

Band 50208

Saci Lloyd
hat einige Jahre in der Filmbranche gearbeitet und mehrere Drehbücher verfasst, ehe sie an einem College zu arbeiten begann. Dort betreut sie die Abteilung Medien.
»Euer schönes Leben kotzt mich an« ist ihr erster Roman.

»Es ist die ›schöne neue Welt‹ einer jungen Generation, die mit den Folgen des Klimawandels leben muss, den die Generationen vor ihr zu verantworten haben, voller Komik und Tragik, verdammt ehrlich, entwaffnend liebenswert und atemberaubend hellsichtig.«
Neue Rhein Zeitung

Saci Lloyd

Euer schönes Leben kotzt mich an

Ein Umweltroman aus dem Jahr 2015

Aus dem Englischen
von Barbara Abedi

Arena

1. Auflage als Arena-Taschenbuch 2010
Die Originalausgabe erschien 2008 unter dem Titel »The Carbon Diaries 2015«
bei Hodder Children's Books, einem Imprint der Hachette Livre UK Company.

Aus dem Englischen von Barbara Abedi
Umschlaggestaltung: Frauke Schneider
Umschlagtypografie: knaus. büro für konzeptionelle
und visuelle identitäten, Würzburg
Gesamtherstellung: Westermann Druck Zwickau GmbH
ISSN 0518-4002
ISBN 978-3-401-50208-3

www.arena-verlag.de
Mitreden unter forum.arena-verlag.de

Für meine Mutter

JETZT GEHT'S

08.01.2015

Energierationierung in UK auf

Regierung legt Datum fest

In einer historischen Rede vor dem Parlament hat der Premierminister heute das Datum festgele
Königreich in das landesweit gültige Energierationierungssystem einsteigen wird. Vom 8. Januar 20
Land innerhalb der EU sein, das dieses System anwendet. Ein denkwürdiges Datum: Auf den Tag
letzten Lebensmittel- und Benzinrationierungsmaßnahme, die die Nation während des 2. Weltkriegs

WAS BEDEUTET DAS?

ENERGIEKARTE FÜR JEDEN BÜRGER VORGESCH
200 PUNKTE MAXIMAL PRO MONAT
Ein NEUER Minister für die Energiebehörde

Führende Umweltexperten in der ganzen Welt haben diese Maßnahme freudig begrüßt und sie als entscheidenden Fortschritt für die festgefahrenen politischen Verhandlungen über die Einführung des europäischen CO2-Rationierungsvertrages von 2012 bezeichnet, der als Reaktion auf den katastrophalen Großen Sturm vom Dezember 2010 entworfen wurde.

Der Große Sturm, der eine Woche lang gewütet hatte, gilt als beispiellose Umweltkatastrophe, die schätzungsweise 8.000 Tote gefordert und 2,5 Milliarden Hektar landwirtschaftlich genutzte Fläche, 6 Millionen Privathäuser und 40.000 Bürogebäude zerstört hat. Die Versicherungsgesellschaft Lloyds of London hat die langfristigen Schäden für die europäische Wirtschaft auf 200 Milliarden € beziffert.

Hauptbestandteil des Gesetzes ist die Verpflichtung, den CO2-Ausstoß in die Atmosphäre unter 450 ppm (parts per million)

zu halten, ein Niveau, das Umw
bezeichnet haben, bevor ein unw
wandel eintritt.

Das Energiekartensystem bedeu
ler Lebensbedingungen für jede
Energiebehörde wird die entsp
durchsetzen.

Der frühere Vizepräsident und U
die Ankündigung positiv reagie
nannten Großen Drei in Europa
getan. Jetzt ist es unbedingt erfor
anschließt."

Von Gore, einem führenden Mi
Komitee, das die EU nach der
hat, wird berichtet, dass er in zu

LOS, LEUTE!

las Vereinte
JK das erste
re nach der
sste.

N

ls oberstes Limit
r globaler Klima-

e Umstellung al-
Bürger; die neue
orschriften strikt

e Al Gore hat auf
haben die soge-
neidenden Schritt
sich ganz Europa

otstands-Energie-
ns Leben gerufen
Maße

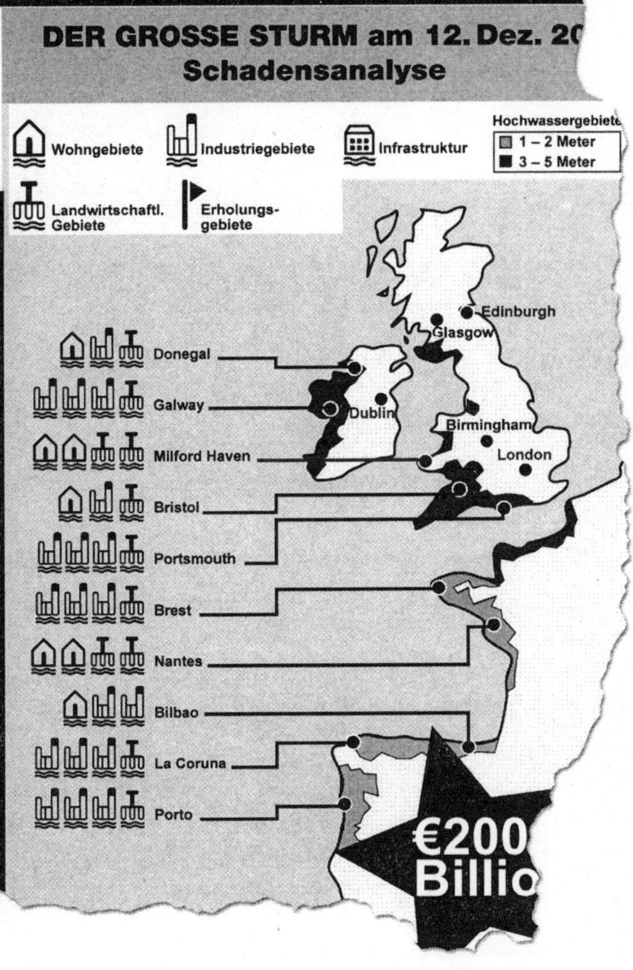

JANUAR

Donnerstag, 1. Jan.
Erschlafft. Die ganze Familie sieht aus wie eine Leiche nach einem ganztägigen Meeting. Als wir das letzte Mal länger als drei Stunden an einem Ort versammelt waren, hatte meine Schwester Kim uns aus Versehen zum Jahrtausendwechsel die ganze Nacht in unserem Ferienhaus in Frankreich eingeschlossen. Das waren noch glückliche Zeiten. Heute hat sie nur sich selbst in ihrem Zimmer eingeschlossen und hat geschmollt, bis Dad sie herausgeholt hat. Typisch. Mum hat ihren Ich-sehe-alles-positiv-Tag – sie schwafelt über ihren freiwilligen Einsatz in den 80er-Jahren in einem Kibbuz in Israel, wo sie Ponchos mit Perlen gestrickt hat, und *dass es die beste Zeit ihres Lebens war.*

Dad meinte, wir sollten uns nicht immer nur auf das Negative konzentrieren, sondern lieber einen Neujahrswunschzettel schreiben. Er tippte unsere Wünsche in seinen Laptop. Seit er Leiter des Fachbereichs Reise und Tourismus im Greenham College ist, macht er aus allem eine Excel-Liste und sichert sie als Beweismaterial. Das System hat ihn bei den Eiern gepackt, wie Mum sagt.

Luxuswunschzettel der Familie Brown Neujahr 2015			
Nick Brown:	Julia Brown:	Laura Brown:	Kim Brown:
Jeden Abend eine ungestörte Stunde im Arbeitszimmer	Auto (Saab Hydro-Hybrid 9-50 Cabrio)	Die Dirty Angels am Laufen halten	Will ihr Leben zurück
Sonntags Radioserie Archer's Omnibus hören	Gesichts- und Körperpflegeserie von Shiseido	24/7 Zugang zum e-pod	
	Inneres Wachstum	Aufmerksamkeit von Ravi Datta (hab ich nur gedacht)	

Mum verdrehte die Augen, als sie Dads Liste sah. »Mein Gott, Nick«, sagte sie, »ich wusste gar nicht, *wie* verschieden wir sind.«

Freitag, 2. Jan.

Meine Eltern wollen die Realität einfach nicht zur Kenntnis nehmen; sie haben den ganzen Tag auf dem Sofa gesessen und blind wie Amöben in den Fernseher gestarrt. Bis eben haben sie nacheinander *Dumbo, Mary Poppins* und *Judy Garland: A Tribute in Song* gesehen.

Kim habe ich ganze 5,2 Sekunden lang zu Gesicht gekriegt, als ich dem Pizzaboten die Tür aufmachte. Sie kam in den Flur gerast, riss mir mit völlig apathischem Blick den Pizzakarton aus den Händen und verschwand wieder. Sie nutzt das Weggetretensein meiner Eltern aus und kifft mit ihrem Freund Paul in ihrem Zimmer, aus dem eine fette Rauchwolke herausgequollen kam.

Ich wollte die Nachrichten sehen, um mich über den Stand der Rationierung zu informieren, aber das konnte man in diesem Haus, wo man sich nur für Drogen und Musicals interessiert, glatt vergessen, deshalb ging ich zwei Häuser weiter zu Kieran. Er war gerade dabei, den verstopften Abfluss seiner Küchenspüle zu reparieren – das ist insofern komisch, weil Kieran ein allein lebender, schwuler Friseur Mitte 30 ist, und wenn überhaupt irgendjemand einen Grund hätte, schlapp auf dem Sofa herumzuliegen und nach einer durchgemachten Nacht hirnlose Musicals anzuschauen, dann doch wohl er. Aber genau deshalb mag ich ihn. Er ist ziemlich eigenwillig, dabei jedoch sehr bodenständig, das *genaue Gegenteil* zu den meisten Erwachsenen. Wenn er es schafft, so zu sein, dann kann ich es vielleicht auch, wenn ich mal in dem Alter bin.

»Halt mal«, grunzte er, drückte mir ein Stück Abflussrohr in die Hand, steckte den Kopf wieder unters Waschbecken und stieß schwungvoll einen Drahtkleiderbügel durch das Rohr. Ein lautes Gurgeln ertönte und aus dem Abfluss schoss eine ekelhafte Brühe heraus.

Kieran machte einen Satz rückwärts und brüllte: »Oh mein Gott!«, während ihm Fleischreste, Fett und Möhrenstückchen übers Gesicht tropften. Widerlich.

Er rannte unter die Dusche und blieb so lange dort, dass ich die Nachrichten auf Channel 4 einschaltete. Hinter dem Moderator an der Wand haben sie eine große Countdownuhr hängen, die anstelle von Zeigern dicke leuchtende Energiesymbole auf dem Zifferblatt hat. Das hat was von einer Kindersendung, aber es ist die Wirklichkeit. Abartig.

Jedenfalls ging es bei dem heutigen Symbol um Nahrungsmeilen. Der Moderator stand vor einem geteilten Bildschirm und zeigte auf die linke Seite, auf der ein südafrikanischer Farmer eine reife Mango ins Bild hielt. Auf der anderen Seite präsentierte ein Bauer aus Kent einen verschrumpelten Apfel. Eine 12.000-Luftmeilen-Mango gegen einen 40-Minuten-im-Laderaum-eines-verdreckten-englischen-Lkws-Apfel. Die Energiemathematik ist simpel, aber das Leben verliert dadurch immer mehr an Glamour.

Diese Reduzierung auf 60 % schießt übers Ziel hinaus. Eigentlich hätten wir diese Marke erst 2030 erreichen sollen, aber seit dem Großen Sturm ist alles anders und die Probleme sind größer geworden. Und trotzdem: Warum ist England als Erstes betroffen? Ich weiß, dass wir am meisten unter dem Sturm gelitten haben – es war eine echte Katastrophe, Häuser wurden buchstäblich vom Erdboden weggeweht, Tausende von Menschen waren den ganzen Winter über obdachlos, einen Monat lang gab es kein Benzin. Ich glaube, damals hat es wirklich etwas bei den Leuten bewirkt. Als ob jeder gesagt hätte: *Es reicht. Stopp jetzt.* Europa kommt als Nächstes an die Reihe – ich meine, das kann gar nicht anders sein –, aber im Augenblick scheinen alle Länder froh zu sein, dass ihnen jemand zuvorgekommen ist. Also sind wir wohl die blöden Versuchskaninchen, die auf alles verzichten müssen, während die anderen nur dasitzen und zuschauen.

11 Uhr nachts. Ich liege im Bett. Mein Gott, Kieran hat sich wegen der Rationierung echt in Rage geredet.

»Ich bin total alle. Fix und fertig«, jammerte er. »Wir leben in einer Welt von Jägern und Sammlern, von Machos und Abflussreparierern. Wo bleibt da ein kleiner mickriger Friseur wie ich?«

Kieran geht sechs Mal in der Woche ins Fitnessstudio, also versicherte ich ihm, dass er tolle Muskeln hätte, was ihn normalerweise wieder besänftigt.

»Jaja, aber was nutzt mir das, wenn es keine Klubs mehr

gibt, keine Wochenenden auf Ibiza, keinen eisgekühlten Laurent-Perrier, kein Versace? Ein männlicher Friseur ohne Lifestyle – wer soll so jemanden denn ernst nehmen?«

»Tu doch nicht so, als ob dir irgendwas davon wichtig wäre«, schnaubte ich. »Du meckerst doch ständig über diese Schickimicki-Tunten.«

Dabei war mir schon klar, dass er es kein bisschen ironisch meinte, seine Mundwinkel hingen herunter wie bei einem kleinen Jungen.

Als ich nach Hause kam, waren meine Eltern vor dem Fernseher eingeschlafen, jede einzelne Lampe im Haus brannte und in Kims Zimmer liefen der CD-Player und der HD-Fernseher, obwohl sie selbst im Bad war. Ich weiß nicht, was aus dieser Familie werden soll, wenn die Rationierung erst mal wirklich zuschlägt.

Samstag, 3. Jan.

Dad wollte, dass wir uns heute Abend wieder alle zusammensetzen, um so ein grässliches Online-Formular der Regierung auszufüllen, mit dem festgestellt werden soll, wie viel CO_2 unsere Familie verbrauchen darf. Das ist schon krass. Im Prinzip stehen uns 200 Energiepunkte im Monat für Benzin, Heizung und Essen zur Verfügung. Bei allen anderen Sachen – wie Klamotten und technischen Geräten und Büchern – sind die Energiepunkte bereits im Preis enthalten. Wenn man zum Beispiel einen PC aus China kaufen will, der mit schmutzigem fossilem Treibstoff gebaut wurde, dann kostet der eine ganze Menge mehr Euros – weil man die Energiekosten, die für seine Herstellung verbraucht wurden, mitbezahlen muss.

Am Anfang gab es ein freies Handelssystem: Wenn man

reich war, konnte man sich so viel Energie kaufen und so leben, wie man wollte – aber nach den Massenprotesten im letzten September hat die Regierung eingelenkt und die Vorschriften geändert, jetzt darf niemand mehr als 50 Extrapunkte im Monat kaufen.

Als wenn das nicht schon schlimm genug wäre, müssen Kim und ich jede Menge Punkte für die Familien-Energieration abgeben, sodass uns nur noch ein lächerlicher Betrag für Reisen, Schule und Ausgehen übrig bleibt . . . Autofahrten sind stark eingeschränkt, PC, Fernseher, DVD- und CD-Player dürfen eigentlich nicht länger als zwei Stunden am Tag laufen, im Wohnzimmer wird die Heizung nicht höher als 16 °C eingestellt, die übrigen Zimmer werden nur eine Stunde am Tag beheizt, man darf maximal fünf Minuten duschen und nur am Wochenende baden. Man muss sich entscheiden – Föhn, Toaster, Mikrowelle, Smartphone, Wasserfilter (für Mum) und Wasserkocher, Lampen, Personal Digital Assistant (PDA), e-pod, Kühlschrank, Tiefkühlschrank und und und . . . Fliegen geht gar nicht und Shoppen und Verreisen und Ausgehen sind auch nicht viel besser. Alles ist eine Frage der *Priorität.*

Ich saß da und dachte an meine Band, die *Dirty Angels.*

Nach einer Pause wegen *musikalischer Differenzen* und nach Claires Phase als streng fundamentalistischer Öko haben wir uns gerade erst wieder zusammengefunden. Sie war total militant. Man konnte in ihrer Gegenwart nicht mal ein Snickers auspacken, ohne dass sie einem eine Predigt über hungernde Kakaobohnenfarmer hielt. Egal, die Phase war beendet, als sie zu ihrem reichen Freund zurückkehrte *und* ein Schinkenbrot aß – an ein und demselben Tag –, so sind wir also wieder zusammen und hören uns *sooooo* gut an. Die Band ist mein Traum.

Und die ganze Zeit über sagen die Leute Sätze wie *Das Auto verkaufe ich nicht, schließlich habe ich hart dafür arbeiten müssen,* und *Ich will nach der Schule erst mal ein Jahr freihaben und von eurer selbstsüchtigen verkorksten Generation wegkommen* und *Ich bestehe darauf, dass eine Fernsehstunde am Tag einem Nachrichtenprogramm vorbehalten ist.*

Montag, 5. Jan.

Die Energiekarten sind angekommen . . .

Auf der einen Seite haben sie diese kleinen Quadrate von Grün nach Rot und im Lauf des Jahres verbraucht man eins nach dem anderen, bis man bei dem letzten roten angekommen ist, und dann ist man ganz allein und weint im Dunkeln. Kim will ihre Karte nicht auspacken, sie sagt, dass ihre ganze Jugend weg ist, sobald sie sie anfasst. Mir war auch ziemlich komisch zumute, als ich meine auspackte, obwohl ich in dieser Familie nicht wirklich eine Jugend habe. Die hat meine Schwester für sich gepachtet.

Dienstag, 6. Jan.

Ganz London ist heute Nacht explodiert. Bis um 9 war bei uns alles ganz normal. Freunde meiner Eltern waren zum Abendessen gekommen. Sie sprachen über denselben Scheiß wie immer, bis Marcia Hamilton, Programmleiterin für gebundene Sachbücher im Penguin-Verlag, plötzlich unter den Tisch kroch, sich wie ein kleiner Pudel an Dads Bein zu schaffen machte und *jaulend* verkündete: »Ich pack das einfach nicht!« Dad umklammerte sein Besteck und versuchte, so zu tun, als sei nichts. Dann haute Mum mit der Hand auf den Tisch, rief: »Du hast verdammt recht – lass es raus, Marcia!«, und kippte sich eine halbe Flasche Wein in den Hals. Dann fragte sie Phil Hamilton: »Tanzt du mit mir auf vergangene Zeiten?« *Phil Hamilton,* der ungefähr 1 Meter 60 groß ist, eine Glatze hat, einen Hintern wie eine Frau und ein Gesicht voller Akne – und das mit 42 Jahren!

Ich dachte, ich müsste kotzen. Ich ging nach draußen auf die Straße und holte tief Luft. Bitte, lieber Gott, lass mich sterben, bevor ihre Gene in mir durchbrechen.

Egal, ich spürte, wie sich plötzlich jemand bewegte – ich drehte mich um und da stand Ravi Datta an seine Haustür gelehnt. Vor ein paar Monaten ist seine Familie in das Haus nebenan gezogen, er geht in dieselbe Schule wie ich und ist in meinem Design-Technologie-Kurs. Und er ist total süß. Er stand unter einer Straßenlaterne, rauchte eine verbotene Zigarette und starrte auf die Feuerwerksrakete, die die Leaders über der Siedlung abschossen. Das Licht der Laterne flackerte und beleuchtete sein Gesicht und seine pechschwarzen Haare. Das Beste von allem ist, dass er nicht *weiß,* wie gut er aussieht. Und das Schlimmste von allem ist, dass er mich total nervös macht und ich in seiner Nähe völlig schwachsinnige Sätze von mir gebe; ich zeigte auf seine Zigarette und sagte: »Das bringt dich um.« Er drehte sich um und grinste: »Na und?«, nahm einen letzten tiefen Zug und schmiss die Funken sprühende Kippe in die Luft. Dann ging er ins Haus zurück. Er sagt nur ganz selten was. Es macht mich wahnsinnig, wenn so ein süßer Typ den Mund nicht aufkriegt und ein Langweiler seinen nicht zu.

Ich lungerte noch ein Weilchen draußen rum, schaute in

die Sterne, bis plötzlich eine Rakete direkt über meinen Kopf zischte und in Kierans Fenster im oberen Stockwerk krachte. Kieran kam auf seinen Balkon gerast und kreischte, sie wären alle Schwulen hassende Schweine und Jäger und Sammler. Dann tauchte plötzlich die ganze Leader-Sippe auf den Balkons der Siedlung auf und stieß laute Pfiffe in Kierans Richtung aus.

Insgesamt gibt es ungefähr 100 Leaders, aber man sieht sie nie alle gleichzeitig, weil sie immer mal wieder im Gefängnis oder in der Jugendstrafanstalt sind. Ihr Anführer ist Tracey, sie ist zu schlau, um sich schnappen zu lassen. Tracey Leader hat Arme wie Baumstämme. Auf dem Schlüsselbein hat sie ein Tweety Tattoo und sie ist echt Furcht einflößend. Beim Lachen wirft sie den Kopf zurück und man sieht ihren Goldzahn *glitzern.* Ihr Bruder Karl Leader ist total süß. Ich weiß auch nicht, warum, denn der Rest der Familie sieht aus wie aus einem Horrorfilm. Karl hat Wimpern wie Bambi und eine ausgeprägte Kinnpartie.

Jedenfalls hätte es für Kieran gefährlich werden können, aber Tracey war in Goldzahnlaune und schickte ihre Cousine, Desiree Leader, mit einer Flasche Sekt rüber, um sich zu entschuldigen. Und so liefen Kieran und ich durch die Straßen bis nach Blackheath hinauf und tranken aus der Flasche. Wir hießen das neue Zeitalter stilvoll willkommen. Die Straßen waren voller ausgelassener Leute, überall rauchte und knallte es, man hörte Geschrei und Gesang und sah Prügeleien und Wahnsinn.

Ich bin aufgeregt.

Mittwoch, 7. Jan.
Mitternacht. Es ist einfach nur geil! Lasst die *Dogs of War* frei!

Donnerstag, 8. Jan.
Die Rationierung

Die Schule hat wieder angefangen und ich kam zu spät, weil ich Mum zur Bushaltestelle bringen musste. Ihre Augen waren voller Tränen, als wir am Saab vorbeigingen. Sie flüsterte: »Das dauert nicht ewig«, und strich über die Motorhaube. Ich tat so, als hätte ich nichts gesehen – jedenfalls ist es besser als ihr ständiges Alles-wird-gut-wenn-du-nur-daran-glaubst-Gelaber.

Den ersten Bus haben wir verpasst, weil sie auf ihren hohen Absätzen nicht schnell genug laufen konnte, und wir mussten 15 Minuten im Nieselregen auf den nächsten warten. Als er schließlich kam, sprang ich hinein, zog meine Karte durch und war auf dem Weg nach oben, während Mum hektisch ihre Geldbörse, ihre Handtasche und ihre Manteltaschen durchsuchte und nur Flusen und Conran-Quittungen zutage förderte. Sie schaute zu mir hoch.

»Laura, Liebling, ich kann meine Karte nicht finden. Leihst du mir deine . . .«

Der Fahrer schüttelte den Kopf. »Ohne Energiekarte keine Busfahrt, junge Frau.«

»Ach bitte . . .«

Draußen im Regen schrie eine Frau: »Raus mit dir, du blöde Kuh! Du hältst uns alle nur auf.«

Und dann fing Mum an zu weinen. Ich ging wieder runter und half ihr aus dem Bus. »Wir müssen nach Hause und deine Karte holen, Mum.«

»Da ist sie! Sie ist ins Futter gerutscht! Blödes Pack!« Mum wedelte mit der grünen Plastikkarte hinter dem Bus her, der sich in den Verkehr eingefädelt hatte.

»Ach, was reg ich mich so auf. Komm, Süße, wir gehen zu Alfredo und trinken eine Tasse Tee.«

»Es tut mir leid, Laura.« Mum rührte in ihrem trüben braunen Tee herum. »Ich weiß, ich müsste eigentlich stark sein, aber ich fühle mich so schuldig – meine Generation hat euch das alles doch eingebrockt.« Sie tätschelte meine Hand. »Du solltest nicht auf den Nägeln beißen, Süße. Ich meine, was soll aus euch jungen Dingern denn mal werden? Woodstock, Freiheit, Frauenrechte, Reisen mit dem Hippiebus . . . alles, was wir damals hatten – aber man weiß ja nie . . . Denk dran, ich bin deine Mutter und ich bin immer für dich da, wenn du reden willst.«

Ich hielt den Mund. Ich hatte mir mal ausgerechnet, dass, wenn Mum in Woodstock gewesen wäre, sie jetzt ungefähr 70 Jahre alt sein müsste, aber es ist sinnlos, so etwas zu sagen.

»Aaah, jetzt geht's mir besser!« Sie trank ihren Becher leer. »Guck dir den schmierigen Löffel an, ist das nicht komisch? In so einer Kneipe war ich das letzte Mal in den 80ern, als ich für die Bergarbeiter in Bradford demonstriert habe.«

Ich stand auf und zog meine Jacke an. Lieber würde ich mir in den Kopf schießen, als mir diese Geschichte noch einmal anhören zu müssen.

Als ich endlich am College ankam, hatte sich am Eingang eine lange Schlange gebildet, weil jeder am Drehkreuz seine Energiekarte durchziehen musste und das Gerät immer wieder den Geist aufgab und Alarm auslöste. Ich weiß nicht, warum wir die Karte überhaupt durchziehen müssen – im Inneren des Gebäudes war es eisig kalt.

»Willkommen in der Zukunft,«, murmelte Adisa frustriert. »Sie bescheißen uns jetzt schon.«

Adi ist mein bester Freund. Er ist so tiefsinnig.

Als ich es endlich zu meinem Kurs geschafft hatte, zitterten alle vor Kälte und stießen weiße Atemwölkchen aus. Man hatte uns eine neue Kursleiterin zugewiesen, weil die bisherige, Katy Willis, an einer Art Linsentrübung leidet, eine unsichtbare Krankheit, wie sie die Leser des *Guardian* bekommen können. Die neue heißt Gwen Parry-Jones, die mich mit einem fröhlichen »Willkommen« begrüßte, als ich hereinkam, und meine Hand schüttelte wie ein Mann. Sie schaute auf die eingetragenen Fächer in meinem Stundenplan. »Design-Technologie – sehr gut. Endlich macht mal jemand was Sinnvolles.«

Den Rest des Tages verbrachte ich mit Schlangestehen und dem Besorgen von offiziellen Unterlagen. Überall war es seltsam still, weil niemand wirklich Lust hatte zu reden. Genau wie zu Hause. Wir aßen zu Abend wie die Zombies und starrten auf den Premierminister, der im Fernsehen positives Zeug von sich gab. Die Premierminister tun mir echt leid, wenn das Land sich in einem so beschissenen Zustand befindet. Sie wissen ganz genau, dass sie nie so gut sein werden wie Churchill.

Sonntag, 11. Jan.

2 Uhr morgens. Schon wieder wache ich in kalten Schweiß gebadet auf. Zum zweiten Mal in dieser Woche. Vielleicht bin ich dabei, wahnsinnig zu werden . . .

Montag, 12. Jan.

Im College sehen alle echt *schlecht* aus. Claire, Adi und ich hatten nicht mal Lust, jemanden zur Sau zu machen. Wenn es so weit gekommen ist, dann ist es wirklich schlimm.

In der Aula gab es eine äußerst merkwürdige Schulversammlung. Alle Lehrer standen aufgereiht an den Seiten und waren zu einem *positiven* Gesichtsausdruck verdonnert worden. Man konnte ihnen ansehen, dass es sie fast umbrachte, ganz besonders die Lehrerinnen mit den krausen Lockenköpfen. Man hatte den Eindruck, als stünden sie kurz vor einem Nervenzusammenbruch.

Bob Jenkins, der Direktor, ging auf die Bühne und redete einen Haufen Unsinn über neue Horizonte, aber meiner Meinung nach ging es ihm am allerschlechtesten von allen (heute Morgen habe ich gesehen, wie er mit dem Bus ankam - wo ist denn jetzt dein Volvo mit den Ledersitzen, Bobby-Boy?). Schweißperlen tropften von seiner Stirn auf die Notizen über unsere neue Heizungs- und Lichtzuteilung. Seine Ansprache endete mit der Ankündigung eines neuen Pflichtfachs »Umweltschonung und Energiesparen«. Gwen Parry-Jones wird es unterrichten.

Beim Rausgehen bekam jeder Schüler eine Energiespar-Mappe mit Merkblättern, Stiften, Büroklammern und pathetischen Klebezetteln, auf denen *Macht Charlton grün* stand. Das ist genauso hoffnungslos, als bekäme man im Flugzeug zusammen mit der Schwimmweste eine Trillerpfeife, bevor man in einem Feuerball mitten in den haiverseuchten Pazifik fällt.

Dienstag, 13. Jan.

Ich habe keine Familie mehr. Dad verbringt die ganze Nacht an seinem Laptop im Arbeitszimmer, Mum steckt immer irgendwo in einem Bus fest und Kim lebt nur noch in ihrem Zimmer – ein bösartiges, wortlos schmollendes Etwas. Sie verströmt so viel schlechte Energie, dass es mir in ihrer Nähe buchstäblich übel wird. In ihrem Zimmer läuft der Fernseher rund um die Uhr, das kann ich durch die Wand hören. Letzte Nacht hatte ich wieder einen schrecklichen Albtraum, in dem sie mich würgte und immer mehr Arme bekam, je mehr ich zu entkommen versuchte. Ich wachte auf und schnappte nach Luft. Und dann hatte ich eine Idee – ich nahm einen Stift und fing an zu zeichnen. Das ist die beste Art und Weise, wie ich das Gift in mir wieder loswerden kann. Das einzige Papier, das ich finden konnte, waren diese blöden Charlton-Klebezettel.

Aber es hat funktioniert. Als ich fertig war, legte ich mich wieder hin und schlief ein.

Mittwoch, 14. Jan.

Heute Morgen, als ich wach wurde, war es bitterkalt. Ich darf nur zwischen 7 und 8 in meinem Zimmer die Heizung anmachen. Ich guckte auf das Smartmeter in der Diele. So heißt dieses Ding, das einen über den gesamten Energieverbrauch im Haus informiert. Sogar für die eine Heizungsstunde hat Dad die Schlafzimmertemperatur auf 12 °C begrenzt. Ein Witz – das reicht nicht mal, um den Frost auf den Fensterscheiben abzutauen.

Donnerstag, 15. Jan.
In ganz Südeuropa wüten heftige Schneestürme.

Freitag, 16. Jan.
Ich muss bis nächsten Freitag für das Fach *Kritisches Denken* einen Essay schreiben: *Schreibe einen persönlichen Bericht, wie das neue Energierationierungssystem dein häusliches Leben beeinflusst.*

Wer sich so was ausdenkt (Krit.-Denken-Lehrerin Lisa Bell), braucht ganz sicher mehr Sex. Sie muss einfach frustriert sein. Sonst käme sie bestimmt nicht auf die Idee, unschuldige Teenager so schrecklich zu bestrafen.

Montag, 19. Jan.
Die Schneestürme in Europa haben zugenommen – und breiten sich Richtung Norden aus. In Italien ist die gesamte Stromversorgung zusammengebrochen. In den Nachrichten konnte man sehen, wie das Licht im Vatikan ausging, ein Fenster nach dem anderen wurde dunkel. Später setzte man Notfallgeneratoren ein, um den Papst zu beleuchten, der in ein Mikrofon sprach und auf Latein etwas zu einer Gruppe von Kardinälen sagte. Oder so ähnlich.

Dienstag, 20. Jan.
In der Nacht ist der Strom ausgefallen. Im Haus ist es jetzt so eisig, als würden mir 200 Jahre geballte Kälte in die Knochen kriechen. Erinnert mich an den Großen Sturm. Stromausfälle sind mir unheimlich – man knipst das Licht an und nichts passiert. Es war so kalt, dass ich mit Mum und Dad zu Waitrose zum Einkaufen gegangen bin, nur um in Bewegung zu bleiben.

Ein superseltsames Erlebnis. Es war dunkel da drin, weil nicht nur fast die ganze Beleuchtung abgeschaltet war, sondern auch die Klimaanlage und die Ventilatoren, die den Geruch nach frisch gebackenem Brot in den Laden blasen. Es war wie in einer großen Lagerhalle. Schon komisch, all die netten Mittelklasseleute, die so taten, als würden sie keine Panikkäufe tätigen und als wäre es vollkommen normal, sechs voll beladene Einkaufswagen vor sich herzuschieben. Die Kassierer mussten die Leute ständig auffordern, Dinge wieder zurückzustellen, weil sie ihre Energiepunktzahl überschritten hatten.

Meine Mutter hätte sich wegen einer Großpackung Knoblauch- und Basilikumpesto beinah mit einer anderen Frau geprügelt.

Sie hatten beide gleichzeitig die Hände nach der Packung ausgestreckt, zerrten daran, sagten *Entschuldigen Sie bitte*, zerrten erneut und sagten *Aha, ha, ha,* während ihre Fingerknöchel um den Karton herum weiß wurden. Dann legte meine Mutter los: »Normalerweise würde ich nicht darauf bestehen, aber dies ist eins der wenigen Nahrungsmittel, die meine Tochter (dabei strich sie mir über die Haare) zu sich nehmen kann – sie leidet nämlich unter einem Säuremangel. Wenn die Säure unter ein bestimmtes Level fällt, löst sich ihre Haut ab.«

Die andere Frau wich zurück wie ein unterlegenes Tier in einem Naturfilm.

Donnerstag, 22. Jan.

Italien hat gerade erst wieder Strom bekommen. Der Grund für den Ausfall war ein Baum, der an der Schweizer Grenze auf ein Hauptkabel gefallen war. Eine verdammte *Pflanze* war schuld daran, dass ein ganzes Land 60 Stunden lang lahmgelegt wurde. Es sind haufenweise alte Leute gestorben. Merkwürdig. Ich hatte keine Ahnung, dass Kälte Leute einfach so umbringen kann. Frankreich liegt unter tiefem Schnee begraben, der immer näher auf uns zukommt.

Am Sonntag hat es bei uns einen Braten gegeben, der erste meines Lebens. Mum wünscht sich verzweifelt, dass alles seinen normalen Gang geht, und Dad unterstützt sie darin. Er kam in die Küche, rieb sich die Hände und sagte: »Mmm, das riecht aber gut«, wie ein Dad in einer Glückliche-Familie-Sitcom.

Kim weigerte sich, ihr Zimmer zu verlassen und mit uns zu essen, obwohl mein Vater sie darum bat. Das ist ungewöhnlich, weil sie sich normalerweise von ihm erweichen lässt, sofern sich ein Krokodil überhaupt erweichen *lässt*. Schließlich verlor Mum die Beherrschung. Sie rief aus der Küche: »Ich hab den ganzen Nachmittag lang für dich gekocht, da kann man doch wenigstens erwarten, dass du zum Essen kommst.«

Kim machte für eine Sekunde ihre Zimmertür auf. »Tu doch nicht so, als hättest du das für mich getan. Du hast es für *dich selbst* getan. Du machst mich krank!« Ein lauter Knall, dann war die Tür wieder zu.

Was einen am meisten an Kim nervt, ist, dass sie der ehrlichste und gleichzeitig der zickigste Mensch ist, den ich kenne. Nachdem ihre Reise nach New York, wo sie das freie Jahr zwischen Schule und Studium zubringen wollte, gestorben ist, hat sie ihre Spielchen zur Strafe auf ein ganz neues Niveau gestellt und einen Krieg gegen meine Eltern begonnen, den sie nicht gewinnen können.

Als eine Art Sonntagsbelohnung sahen wir unterschiedliche Filme in unterschiedlichen Zimmern an. Das war das Beste am unbegrenzten Energieverbrauch gewesen – die Freiheit.

Ich weiß nicht, ob unsere Familie *gemeinsam* überleben kann.

Freitag, 23. Jan.

Als ich wach wurde, schien die Sonne auf eine glitzernde Schneedecke. Zuerst kriegte ich ein bisschen Angst, aber andererseits sah es so *schön* aus. In der Pause machten wir eine richtige Schneeballschlacht auf dem Schulhof. Claire war gestern Abend im Nobelkaufhaus John Lewis wegen eines Stromausfalls im Aufzug stecken geblieben. Geschieht ihr recht, wenn sie sich so spießig benimmt! Ein paar Leute standen vor dem Energiesparunterricht um sie herum.

»Also, ich habe drei Stunden lang festgesteckt. Hat sich angefühlt wie eine Ewigkeit.«

»Hast du geschrien und so?«, fragte der kleine Nathan. »Mann, ich hätte gekreischt wie ein Mädchen, wenn ich so eingesperrt gewesen wäre.«

Alle lachten, nur Claire nicht.

»Nate, mach mich nicht zum Klischee. Natürlich habe ich zuerst geschrien, aber dann tat mir der Hals weh und meine Knöchel fingen vom Klopfen an zu bluten . . . Aber das hat alles nichts geholfen.«

»Was hast du dann gemacht?«

»Ich hatte doch mein Smartphone dabei.«

»Ja, gut, aber vorhin hast du gesagt, dass es kein Netz gab da drin.«

Claire zog eine Augenbraue hoch. »Aber ich hatte eine Batterie. Ich nahm das Smartphone vom Handgelenk und hielt es an die Sprechanlage im Aufzug – dann habe ich immer wieder den Klingelton betätigt – bis es *schließlich und endlich* der Sicherheitsdienst gehört und mich gerettet hat.«

Nathan stieß einen Pfiff aus. »Gut gemacht, Mädchen.«

Claire schaute auf ihr Handy. »Kann schon sein. Aber den Ton kann ich nicht mehr hören. Ich hab ihn abgestellt.«

Dann kam Gwen Parry-Jones herein und es wurde still. Sie ist spindeldürr, wie eine dieser Frauen, die aus lauter Spaß Marathons laufen. Die Stunde begann, sie lief vor der Klasse auf und ab und dann kam ausgerechnet Ravi Datta 20 Minuten zu spät. Meine Ohren glühten. Ob das normal ist?

GPJ teilte uns in Zweiergruppen auf und wir mussten ein Diagramm des Golfstroms farbig ausmalen und Zahlen eintragen, wo er abkühlte. Ravi arbeitete mit einem Mädchen auf der anderen Seite des Raums zusammen. Die Glückliche. Ich war mit Zafran zusammen, der insgesamt über ungefähr drei Hirnzellen verfügt. Er übernahm das Ausmalen.

Schon wieder ein Stromausfall. Was ist denn bloß los? Als ich nach Hause kam, hörte Dad die Nachrichten auf einem batteriebetriebenen Radio, das Mum ihm vor vier Jahren zu Weihnachten geschenkt und das er bis heute nicht einmal ausgepackt hatte. Es ging um stromsparende Notstandsmaßnahmen der Regierung. Die Geschäftswoche soll auf vier Tage begrenzt werden, um den Energieverbrauch zu senken. Dad stellte das Radio ab.

»Mein Gott, das haben sie das letzte Mal beim Bergarbeiterstreik in den 80ern gemacht.«

Ich rannte aus dem Zimmer. *Beide* Eltern ließen sich über die Bergarbeiter aus! Wenn sie nicht aufpassen, kriege ich echte Persönlichkeitsstörungen.

Montag, 26. Jan.
Heftige Schneestürme gestern Nacht. Jede Menge Stromleitungen im Land sind gekappt worden. Ich hatte keine Ahnung, dass Kälte so schlimm sein kann. Es *tat weh,* heute früh aufzustehen. Die Nachrichten sind voll von Stromausfällen, es heißt, die Stromnetze sind veraltet und total im Arsch, weil die privaten Betreiber sie seit ewigen Zeiten vernachlässigt haben. Niemand weiß, wie man die Probleme lösen kann. Immer nur Argumente – Atomkraft hier, erneuerbare Energien dort. Blablabla.

Ich kam kaum aus dem Haus hinaus. Dad musste unsere Tür freischaufeln, damit ich mein Fahrrad hinausschieben konnte.

Er runzelte die Stirn. »Schaffst du das?«

Ich schaute die Straße hinunter. »Ich glaub schon, solange ich auf den Reifenspuren bleiben kann.«

Ich radelte los und versuchte, möglichst cool zu wirken, weil ich spürte, dass er mir hinterhersah. Alles ging gut, bis ich an einer Kreuzung gegen einen Bordstein prallte. Ich bremste wegen eines Hundes, schlitterte über die Kreuzung und landete unsanft auf dem Bürgersteig. Aber ich stieg sofort wieder auf, weil ich das Gefühl hatte, unbedingt bei den anderen im College sein zu müssen. Ich wollte nicht schwänzen. Auf einigen kleineren Straßen musste ich absteigen und mir einen Weg durch die Schneeverwehungen bahnen.

Mein Design-Tech-Kurs ist gerammelt voll. Im letzten Semester waren wir nur zu sechst. Ursprünglich habe ich mich für DT entschieden, um den Bassverstärker an meiner Gitarre reparieren zu können, aber jetzt will jeder in diesen Kurs – anstelle von Philosophie, Soziologie und Kunst –

und etwas Praktisches lernen. Dave Beard, der DT-Lehrer, sah aus, als würde er gleich anfangen zu heulen.

Um drei war es schon dunkel. Ich presste mein Gesicht ans Fenster und sah dicke Schneeflocken, die aus einem grauen Himmel fielen. Dann betrachtete ich uns alle, wie wir uns in der Scheibe spiegelten – wir wirkten ziemlich mickrig. Und als der Unterricht zu Ende war, hatte keiner so richtig Bock, nach Hause zu gehen.

Sehr langsam zog ich meine Jacke an, damit ich hören konnte, wie sich Ravi mit Dave Beard unterhielt.

»Gestern Abend habe ich zu Hause die Stromspannung gemessen. Es waren nur so um die 150 oder 160 Volt anstatt 220. Die halten uns ganz schön knapp.«

Dave zuckte mit den Schultern. »Was bleibt ihnen denn sonst übrig? Die Kraftwerke bekommen nicht mehr genug Gas. Die Dänen liefern noch durch die Nordsee-Pipeline, aber die Franzosen lassen nichts mehr durch den Kanal. Die sind doch selbst metertief eingeschneit.«

»Und was ist mit unseren eigenen Gasvorräten bei Schottland?«

»Alles weg ... Wir importieren nur noch – und unsere Lagerkapazitäten sind sehr gering. Es gibt nur einen Elf-Tage-Vorrat für das gesamte Land. Einige europäische Länder haben genug für fünfzig, sechzig Tage.«

Ravi strich sich die Haare aus der Stirn. »Aber wenn man doch wusste, dass so etwas passieren kann – warum hat man nicht rechtzeitig vorgesorgt?«

»Gute Frage. Wegen der vielen Proteste sind die neuen Atomkraftwerke noch nicht einsatzbereit; Windparks liefern nur 30 Prozent und die Nutzung von Wasserkraft ist vorerst noch ein schöner Traum. Wir sind abhängig von

Öl und Gas, Ravi. Und diese Drogen werden langsam knapp.«

»Dann fahren wir eben alle nach Ibiza«, mischte Nathan sich ein. »Da können wir so richtig Spaß haben.«

Dave lachte. »Schön, aber was glaubst du, wie lange die Spanier einen Haufen fauler britischer Energierebellen bei sich aufnehmen werden?«

»So lange, wie sie bar bezahlen.«

»Ah, aber ich habe gehört, dass die Regierung die Konten einfriert. Alle britischen Bürger sind auf Rationierung.«

Nathan schnipste mit den Fingern. »Krass.«

»Es gibt kein Entkommen, Nathan.« Dave seufzte. »Zum Guten oder zum Schlechten, wir sitzen alle im selben Boot.«

Endlich habe ich heute Abend mal was Normales gemacht. In Adisas Garage fand die erste Bandprobe nach der neuen Weltordnung statt. Ich war Feuer und Flamme, weil ich einen monstermäßig geilen neuen Song geschrieben hatte, echt Old Skool, im Stil von Minor Threat. Ich fing an mit einem Wahnsinns-Gitarrenriff und dann kreischte Claire los:

Ich habe keine Energie
für deine verkorkste Welt
Ich habe keine Energie
für deine blöden Spielchen
Ich habe nur
Syn-ergie
Fantasie
Autonomie
Komm du mir bloß nicht blöd!

Gott, ich hätte für mein Leben gern selbst gesungen, aber Claire würde ums Verrecken nicht das Mikro aus der Hand geben. Manchmal schreibe ich einen Text, und wenn ich ihn ihr gebe, sagt sie nur »cool« und steckt ihn in die Hosentasche, die so eine Art schwarzes Loch ist, weil keine einzige Zeile je wieder auftaucht.

Zum Schluss wurde alles ein bisschen hektisch und Stacey, die Schlagzeugerin, schmiss ihre Trommelstöcke ans Garagentor – aber anstatt auf Metall prallten sie auf die Brust von Adisas Mum, die gerade mit Cola und Chips hereinkam. Seine Mum kommt aus Nigeria und ist eine echte Powerfrau. Sie holte tief Luft und murmelte etwas über die Musik von Weißen vor sich hin.

Bevor wir uns trennten, schworen wir uns, dass jeder 10 Punkte in der Woche für die Band ausgeben würde. Ich war total gerührt, als ich meinen Schwur leistete. Diese Band rettet mir das Leben. Ich weiß nicht, wie lange wir noch durchhalten können – eine kreischende Straight-Edge-Punkband hat im Moment vielleicht nicht bei jedem oberste Priorität.

Gerade habe ich was ganz Seltsames erlebt. Auf dem Nachhauseweg von der Probe ging ich die vereiste Blackheath High Street herunter, als plötzlich alles um mich herum dunkel wurde. Alle Straßenlaternen und Schaufensterbeleuchtungen gingen aus. So einen Stromausfall hatte ich bisher nur zu Hause erlebt. Ich kam gerade an einem Internetcafé vorbei, wo alle Monitore schwarz wurden. Seltsamerweise reagierte lange Zeit niemand und ich hatte das Gefühl, als würde ich träumen.

Der Stromausfall erstreckte sich über ganz Südlondon. Vorher waren immer nur ein paar kleinere Gebiete betroffen. Jetzt ist der Strom wieder da, aber ich fühle mich immer noch etwas wackelig, so als hätte sich etwas Grundsätzliches verändert.

Dienstag, 27. Jan.
Heute Morgen kam Mum in mein Zimmer gestürmt.

»Liebling, im Wetterbericht haben sie gesagt, das Schlimmste wäre vorbei!«

Ich hob den Kopf vom Kissen. Ihre Augen waren voller Tränen. »Von morgen an soll es aufklaren! Kannst du dir das vorstellen?«

Nein, kann ich nicht. Wann hätte der Wetterbericht jemals recht gehabt? Aber das sagte ich meiner Mutter nicht. Sie könnte damit nicht umgehen.

5.30 nachmittags Ich schlage mich immer noch mit diesem Scheißthema für Kritisches Denken herum, morgen muss ich es abgeben.

11 Uhr abends
Fertig!

Die Elterngeneration der 1970er-Jahre war sehr egoistisch. So haben sie beispielsweise das Moodlight erfunden, statt wie unsere Großeltern die Socken unter einer 40-Watt-Birne zu stopfen. Sie ließen sich von Lifestyle-Magazinen wie der Daily Mail beeinflussen, was zu zügellosem Konsumverhalten führte. Meine Eltern sind Exhippies aus der Generation von 1970, ihr Hochzeitsfoto ist einfach nur superpeinlich. Alle beide haben darauf so viele Haare, als würden sie darum wetteifern, wer die meisten hat. Sie sehen aus wie Einwanderer aus Osteuropa, da-

bei kommt mein Vater aus Axminster in Devon und leitet den Fachbereich Reise und Tourismus in einem College und meine Mum kommt aus dem Norden des Staates New York und arbeitet in einem Verlag. Meiner Meinung nach gehören Exhippies zu der gefährlichsten Sorte von Leuten, weil sie ihr Leben tatsächlich für lebenswert halten.

Ich zeigte es Dad. Er löste den Blick von seinem Laptop, las die Seite und seufzte. Tief.

Vielleicht steckt er in den Wechseljahren. Er wird ständig rot am Hals und im Gesicht und dann stößt er richtig heftig die Luft aus – so wie damals im Roten Meer, als er zu lange unter Wasser geblieben war und von drei süßen Schwedinnen gerettet wurde, die ganz in der Nähe oben ohne auf dem Wasser schaukelten. Später erzählte er uns, er wäre hinter einem wunderschönen Schwarm Kaiserfische hergeschwommen und dabei zu tief getaucht. Haha.

Mittwoch, 28. Jan.

Heute Nachmittag war ich bei Adi, als schon wieder der Strom ausfiel. Ein Kraftwerk ist ganz abgestellt und die anderen laufen nur mit halber Kraft, weil es nicht genug Treibstoff gibt. Es ist schon erstaunlich, wie schnell man sich an manche Dinge gewöhnen kann. Vor zwei Wochen hätten wir es noch unheimlich gefunden, aber jetzt blieben wir einfach sitzen und machten eine kleine Jamsession, und als es zu dunkel wurde, um noch was sehen zu können, wickelten wir uns in Decken, setzten uns auf Adis Veranda, schauten in den glitzernden Sternenhimmel und versetzten uns gedanklich in frühere Zeiten, als es ringsherum nur Wald und wilde Tiere gab.

Auf dem Nachhauseweg klopfte ich bei Kieran an die Tür, aber er machte nicht auf, obwohl ich seinen Kater Gary drinnen schnurren hörte. Gary schnurrt nur, wenn Kieran zu Hause ist – er ist ein sehr auf Menschen fixierter Kater. Ich wollte gerade weitergehen, als irgendetwas mich dazu trieb, noch einmal zu klopfen. In der Wohnung hörte ich jemanden stöhnen. Ich drückte gegen die Tür, bis sie aufging. Kieran saß da im Dämmerlicht und hatte seine Füße in eine Plastikschüssel gesteckt.

»Sieh sie dir an«, wimmerte er. »Blasen so groß wie Untertassen.«

»Kier, was ist denn passiert?«

»Der Stromausfall hat mich erwischt, Schätzchen, auf der obersten Etage von Foyles an der Charing Cross Road. Das ganze West End wurde dunkel, als hätte jemand eine Dose mit schwarzer Farbe über uns ausgekippt.«

Ich hockte mich auf die Kante des Sofas. »Und warum bist du nicht im Laden geblieben?«

»Na ja, zuerst entstand so eine Art Panik und jeder wollte nur aus dem Gebäude heraus – du weißt schon, wie bei einem Terrorangriff. Als ich es dann auf die Straße hinuntergeschafft hatte, hieß es ›Nein, nein, es ist nur ein Stromausfall‹.«

»Und woher wusste man das?«

Kieran zuckte mit den Schultern. »Weiß nicht, vielleicht weil weder Fernseh- noch Radioreporter da waren. Es war ziemlich merkwürdig, Laura. Als der erste Schock vorbei war, wurde die Stimmung irgendwie ganz friedlich. Niemand schrie oder brüllte herum, die Straßen waren voller Leute, die sich wie die Lemminge auf die Brücken zubewegten. Ich habe zusammen mit Tausenden von Leuten bei

Westminster den Fluss überquert. Der Verkehr war bis weit in den Süden total zusammengebrochen, weil alle Ampeln aus waren.«

Ich betrachtete seine geröteten Füße. »Und du bist den ganzen Weg zu Fuß gegangen?«

»Nee, in Lambeth hat mich jemand im Auto mitgenommen, aber nur bis Camberwell, wo dem Typ dann das Benzin ausging und keine Tankstelle offen hatte. Ich sag's dir, ich wollte nur noch nach Hause.«

»Das geht doch wieder vorbei, oder?«, sagte ich. »Ich meine, das ist doch nicht ...«

Kieran nahm meine Hand. »Ach, das wird schon wieder. Es sind nur ein paar Stromausfälle. Kann ich dir ein Geheimnis anvertrauen?«

Ich nickte.

»Ich glaube, so schön habe ich London noch nie erlebt. Es war Vollmond und man konnte so viele Sterne sehen ...« Kieran verzog sein Gesicht zu einem schiefen Lächeln. »Und es war so unbeschreiblich *still.*«

Donnerstag, 29. Jan.

Langsam kriege ich Angst. Im Supermarkt standen sie Schlange für Brot, wie im Krieg. Es ist immer noch bitterkalt. Ich kann mir nicht mehr vorstellen, wie es sich anfühlt, wenn einem warm ist.

FEBRUAR

Sonntag, 1. Feb.

Stacey kam zu mir, um sich zu waschen. Sie wohnt in der 12. Etage und sie haben kein Wasser, weil der Druck nicht stark genug ist. Die Regierung setzt die Energie für wichtigere Orte wie das *Queen Elizabeth Krankenhaus* in Greenwich ein.

»Mann, wenn das so weitergeht, mach ich mir eine Niere oder sonst was kaputt, damit ich ins Krankenhaus komme«, schimpfte Stacey zähneklappernd, als sie sich mit eiskaltem Wasser das Gesicht wusch.

Montag, 2. Feb.

Gerade habe ich erfahren, dass es ab Dienstag im Shepherds Bush Empire Tickets im Vorverkauf für *The Hydrogen* gibt. Da muss ich unbedingt hin – das ist die coolste Band in ganz London. Sie haben sich in einem riesigen Lagerhaus in Südlondon niedergelassen und betreiben es mit Brennstoffzellen aus Wasserkraft. Sie machen keine Tourneen, die einzige Möglichkeit, sie zu sehen, ist, zum Lagerhaus zu gehen.

Ich werde Adi fragen, ob er mit mir geht, um die Tickets zu besorgen. Meinen Eltern sage ich nichts davon, wenn sie hören, dass ich durch die ganze Stadt muss, flippen sie aus bei all den Stromausfällen.

Dienstag, 3. Feb.

In allen Geschäften ringsum sind Kerzen ausverkauft, deshalb geht jeder zur katholischen Allerheiligen-Kirche am Rand des Heath und kauft sie dort. Alte und Kranke kriegen sie von den Priestern umsonst. Mum hat mich heute nach dem College hingeschickt, es war total surreal – die hohen Gewölbe waren nur von flackernden Kerzen beleuchtet und die Leute standen Schlange am Altar, um ihre Kerzenration zu bekommen. Heuchler. Wann waren wir eigentlich das letzte Mal in der Kirche?

Noch was Seltsames ist mir aufgefallen: Die Leute laufen herum und halten Selbstgespräche. Auf dem Heimweg von der Kirche habe ich drei oder vier alte Frauen gesehen, die mit sich selbst redeten, während sie die Straße hinuntergingen oder vor ihrer Tür standen.

Mittwoch. 4. Feb.

11 Uhr abends. Lieber Gott im Himmel! Ich und Adi haben in der Hauptverkehrszeit in der U-Bahn festgesessen.

Wir hatten total gute Laune, als wir einstiegen, weil wir die *Hydro*-Tickets bekommen hatten, und dann passierte es – direkt hinter Marble Arch. Wir standen dicht an die Türen gequetscht und die Bahn fuhr sehr schnell und ratterte und schlingerte und dann plötzlich Wuuuummm! Totale Finsternis und Motor aus. Trotzdem blieb die Bahn nicht stehen – wir ratterten durch die Röhre, als würden auch die Bremsen nicht mehr funktionieren. Alle schrien durcheinander und versuchten aufzustehen, aber es gab einfach nicht genug Platz. Im Kopf wiederholte ich unablässig *Bitte lass es vorbei sein,* aber es ging nicht vorbei. Ich dachte, wir müssten sterben. Schließlich hörte man die Bremsen quietschen, Funken stoben durch den Wagen, es roch nach Rauch – und dann kamen wir zum Stehen.

Einen Moment lang war es still, man hörte nur den Atem der Leute. Und dann rief jemand: »Wir müssen hier raus!« Das Geschrei ging von Neuem los und ein wildes Geschiebe begann. Ich dachte, meine Lungen würden platzen, so fest wurde ich gegen die Tür gedrückt. Eine Stimme rief: »Hört mal zu, wenn wir heil hier rauskommen wollen, müssen wir Ruhe bewahren. Die Leute, die an den Türen stehen – könnt ihr sie öffnen?«

Ich spürte, wie der Typ neben mir den Türgriff mit beiden Händen packte und versuchte, ihn mit aller Kraft herunterzudrücken. Dann ließ er ihn wieder los. »Geht nicht, Mann. Unmöglich.«

»Was ist mit den Fenstern? Wo ist der verdammte Notfallhammer?«

Neben mir sagte jemand: »Wir brauchen Licht . . . hat jemand eine Taschenlampe?«

»Ich hab ein Feuerzeug.«

»Nein«, antwortete die erste Stimme. »Kein offenes Feuer – das ist zu gefährlich hier unten.«

Ich schwor mir, wenn ich herauskam, würde ich nie mehr ohne Taschenlampe vor die Tür gehen. Nie, nie mehr.

»Es ist bestimmt eine Bombe!«, sagte eine Frau mit zitternder Stimme.

»Bleiben Sie ruhig. Wir kommen alle hier raus. Wir müssen nur dran glauben. Kann jemand sehen, wo wir sind?«

Ich spähte durch die schmierige Scheibe. Nichts, nur ein dreckiger Tunnel. Scheiße. Ich spürte, wie die Panik um mich herum größer wurde.

Dann eine andere Stimme. Jemand rief aus dem nächsten

Wagen: »Der Fahrer lässt ausrichten, dass es sich um einen Stromausfall handelt – aber wir haben Glück gehabt, weil der erste Wagen schon im Bahnhof Bond Street steht. Er sagt, wir sollen ganz langsam von Wagen zu Wagen gehen, bis wir vorn angelangt sind. Aber Sie müssen so lange stehen bleiben, bis die Leute vor Ihnen losgehen können. Weitersagen!«

Adi drückte meine Hand. »Oh Gott!«

Der große Kerl neben mir fing leise an zu weinen.

Und dann standen wir eine Ewigkeit lang im Dunkeln, bis wir losgehen konnten. Man spürte, dass jeder versuchte, die Angst zu unterdrücken. Unter der Erde festzusitzen, eng zusammengequetscht, zunehmende Hitze, stockfinster. Plötzlich flackerte ein Lichtstrahl durch den Wagen. Über ein Meer von blassen, furchtsamen Gesichtern.

»Alles in Ordnung, Leute. Ich bin Polizist. Ist jemand verletzt?«

Niemand antwortete. »Dann helfe ich Ihnen, hier rauszukommen. Bitte treten Sie von der Verbindungstür zurück, damit ich sie öffnen kann. Und wenn Sie losgehen, dann – *bitte* – langsam und ruhig.«

Ich und Adi hielten uns an der Hand, als wir durch die endlosen dunklen Wagen stolperten. Weiter und weiter und weiter, bis wir endlich vorne angelangt waren und den Bahnsteig erreicht hatten, der von ein paar trüben Lampen beleuchtet wurde. Vor uns konnte ich jede Menge Leute sehen, die sich langsam vorwärtsbewegten, wie Seelen, die ihre toten Körper verlassen. Schritt für Schritt, Stufe für Stufe, Tunnel für Tunnel gingen wir mit. Einmal fielen etliche Leute gleichzeitig hin. Das Gedränge war einfach zu groß. Zwischen den Körpern eingeklemmt kippte ich vornüber. Einige Leute schrien, andere riefen »Bleiben Sie ruhig, es ist alles in Ordnung!« und ähnlichen Scheiß. Dann umklammerte Adi meinen Arm und zerrte mich hoch. »Komm weiter. Wir sind fast da.« Und dann kam der beste Teil: Luft, frische Luft in meinem Gesicht. Ich hatte nie gewusst, wie gut sich das anfühlt.

Auf der Straße drängten sich Tausende von Menschen innerhalb der Absperrung um den Ausgang. Davor standen Polizei und Krankenwagen. Die Autos stauten sich in den Straßen. Ich und Adi schnappten nach Luft. Ein Feuerwehrmann winkte uns zu sich heran.

»Seid ihr in Ordnung?«

Ich konnte nichts sagen. Mir war nur kalt.

Er runzelte die Stirn. »Kannst du mich hören, Liebes?«

Adi nickte. »Ihr geht's gut. Wir wollen nur nach Hause.« Er nahm sein Handy aus der Tasche.

»Es gibt kein Netz. Nur für Notfallnummern. Wo wohnt ihr?«

»In Charlton.«

Der Feuerwehrmann schaute sich unsicher um. »Also, die offizielle Vorgabe lautet, dass die Leute so lange hierbleiben sollen, bis es wieder Strom gibt, aber . . . ich denke, ihr solltet lieber nicht hier im West End bleiben. Könnt ihr ein Stück zu Fuß gehen?«

»Den ganzen Weg bis nach Charlton? Das ist eine Weltreise, Mann.«

»Ich weiß, aber hier geht überhaupt nichts mehr – und das Gedränge wird immer größer. Wisst ihr wenigstens, wie ihr über den Fluss kommt? Ich glaube, sobald ihr aus dem Zentrum raus seid, gibt es Busse, und vielleicht gibt es da auch wieder ein Netz zum Telefonieren.«

»Aber warum? Was ist denn los im West End?«, fragte ich.

Er zögerte. »Es ist die Rede von Plünderungen. Ich will euch keine Angst machen, wahrscheinlich ist kaum was passiert – und normalerweise würde ich zwei Jugendlichen auch nicht empfehlen, allein loszumarschieren . . . aber schaut euch dieses Gedränge hier an – wir können euch hier nicht beschützen. Ihr solltet lieber zusehen, dass ihr von hier wegkommt.«

Adi nickte. »In Ordnung. Danke.«

Der Feuerwehrmann tätschelte meine Hand. »Nehmt die Nebenstraßen, und wenn es Probleme gibt, dann lauft.«

Wir drängten uns durch das Gewühl und schlüpften oben an der South Molton Street unter der Absperrung durch. Kaum waren wir fünfzig Meter gegangen, wurde es stockfinster. Ich drehte mich um und schaute auf das Gedränge zurück.

»Bist du sicher, dass wir hier wegmüssen, Adi?«

»Los, Mädchen, gleich wird es hier sehr ungemütlich werden, das weißt du so gut wie ich. Lass uns machen, dass wir nach Hause kommen.«

In dem Moment begann eine Prügelei am Rand der Menschenmenge und die Polizei musste einschreiten. Wir gingen weiter in die Dunkelheit.

Dieser Junge hat einen unheimlichen Orientierungssinn. Wir liefen durch die finstersten und engsten Seitenstraßen an Picadilly vorbei und wandten uns dann ostwärts Richtung Stadtmitte und Fluss. Eine halbe Stunde lang sahen wir keinen Menschen, nur Ratten und Müll. Als wir fast am Lancaster Place waren, tat mir mein Fuß tierisch weh. Ich lehnte mich an ein Geländer. »Warte mal, diese neuen Turnschuhe bringen mich um.«

Adi schaute sich um. »Sieht doch gut aus. Vielleicht können wir uns jetzt auf die Hauptstraßen wagen und gucken, ob ein Bus fährt. Ich glaube, der Feuerwehrmann hat total übertrieben. Oder hast du irgendwas gesehen?«

Ich zuckte vor Schmerz zusammen, als ich meine Socke zurückschob. Eine dicke fette Blase. Sie platzte auf und der Glibber lief mir über die Hand. »Igitt. Adi, hast du ein Taschentuch oder so was . . .«

»Pssst.«

»Aber es tut so weh . . .«

»Sei still, Laura. Hörst du das?«

»Was denn?«

Wir schwiegen einen Moment lang und dann hörte ich es auch. Ein dumpfes, dröhnendes Geräusch. Und eine Sirene. Die auf uns zukam. Wir schauten uns an.

»Zieh deinen Schuh wieder an.«

Ich hockte mich an der Straßenecke hin und band den Schnürsenkel zu, als plötzlich ein Mann um die Ecke gerast kam, der einen großen Fernseher trug.

»Hau ab!«, schnauzte er mich an und sprang über mein ausgestrecktes Bein.

»Laura, steh jetzt auf. Wir müssen uns verstecken.«

Mit wild klopfendem Herzen rannten Adi und ich durch ein Labyrinth von Straßen und versuchten vergeblich, uns hinter einem Geländer oder in einem tiefer gelegenen Hauseingang zu verstecken. Jetzt ertönten überall Sirenen. Dann bogen wir scharf ab und rannten direkt auf Lancaster Place/ Ecke Strand zu. Dort blieben wir wie angewurzelt stehen. Zwei große Menschenmassen waren voreinander aufgebaut. Mindestens tausend Leute standen schweigend vor dem Somerset House. Ihnen gegenüber eine Formation von

Polizisten in Kampfausrüstung. Es sah aus wie ein Foto, so als stünden sie schon ewig da. Dann feuerten die Polizisten ohne Vorwarnung drei Tränengaspatronen in die Menge, die schreiend zurückwich. Durch den Rauch sah ich, wie die Polizisten losmarschierten und mit den Schlagstöcken auf ihre Schutzschilde schlugen. Plötzlich hörte ich, wie Adi mir ins Ohr brüllte: »Laura! Was machst du denn? Los, beweg dich.«

Und dann rannten wir und rannten und rannten. Über die Brücke, am Embankment entlang, bis wir nicht mehr konnten.

Dieses Gefühl, die Haustür aufzuschließen – und *zu Hause* zu sein. Ich kann es nicht beschreiben. Nicht, dass es irgendjemandem aufgefallen wäre, dass ich weg war. Dad war als Einziger noch auf. Er schaute von seinem Buch hoch. »Na, schönen Tag gehabt?«

Ich nickte.

Heute kann ich nicht mehr weiterschreiben.

Donnerstag, 5. Feb.

Und das Komischste ist, dass der Stromausfall nur zwei Stunden gedauert hat. All das in nur zwei lausigen Stunden. 30.000 Fahrgäste saßen bis Mitternacht fest, in der City sind Schäden in Höhe von 8.000.000 Euro entstanden, zwei Gebäude sind abgebrannt, Randale in vier verschiedenen Stadtteilen, mit Tränengas und Wasserwerfern gegen Plünderer, 6 Tote, 260 Verletzte, 800 Festnahmen.

Und warum all das? Wegen eines Kurzschlusses im 275.000-Volt-System, das London umspannt. Ein blöder kleiner Kurzschluss in einem kleinen E-Werk in Kent.

Ich kann nicht glauben, wie naiv ich gewesen war. Ich bin total deprimiert. Unsere erste Prüfung und wir haben sie dermaßen vermasselt. Plünderungen? Worum geht es dabei? Es ist Gier, nackte Gier – genau das, wodurch diese Situation überhaupt erst entstanden ist. Manchmal habe ich einen richtigen Hass auf die Leute. Was wird denn erst los sein, wenn etwas *wirklich* Schlimmes passiert?

Hoffentlich ist bald alles vorbei. Die Schneestürme in Europa haben aufgehört, aber jetzt schmilzt der Schnee so schnell, dass überall Überschwemmungen sind. Dänemark hat unsere Gaslieferungen auf 75 % erhöht, aber die verdammten Franzosen lassen immer noch nichts durch. Wir haben einfach nicht genug Treibstoff, um unsere Kraftwerke am Laufen zu halten.

Samstag, 7. Feb.

Zeitsprungfaktor 10. Mum hat beschlossen, dass wir ein bisschen *Spaß* brauchen, um uns *aufzuheitern,* also ist unsere große glückliche Familie heute Nachmittag zu einer Spazierfahrt aufgebrochen, ein Unternehmen, als führen wir zum Mond.

Ich quetschte mich mit Kim (sie wurde aus ihrem Zimmer gezerrt) auf den Rücksitz, aber ich ließ ihren Freund Paul zwischen uns sitzen, um ihre radioaktive Strahlung abzuwehren. Es ist mir total schleierhaft, was er an ihr findet. Wahrscheinlich hat sie eine heiße du-weißt-schon-was. Igitt.

»Also, ich weiß nicht, Julia«, murmelte Dad auf dem Beifahrersitz.

»Aber ich. Wir haben das Auto seit einem Monat nicht mehr benutzt und ich für meinen Teil habe verdammt noch mal ein bisschen Normalität dringend nötig.«

»Ja, gut, aber wir sollten uns wirklich überlegen, ob wir den Wagen nicht lieber gegen einen Elektrokarren eintauschen.«

Mum zuckte zusammen. »Ich werde nicht in einem Milchwagen herumfahren, Nick, das ist mein letztes Wort.«

Dad seufzte und sah aus dem Fenster.

Irgendwie kann ich sie verstehen. Dieser Vater der Krachmacherfamilie, die vier Häuser weiter wohnt, hat sich gerade so einen Elektrokarren angeschafft, und wenn er damit die Straße herunterfährt, kommt er am Ende auf eine Geschwindigkeit von gerade mal 10 km/h.

Mum fuhr uns zu Virginia Water und am Seeufer veranstalteten wir ein eisiges Picknick. Und dann passierte etwas Seltsames. Mum drängte Paul den letzten Bissen Quiche/Kuchen/Chips auf – »Komm schon, ein Junge wie du, der noch wächst! Blablabla«, und er sagte immer wieder: »Nein. Nein, vielen Dank, Mrs Brown, blablabla«, als mein Dad plötzlich hochschoss wie von der Tarantel gestochen. »Warum hörst du verdammt noch mal nie zu? Der Junge hat Nein gesagt!« Dann schmiss er sein Russisches Ei auf den Boden und rannte in den Wald. Wir starrten ihm schweigend nach. Unser Dad und ein Wutanfall. Kim fing an zu lachen. »Na also, endlich bröckelt es auch bei uns.«

Montag, 9. Feb.

Jaaaa! Endlich, endlich hat Frankreich den Gaslieferboykott aufgehoben. Keine Stromausfälle mehr! Zumindest nicht bis zum nächsten Schnee. Alle sind total glücklich. Bob Jenkins hat Lisa Bell wie bei so einem grässlichen altmodischen Tanz um die Taille gepackt und ist mit ihr den Gang entlanggewirbelt. Die schlechte Nachricht ist allerdings, dass die Regierung alle Smartmeters in den Häusern ans Stromnetz anschließen lässt, um uns zu kontrollieren und den Zugang sperren zu können, wenn wir zu viel verbrauchen. Widerwärtig.

Dienstag, 10. Feb.

Heute Morgen war ich allein zu Hause, also habe ich meinen e-pod an die Lautsprecher angeschlossen und ihn volle Pulle aufgedreht. Green Day, Peaches, New York Dolls – all die alten Klassiker – und dazu habe ich mit meinem kleinen Arsch gewackelt und bin durchs Wohnzimmer gepogt. Mein Gott, ich liebe diese Bands – sie haben so viel Power, so viel Stil. Claire versucht immer, mich ganz auf die radikale Straight-Edge-Seite zu ziehen, aber ich weiß nicht – keine Drogen, kein Fleisch, kein Sex, das ist schon krass. Ich meine, ich mach mir schon Gedanken, aber ich will auch was vom Leben haben.

Nach einer Weile schlich ich mich mit meiner Bassgitarre in Kims Zimmer, um vor ihrem großen Spiegel ein paar Bewegungen zu üben. Ich versuchte, den Gurt tiefer umzuhängen, aber dann konnte ich die hohen Noten bei *Tod dem kapitalistischen Abschaum* nicht greifen. Ich nahm einen Stapel Papier von dem Haufen Zeugs runter, der vor dem Spiegel lag. Die obere Lage verrutschte und darunter kamen tonnenweise Zeitschriften und Prospekte über Ibiza zum Vorschein. Was zum Teufel wollte Kim damit? Meine Nackenhaare richteten sich auf. Ich musste mir das einfach angucken – all diese Engländer, die Partys feierten und wie verrückte Verräter Treibstoff verschwendeten. Ich war gleichzeitig neidisch und stocksauer.

Plötzlich hörte ich die Haustür zuknallen und schaffte es gerade noch zu verschwinden.

Es macht mich krank, wie sehr ich Kim hasse. Was es noch schlimmer macht, ist, dass wir noch vor zwei Jahren ganz dicke waren. Kim ist immer schon ein bisschen verrückt gewesen, aber sie war auch cool – sie hat mir beigebracht, mir nicht alles gefallen zu lassen – wir hingen die ganze Zeit in ihrem Zimmer herum, probierten Make-ups aus, chillten, machten Musik – aber als sie mit der Modeschule anfing, ließ sie mich plötzlich fallen und behandelte mich, als wäre ich der größte Versager aller Zeiten.

Mittwoch, 11. Feb.

6.30 morgens. Der Briefträger hat mich geweckt.

»Hier bitte unterschreiben«, sagte er und gab mir einen roten Umschlag mit dem Absender der Umweltbehörde. »Ein Roter.« Er zog eine Augenbraue hoch. »Die kriegen nur echte Verschwender. Danke.«

Statt den Umschlag aufzumachen, habe ich ihn unter dem Glascontainer versteckt. Da sind so viele Weinflaschen drin, den heben sie im Leben nicht hoch. Dieses Drama will ich nicht erleben.

Heute Abend kam ich mir fast vor wie der Prototyp eines Teenagers am Freitagabend. Wir hatten eine echt geile Bandprobe – die Rationierung hat uns total zusammengeschweißt. Nach ungefähr einer Stunde machten wir eine Pause. Claire schaute mich an.

»Wirst du also endlich radikal, Laura?«

»Wie meinst du das?«

»Ich habe gehört, dass du zu dem *Hydro*-Gig gehst. Sie gehören dazu. Sie geben es zwar nicht zu, aber sie stecken hinter der BK-Aktion.«

»Der was?«

»Ach, du weißt schon. Benzin-Kratzer – die Aktion gegen schmutzige Benzinfresser. Jugendliche kratzen mit einem Schlüssel das Hydro-Logo auf die Autos.«

»Ach nee, dieses Anarchiesymbol mit H statt einem A?«, fragte Stace. »Der Zahnarzt von meinem Vater hatte neulich eins auf der Motorhaube von seinem Porsche. Mein Dad hat erzählt, er war so sauer, dass er ihm beinah durch die Backe gebohrt hätte.«

Ich schüttelte den Kopf. »Also, ich weiß nicht – ich mag einfach nur deren Musik. Warum muss bei dir immer alles politisch sein, Claire?«

Sie wickelte sich das Mikrokabel um den Arm. »Weil alles politisch *ist,* Laura.«

Nach der Probe sind wir zusammen ins Kino gegangen: *Eisbrecher,* dieser 3-D-Thriller über die Kältewelle in New York. Es war ziemlich seltsam: Eigentlich sollte diese Familie und der ganze Scheiß, den sie erlebt haben, einem die Tränen in die Augen treiben, aber jedes Mal, wenn sie weinten, haben alle im Kino gelacht. Diese Familie kam einem so verwöhnt vor, so kindisch. Bei der Schlussszene, als der Vater, dieser heldenhafte Typ, versuchte, mit einem Jeep über einen Gletscher zu fahren, schrie Adi »Was für 'n Scheiß!« und alle Leute in unserer Reihe haben geklatscht.

Verdammte Claire. Ich will nicht, dass alles politisch ist. Ich will, dass alles normal ist.

Samstag, 14. Feb.

Ich wünsche mir selbst einen schönen Valentinstag. Wie kriege ich RD dazu, auf mich aufmerksam zu werden? Meine Ausgangsposition ist superschlecht *und* unsexy: Ich bin das Mädchen von nebenan und das Mädchen, mit dem er montagmorgens und donnerstagnachmittags Leiterplatten zusammenschweißt. Eigentlich möchte ich gern mit jemandem darüber sprechen, aber das letzte Mal, als mir ein Junge gefiel (Scott Harris), waren alle so sauer über meine Besessenheit und Tatenlosigkeit, dass sie im ganzen College Klebezettel anbrachten mit einem Foto von Scott und dem Text *Ruf mich an!* und meiner Handynummer.

Heute Nachmittag war ich bei Kieran. Er hat schon seit Wochen keine Schere mehr angefasst. Stattdessen ist er in seinem Wohnzimmer auf- und abgelaufen und hat Selbstgespräche geführt. Ich habe versucht, ihn zu beruhigen, aber er hatte diesen wahnsinnigen Ausdruck in den Augen und wiederholte wie ein Papagei immer wieder denselben Satz: »Was soll ich nur tun, was soll ich nur tun?«

Als ob ich das wüsste. Ich bin *sechzehn.*

Als ich nach Hause kam, tat Dad so, als würde er den Hinterhof fegen, aber in Wirklichkeit unterhielt er sich mit Mr Datta. Zum ersten Mal seit Wochen sagte er mehr als vier zusammenhängende Worte, also lauschte ich.

Mein Gott, sind erwachsene Männer langweilig! Volle 30 Minuten lang unterhielten sie sich über Folgendes:

1. Mr Datta ist 1987 nach England gekommen, um bei seinem Bruder ins Geschäft einzusteigen, und seitdem haben ihn alle Leute enttäuscht.

2. Mein Dad hat 1986 angefangen, als Lehrer zu arbeiten, und seitdem haben *ihn* alle Leute enttäuscht.

Sie hörten erst auf, als Ravi herauskam und seinen Dad ans Telefon rief. Als Mr Datta ins Haus ging, sah ich, wie Ravi hinter ihm ausspuckte. Ohooo. Ich versuchte, seinen

Blick einzufangen, aber er drehte sich auf dem Absatz um und verschwand im Haus.

Dad legte sich wieder ins Bett – so viel zu diesem Anfall von Lebendigkeit. Ich nutzte die Chance und schlich mich in sein Arbeitszimmer, um ins Internet zu gehen. Jedes Mal, wenn ich jetzt Strom verbrauche, fühle ich mich wie ein Verbrecher. Ich wollte ein paar Hintergrundinfos über *The Hydrogen*, aber mir fiel die Webadresse dieser Untergrundmusikseite nicht ein, also klickte ich auf *Verlauf* und was sah ich? Haufenweise Klicks auf *Ibiza.com.* So verrückt kann doch nicht mal Kim sein. Ich klickte mich auf die British-Airways-Seite, um die CO_2-Punkte für Flugreisen zu sehen. Mann, ist das krass: 100 Punkte für einen Hin- und Rückflug nach Ibiza. Da bleibt einem fast nichts übrig, um den Rest des Monats zu überleben. Ein Ding der Unmöglichkeit. In einer Schublade fand ich dann noch folgenden Ausdruck:

Der Mann hat keine Ahnung, was ihm bevorsteht.

Montag, 16. Feb.

So viel zum offiziellen Energiemarkt. Auf dem Schulhof gibt es jetzt einen Schwarzmarkt. Heute gab es fast einen Aufstand, weil alle hinter diesem Typ her waren, der einen Karton mit geklauten Batterien hatte und sie verkaufte, ohne dass man die Energiekarte einsetzen musste. Es geht nicht mehr um Geld, es geht darum, den Verbrauch auf der Karte niedrig zu halten. Dieser Typ hat sein Geschäft auf dem Dach des Fahrradschuppens eröffnet – morgens gibt man seine elektronischen Geräte bei ihm ab, er lädt sie auf und bei Schulschluss holt man sie gegen einen Chiller wieder ab. Das ist billiger, als sie über die Karte aufzuladen, und für ihn ist es kein schlechtes Geschäft. Ich habe endlich begriffen, wie man die Energiepunkte berechnet. 1 Punkt ist ein Cooler, 10 Punkte sind ein Chiller und 100 Punkte ein Cube.

Ich glaube, ich weiß jetzt, was mit Dad los ist. Ich war mit Claire durch den D-Block-Gang zu ihrem Reise-&-Tourismus-Kurs gegangen, aber an der Tür zu dem Raum hing ein Zettel, auf dem stand, dass der Kurs gestrichen ist. Der *ganze Kurs.* Alle haben ihn abgewählt, was man niemandem vorwerfen kann. Welchen Sinn hat es, etwas zu lernen, mit dem man nichts anfangen kann? Mir wurde ganz schlecht, als ich las, was auf dem Zettel stand. All die Orte, die ich nie sehen werde.

Claire trat gegen die Tür. »Super! Lass uns nach Hause gehen und kochen und nähen und Babys kriegen und uns den Arsch abfrieren und nie irgendwohin fahren oder was Interessantes erleben und in einem Sturm umkommen und bis in alle Ewigkeit bei unseren Eltern wohnen.«

Dad tut mir echt leid. Ich finde zwar den Job als Leiter der

Reise-&-Tourismus-Abteilung total blöd, aber das lag einfach nahe, nachdem er in den 80ern total bekifft mit einem VW-Bus um die Welt gefahren ist. Mum wurde schwanger mit Kim und er wurde Lehrer und ist es 18 Jahre später immer noch. Er ist ein Dinosaurier, einer dieser großen sanften Grünzeugfresser, vielleicht ein Brontosaurus, der eines Tages nach oben schaut und dieses seltsame kalte Zeug vom Himmel fallen sieht und sagt: »Ooh, Schnee, wie schön!«, und schon steht er im British Museum und Kinder kleben ihm Kaugummi auf den Schädel.

Ich bin sicher, dass er nicht schon immer so deprimiert gewesen ist. Ich habe ein altes Schwarz-Weiß-Foto gesehen, als er in Afrika in einem Sommercamp gearbeitet hat. Man kann ihn kaum erkennen, weil er so ... glücklich aussieht.

Heute Nachmittag mussten wir bei GPJ diesen Energieverbrauchstest machen:

Persönlicher Energieverbrauchstest

Nenne 3 Beispiele, wie deine Familie ihren CO_2-Ausstoß reduziert hat:

1. Auto wird nur am Wochenende benutzt – während der Woche nur Fahrrad/Bus/zu Fuß gehen
2. Dad steckt in einer Depression – bewegt sich nicht, isst und spricht kaum
3. Ich tausche Duschzeit gegen Fernsehzeit.

Nenne 3 Beispiele, welche Auswirkungen diese Reduzierung auf deine Familie hat:

1. Zu Hause ist es viel friedlicher, seit Mum sich ständig beim Busfahren verirrt.

2. Mein Dad hat einen Nervenzusammenbruch, weil der Fachbereich Reise & Tourismus nicht mehr existiert.
3. Ich werde immer schmutziger.
Nenne 3 Beispiele, wie deine Familie ihren CO_2-Ausstoß noch weiter reduzieren könnte:
1. Kim umbringen
2. Die Heizung abstellen, blöde Formulare wie dieses hier verbrennen und sich am Feuer wärmen
3. In ein warmes Mittelmeerland umziehen (ich habe Mum darauf angesprochen, aber sie hat gesagt, die Mittelmeerländer hätten genügend eigene Probleme und würden die englische Mittelklasse nicht willkommen heißen)

Zum Schluss diskutierte GPJ mit uns, wie man in solchen Krisenzeiten anderen helfen kann. Sie möchte, dass wir uns in einem Energiehilfsprojekt engagieren. Das hat mich echt angemacht – ich suche mir eine bedürftige Person und helfe ihr.

Aber wer könnte das sein?

Dienstag, 17. Feb.

Heute Abend habe ich die Nachrichten gesehen. Im Vorfeld des Kyoto-3-Abkommens ist eine Gruppe Politiker der führenden Industrienationen nach London gekommen. Sie wurden in Hydro-Bussen durch die Stadt gekarrt und starrten die Leute auf der Straße an, als wären sie Laborratten. Die *Rationierten.* Sie wissen genau, dass sie die Nächsten sind und wollen sich einen Überblick verschaffen, wie schlecht es uns wirklich geht. Und das Verrückte ist: Es führt dazu, dass wir alle so tun, als wäre nichts, als hätten wir noch nie eine Mango gesehen, wären nie ins Ausland geflogen, hätten nie ein Auto gefahren oder nie ein warmes Zuhause gehabt. Ich glaube, das ist die einzige Möglichkeit: den Kopf oben zu halten und so zu tun, als sei alles *vollkommen normal.* Ganz besonders Ausländern gegenüber.

Zum Schluss der Nachrichtensendung gibt es eine neue Reportagereihe. Eine echt bescheuerte Reporterin auf dem Positiv-Trip besucht Leute im ganzen Land und befragt sie, wie sie mit ihrem Leben zurechtkommen.

Heute war sie bei einem Hundezüchterpaar in Bradford. Sie haben ihren Hunden beigebracht, sie in Schlitten über die Heide zu ziehen. Der Bericht begann mit einer langen Einstellung auf vier Schäferhunde, die das Paar auf einem wackeligen, mit Einkäufen beladenen Schlitten einen Hügel hinaufziehen. Gerade als sie oben angelangt waren, fuhr der Schlitten über einen Huckel, das ganze Zeug flog in den Schnee und überall lagen Tamponpackungen und Kellogg's Cornflakes herum. Der Mann stemmte sich vom Schlitten hoch, kniete sich hin und sammelte alles wieder auf. Die Kamera zoomte auf sein tränenüberströmtes, froststarres Gesicht.

»Fantastisch, Sie haben es geschafft!«, rief die Reporterin aus ihrem beheizten Jeep.

Ist das dazu gedacht, dass wir uns besser fühlen?

Ich ging in mein Zimmer und war echt deprimiert.

Nebelfetzen um drei Uhr morgens und
mein Verstand ist durchgehend geöffnet,
wie eine Imbissbude. Mein trübes Fenster
verbirgt den Blick auf die Straßen,
wo früher die Laternen flackerten.

Jetzt ist es dunkel.
In meiner Hand sterben die Batterien;
Säure verätzt das Fleisch und der Schmerz
fällt lachend zu Boden.
Die Autos sind tot, ihre Seelen
wurden von den Zügen gestohlen,
die den leisen Atem durchbrechen.
Ra ka da ra.
Die Stadt atmet. Sie ringt nach Luft.
Sie stirbt und in meinem Zimmer höre ich
ihren immer leiser werdenden Beat.
Der Nebel fällt und Kälte kriecht mir in die Knochen – ein Folterknecht, der seine Taten vollendet.

Noch einer für Claires Jackentasche.

Mittwoch, 18. Feb.

Heute Morgen habe ich meinen Wecker gegen die Wand geschmissen und mich unter die Daunendecke gekuschelt, um noch eine Stunde zu schlafen. Poesie ist anstrengend. Bis ich mein Zeugs zusammengepackt hatte, war es schon nach 11, und als ich aus der Haustür kam, sah ich etwas Seltsames – Brains Fitzsimmons und ein paar IT/Computerfreaks lungerten im Treppenhaus der Leaders herum. Warum? Wollen sie sich die Köpfe einschlagen lassen?

Auf dem Weg die Straße runter kam ich am alten Arthur vorbei, der links neben uns wohnt. Er schleppte ein paar Einkaufstüten und sah echt mitgenommen aus. Und dann hatte ich eine Idee – er ist genau die richtige bedürftige Person für das Energiehilfsprojekt! Morgen gehe ich ihn besuchen.

Donnerstag, 19. Feb.
Heute gab es einen heftigen Sturm. Ich hatte keine Lust, zur Schule zu radeln, also blieb ich in meinem Zimmer und bekam unfreiwilligerweise Kims Streit mit Paul mit. Ich hörte, wie er sagte: »Aber dann sind wir pleite, Kimmy.« Daraufhin schrie sie: »Ich hasse dich! Ich mach Schluss!«

Ich zog meine Jacke an und klopfte an Arthurs Tür. Er kam nicht an die Haustür, aber ich konnte durch den Briefkastenschlitz riechen, dass drinnen Speck gebraten wurde, also ging ich nach hinten, kletterte über den Zaun und guckte durch sein Küchenfenster. Durch den dichten Zigarettenqualm konnte ich gerade so erkennen, dass Arthur dasaß und Zeitung las. Nachdem ich ungefähr 50 Millionen Mal an die Tür geklopft hatte, blickte er von der Sportseite auf, sah mich und kam an die Tür.

»Jaaaa?«, brummte er. Ich erzählte ihm von dem neuen Energiehilfsprojekt und dass ich eine *bedürftige Person* brauchte.

»Fabelhaft, aber danke, nein.« Er machte Anstalten, die Tür wieder zuzumachen.

»Aber ich bin es doch, Laura, von nebenan.«

Er wedelte mit seiner Zigarette herum. »Na, wenn das so ist, fabelhaft, wunderbar! Komm rein.«

Arthur Stoat-Wilson ist der eleganteste und glücklichste Mensch, den ich kenne. Er sagt, so reich wie jetzt war er seit dem 15. September 1952 nicht mehr, als er sein Haus verlor, weil sein Bruder es versoffen hatte. Er ist jetzt ein Energiekreditor, das heißt, er verbraucht weniger Energie als ihm zusteht und kann den Überschuss verkaufen. Es reicht ihm völlig aus, in drei Mäntel gehüllt vor seinem kleinen Heizstrahler zu sitzen, das lässt ihn kräftiger aussehen, sagt er, und schützt ihn vor Einbrechern. Seine überschüssigen Punkte gibt er für Pferdewetten und Starkbier aus. Ich probierte einen Schluck, es schmeckte rostig.

Ich fragte ihn, ob ich irgendwas für ihn tun könnte, worauf er kicherte, die Sportseiten aufschlug und mich bat, den Gewinner für das 3-Uhr-45-Rennen in Aintree auszusuchen. Nächste Woche besuche ich ihn wieder – er tut nur mir zuliebe so, als wäre er glücklich. Solche Geschichten wie seine stehen immer wieder in der Zeitung, weil sich herausstellt, dass die ganzen Essenspackungen im Regal leer sind und er nur noch eine einzige Dose Thunfisch hat und eine Flasche mit Schlaftabletten, die er seit 1973 für seine letzte Stunde gesammelt hat.

Freitag, 20. Feb.

Heute war ich ein paar Minuten zu früh im Design-Tech-Kurs, nur Ravi war schon da und mein Herz klopfte wie wild.

»Hi.« (Ich bin ja so cool.)

Er blickte auf. »Hi.«

»Kommt ihr nebenan mit allem klar?«

»Hä?«

»Du weißt schon – wo alles ist und so. Wenn ihr irgendwas braucht . . .«

»Ach so, alles klar.«

Plötzlich wurde die Tür aufgerissen – hereinstolziert kam Thanzila Amar, das hübscheste, heißeste, sexyeste Mädchen im ganzen College. Sie starrte Ravi mit großen Bambiaugen an.

»Bist du Ravi Datta?«

»Ja.«

»Ah, gut, weil ich dich um einen Gefallen bitten will.« Sie lächelte und lehnte sich mit ihrem wunderschönen Arsch an Dave Beards Pult. »Hi, Laura.« Sie warf mir einen Blick zu. »Ich störe doch nicht, oder?«

Ich lächelte zurück, aber das war pure Verschwendung, weil Thanzila nur Augen für Ravi hatte. Was war mit ihrem Freund Samad?

»Ich habe gehört, dass du gut im Reparieren bist.«

Er nickte.

»Auch Videohandys?«

Er nickte wieder.

»Echt?«, hauchte Thanzila und beugte sich zu ihm vor. »Weil, wenn du meins wieder hinkriegen würdest, wäre ich dir sooooo dankbar.« Sie griff in die Tasche und zog ihr Handy heraus. »Guck mal. Das Bild pixelt nur noch . . . und es lässt sich nicht mehr upgraden.«

Er nahm es und besah es von allen Seiten. »Tja, wahrscheinlich die Grafikkarte. Lass es mir hier.«

»Echt? Das ist supercool. Was willst du dafür haben?«

»Schon okay.«

Sie rutschte vom Pult herunter und stand ganz dicht vor ihm. »Vielen, vielen Dank . . . Übrigens . . .«, mit ihren lackierten Fingernägeln berührte sie seine Hand, »du hast echt schöne Hände, hat dir das schon mal jemand gesagt?« Sie hängte sich ihre Tasche über die Schulter, lächelte ihn an und verließ das Klassenzimmer.

Ravi drehte sich langsam zu mir um. »Ähm, ja, also . . . Danke für dein Angebot, aber ich komm schon zurecht zu Hause.«

Ich nickte und lächelte so angestrengt, dass mir die Zähne wehtaten.

Es ist mir sowieso egal, wenn er mich nicht mag, wie ich bin, dann soll er's eben lassen.

Mitten in der Nacht bin ich wach geworden und habe bei Kerzenlicht meine hässlichen Hände angeschaut.

Samstag, 21. Feb.

Heute waren die Mitarbeiter der Umweltbehörde da und haben in unserer Straße alle Smartmeter ans nationale Netz angeschlossen. Als wir an die Reihe kamen, habe ich dem Mann eine Tasse Tee gemacht und ihn gefragt, wie es funktioniert.

»Ganz einfach, Schätzchen.« Er tippte auf das Display. »Du hast 200 Energiepunkte pro Monat, nicht?«

Ich nickte.

»Tja, und auf diesem kleinen Messgerät kann man den Verbrauch ablesen. Und sicherstellen, dass man nicht mehr verbraucht, als man darf. Willst du's ausprobieren?«

»Was, jetzt sofort?«

»Klar, ich bin fertig.« Er zeigte auf den Schlitz oben am Gerät. »Also los, du musst deine Energiekarte nur hier reinstecken, so . . .«

Ich nahm meine Karte und schob sie durch den Schlitz. Das Gerät leuchtete auf, machte ein paar Geräusche und spuckte Sekunden später einen Ausdruck aus. Mit zitternden Fingern griff ich danach. Es war die Summe der Energiepunkte des letzten Monats.

Brown L. **Jan. 01.01.15 – Jan. 31.01.15**

CO2 Kto.Nr. 4547 94 10 0982 5954

VERFÜGBARE PUNKTE: 200

VERBRAUCHTE PUNKTE: 180

Glückwunsch, Laura Brown! Sie haben weniger CO2 verbraucht, als Ihnen zusteht.

Die überschüssigen 20 Punkte werden Ihrer Februar-Zuteilung gutgeschrieben.

»Na also«, sagte der Elektriker lächelnd. »Keine Probleme.«

»Und was ist, wenn man zu viel verbraucht?«

»Tja, genau darum geht's. Im Grunde genommen reguliert das Messgerät deinen Energieverbrauch – wenn du viel zu viel verbrauchst, dann schaltet es bestimmte Dinge im Haus sogar von selbst aus.«

Beim Abendessen mit Mum und Dad war die Stimmung angespannt. Als Dad aufgegessen hatte, legte er Messer und Gabel hin und drehte sich betont beiläufig zum Messgerät um.

»Ach ja, sollen wir's mal ausprobieren?« Er schaute auf Mums Energiekarte, die auf der Anrichte lag. »Ist das deine, Liebling? Bist du einverstanden?«

Mum wurde ganz blass. »Einverstanden? Warum sollte ich nicht einverstanden sein?«

Und dann passierte alles in Slow Motion: Dad nahm ihre Karte, ging zum Messgerät und schob die Karte durch den Schlitz. Einen Moment lang war es ruhig, dann surrte es in dem Gerät, die Erde drehte sich – und ein weißes Stück Papier flutschte in Dads wartende Finger. Er betrachtete es stirnrunzelnd.

»Das kann nicht stimmen. Du kannst doch nicht 50 Punkte überzogen haben!«

Mum stöckelte durchs Zimmer und riss ihm den Ausdruck aus der Hand.

Brown, J. **Ja. 01.01.15 – Jan. 31.01.15**

CO2 Kto.Nr. 4548 9460 0489 0589

VERFÜGBARE PUNKTE: 200
VERBRAUCHTE PUNKTE: 250
Achtung! Sie haben die Ihnen zur Verfügung stehende Quote überschritten.
Die zu viel verbrauchten 50 Punkte sind Ihnen mit einer Rate von Super50
in Rechnung gestellt worden.

»Ach, das muss ein Irrtum sein. Hier, drück mal auf die Taste *Weitere Details . . .*«

Dad beugte sich vor, drückte auf einen gelben Knopf und ein paar Sekunden später wurde ein längerer Papierstreifen ausgedruckt.

Mum griff danach, aber Nicky-Boy war schneller. Beim Lesen kriegte er rote Flecken im Gesicht. Mit gefährlich ruhiger Stimme sagte er: »Fitnessstudio? Stunde um Stunde im Scheiß-Fitnessstudio?«

Mum warf die Hände in die Luft. »Na und, Nick? Ich muss auch mal weg von dir und deinem gottverdammten Elend!«

»Hast du schon mal drüber nachgedacht, dass du deinen Arsch auch irgendwo anders bewegen könntest? Draußen an der frischen Luft zum Beispiel? Guck dir bloß mal an, was diese Super50Rate kostet! 20 Chillers und 100 Euro!«

»Scheiß auf das System! Seit wann hast du so viel gottverdammtes Zutrauen in dieses gottverdammte System?« (Mum ist in New York geboren, und obwohl sie erst zehn war, als sie nach Washington gezogen sind, und obwohl sie seit 20 Jahren in London lebt, verfällt sie in ihren »New Yoik«-Akzent, wenn sie sauer ist.) »Ich arbeite so hart. Ich brauch das!«

Der Blick, den er ihr zuwarf, war eiskalt. »Du brauchst das nicht. Du *willst* es nur.«

Ich ging in mein Zimmer und schmierte mir wie eine alte Jungfer Mums *Shiseido Hand Revitaliser* auf meine hässlichen Hände. Die Rationierung wirkt wie ein Suchscheinwerfer, der alle kleinen Fluchten und Geheimnisse aufspürt und ans Licht bringt. Und was ist das kleine Geheimnis meiner Eltern? Sie haben eine Höllenangst davor, dass sie sich vielleicht nicht mehr leiden können.

Kim ist übers Wochenende weg. Angeblich ist sie bei Freunden im Norden von London. Ich habe das Gefühl, dass sich ein Riesenstreit anbahnt. So war es immer schon – Kim, Kim, Kim und ihre Probleme. Immer dreht sich alles um sie.

Sonntag, 22. Feb.
6 Uhr abends. Gerade ist Dad zehn Minuten lang in meinem Zimmer gewesen. Er hat auf der Bettkante gesessen und ständig geseufzt/noch mehr geseufzt. Er hat immer wieder Dinge gesagt wie »Wir brauchen alle Zeit, um uns dran zu gewöhnen« und »Zusammen schaffen wir das schon, die ganze Familie« und »Brauchst du irgendwas?«.

Ich habe ihm ein neues Fahrrad abgeschwatzt. Treffer!

10 Uhr abends. Mum hat stundenlang im Schneidersitz auf meinem Bett gesessen und geseufzt/sich gerechtfertigt/noch mehr geseufzt. Sie hat Dinge gesagt wie »Die Welt ist nur dann kompliziert, wenn man sie kompliziert macht«, und »Wir müssen die Bedürfnisse *aller* Familienmitglieder berücksichtigen« und »Du wirst allmählich eine Frau mit eigenen Bedürfnissen«.

Beim Rausgehen hob sie mein altes CSS-T-Shirt vom Boden auf und murmelte: »Es tut mir leid. In Zukunft achte ich auf meine Punkte.«

Mit so was kann Mum einen wirklich wahnsinnig machen. In dem Moment, wo ich ihr am liebsten ein Messer in den Bauch stechen würde, geht sie hin, hebt mein T-Shirt auf und ich schmelze nur so dahin.

Auf jeden Fall habe ich ihr einen Satz Gitarrensaiten abgeschwatzt. Treffer!

Montag, 23. Feb.

Seit fast einer Woche regnet und stürmt es. Auf dem Weg zur Bandprobe ist mir fast die Gitarre weggeflogen. Schon merkwürdig, dass das Wetter so wichtig geworden ist. So wie jetzt; man überlegt, ob es nur ein ganz normaler Wintersturm ist . . . oder ob er uns vielleicht zerstört. Die Stimmung ist überall total angespannt und alle haben Angst vor neuen Stromausfällen.

Jedenfalls habe ich mich getraut und allen erzählt, dass ich in Ravi verknallt bin. Sie haben mir ungefähr 30 Sekunden lang zugehört und dann schrien alle durcheinander und fingen an zu spielen, bis Adis E-Saite riss und durch den Raum flog. Er ist ziemlich brutal mit der Gitarre umgegangen.

»Mmh«, sagte Stacey zweifelnd, »er ist ja schon ganz süß, dieser Ravi . . .«

»Tja, das ist ja das Problem – er sieht *zu* gut aus für mich«, jammerte ich.

»Hm. *Zu* süß, wenn du mich fragst. Mir ist er ein bisschen *zu* perfekt«, meinte Claire.

»Neeeee. . .« Stacey runzelte die Stirn. »Nicht perfekt . . . eher so 'n Einzelgänger irgendwie . . .«

»Schräg!«, riefen Stace und Claire gleichzeitig.

»Also vielen Dank für eure Unterstützung. Er ist also ein schräger Freak, aber keiner hat widersprochen, als ich gesagt habe, er sieht zu gut aus für mich.«

Alle brachen in wildes Gelächter aus.

Nach der Probe bin ich bei Adi geblieben und wir haben Monopoly mit seiner Familie gespielt. Sie sind alle so normal, das ist toll. Als ich ging, sagte Adi: »Bist du echt in ihn verknallt, Laura?«

Ich nickte.

Er seufzte. »Dann müssen wir uns was ausdenken. Was Jungs angeht, bist du einfach ein hoffnungsloser Fall.«

PS: Beim Monopoly habe ich alle in die Tasche gesteckt – zehn Hotels, die ganze Strecke Rathausplatz, Hauptbahnhof und Schlossallee. Unschlagbar!

Dienstag, 24. Feb.

In Europa schneit es wieder heftig. Ein paar von uns haben im College im Medienraum *Sky TV* angeschaut. Es ist surreal zu beobachten, wie sich weiße Menschen an Orten, an denen man sonst Urlaub macht, in irgendwelchen Unterständen weinend und schutzsuchend zusammenkauern.

»Hat das noch irgendwas mit globaler Erwärmung zu tun?«, fragte Adi.

»Nein, Mann, es wird immer kälter und kälter. Selbst der Golfstrom ist in den letzten zehn Jahren ein Grad kälter geworden«, sagte Nathan Giles.

»Na und? Was ist schon ein Grad?«

»Kennst du den Unterschied zwischen uns und der letzten Eiszeit? Das sind nur fünf lausige Grad, Mann. Fünf Grad zwischen uns und dem Mammut, mein Freund.«

»Welches Mammut?«

Nathan machte ein schmatzendes Geräusch. »Das wollige, du Blödmann.«

Es ist, als hätte ein Eisriese Europa in seinem frostigen Griff. Überall liegt der Verkehr lahm – 20.000 Leute haben bei Budapest bei –33 °C in ihren Autos festgesteckt; in Deutschland waren es 35.000 auf der Autobahn in der Nähe von Heidelberg; 18.000 waren in Wien eingeschneit. So gut wie alle Flughäfen in Mitteleuropa sind dicht.

Auf dem Heimweg traf ich Arthur Stoat-Wilson auf der Straße, ich bin mit ihm zu Ladbrokes gegangen und dann noch einen Sixpack Ale kaufen. Er macht keinen besonders bedürftigen Eindruck, aber ich gebe nicht auf. Als wir zu seinem Haus zurückkamen, tat ich so, als müsste ich oben auf die Toilette und schlich heimlich in sein Schlafzimmer, um nach Schlaftabletten zu suchen. Ich fand keine, aber an der Wand stand ein ausgestopfter toter Leopard. Ich ging wieder nach unten und fragte Arthur, ob er dieses schöne Tier selbst erlegt hatte. Meiner Meinung nach ist Arthur stocktaub, weil, egal was ich sage, er immer nur lacht und sagt: »Ja! Fabelhaft, nicht wahr?« – was nun wirklich nicht die Antwort auf alles ist.

Mittwoch, 25. Feb.

Das Smartmeter hat Kim unter der Dusche das heiße Wasser abgestellt und sie wurde wie ein Fußball-Hooligan mit eiskaltem H_2O begossen. Haha.

Heute haben wir in Krit. Denken ein neues Thema bekommen.

Stell dir vor, a) deine Familie ODER b) eine fiktive Familie kommt aus einem anderen Zeitalter. Beschreibe eine Unterhaltung beim Essen unter besonderer Berücksichtigung von sozialen Normen und sprachlichen Redewendungen.

Mick Thomas hat Lisa Bell gefragt, warum wir uns mit so einem albernen Thema beschäftigen sollen. Lisa Bell ließ uns daraufhin 20 Minuten nachsitzen, sie saß im Schneidersitz auf ihrem Pult und diskutierte mit uns über gesellschaftliche Werte und Normen und die Rechte und Pflichten von Schülern. Lisa Bell weiß genau, wie sie eine Rebellion in den Griff kriegt.

Freitag, 27. Feb.

Die Energieprobleme bei uns zu Hause werden größer. Beim Frühstück hat das Smartmeter den Toaster abgestellt. Dad blickte auf und runzelte die Stirn. »Schon wieder kein Strom mehr?«

Ich nickte.

»Hmm, das muss ein Irrtum sein! So viel können wir doch gar nicht überzogen haben. Ich rufe nachher bei der Energiebehörde an.«

Wenigstens hat es endlich aufgehört zu regnen – in der Mittagspause sind Claire und ich nach draußen gegangen und haben nach der Sonne Ausschau gehalten. Eine Sekunde lang dachte ich, ich hätte einen hellen Streifen in all dem Grau gesehen, aber das stellte sich als die Sicherheitsbeleuchtung der Kantine heraus. Ich war echt enttäuscht und konnte plötzlich total nachvollziehen, warum unsere Vorfahren bzw. die Skandinavier von heute im Winter durchdrehen und sich gegenseitig umbringen.

FRÜHLING. MÄRZ

Sonntag, 1. März

Das Smartmeter hat den Backofen abgeschaltet, als der Makkaroni-Käse-Auflauf erst halb fertig war, sodass wir die harten Nudeln herausfischen mussten und nur die Käsesoße essen konnten. Dad trommelte mit den Fingern auf dem Tisch.

»Ich versteh das nicht, Julia – ich versuche schon die ganze Woche, die Umweltbehörde zu erreichen, aber ich lande immer nur in der Warteschleife. Du kannst dir nicht vorstellen, wie oft ich mir inzwischen *Greensleeves* anhören musste.«

Mum zuckte mit den Schultern. »So ist das, wenn das System die Oberhand gewinnt, Nick.«

Montag, 2. März

Um halb neun heute Morgen kam ein Einschreibebrief.

Nicholas Brown,

trotz wiederholter schriftlicher Verwarnungen hat sich Ihre Familie nicht an die ihr zustehende Energiequote gehalten. Sie haben daher gegen die Energierichtlinien 1,3 und 4 in Bezug auf Ihren gesetzlich vorgeschriebenen Energieverbrauch verstoßen.
Von Seiten der Gemeinde Greenwich werden sofortige Maßnahmen ergriffen, um die Einhaltung der CO2-Vorschriften zu gewährleisten. Entsprechend unserer Politik der Offenlegung und Transparenz fügen wir zu Ihrer Information folgenden Beleg über Ihren extrem überhöhten Energieverbrauch bei.

Datum	Posten	Zahlungsweise	CO2 Pkte.
06.02.15	AirTours Flug: F 569 IBZ	Visa € 455,82	40
09.02.15	AirTours Flug: F 439 L STND	Visa € 389,50	40
23.02.15	RyanAir Flug: SL 239 IBZ	Visa € 640,60	40
26.02.15	RyanAir Flug: SL 334 L STDN	Visa € 485,28	40

Mit freundlichen Grüßen,

Kim Brown. Ich kann es nicht glauben. Sie hat sogar versucht, in einem dortigen Klub einen Job zu kriegen. Der Rest der Familie ist ihr scheißegal. Ich bin abgehauen und habe mich zu Adi geflüchtet.

»Was, sie ist *zwei Mal* nach Ibiza geflogen?« Adi schnalzte mit der Zunge. »Das muss man deiner Schwester lassen, sie ist echt konsequent. Aber ich verstehe nicht, dass niemand mitbekommen hat . . .«

Ich schüttelte den Kopf. »In unserer Familie werden keine Fragen gestellt. Die haben viel zu viel Angst davor, was sie herausfinden könnten.«

Danach haben wir den ganzen Nachmittag Musik gehört und nicht mehr geredet. Adi ist da wie ich – wenn es etwas gibt, über das er nachdenken muss, hat er auch keine Lust mehr zu reden.

Eine E-Mail meiner Cousine Amy aus Washington hat mir dann abends den Rest gegeben – Betreff: *Mittendrin!*

Hi, Süße, wie geht's? In der Schule machen wir ein Projekt über euch in GB, haben eine Wahnsinns-Doku über den ganzen Scheiß gesehen, in dem ihr drinsteckt. Echt cool, wir stehen 110 % hinter euch. Egal, ich will meine Note verbessern und brauch ein paar echt persönliche Infos, richtig privaten Kram – kannst du mir da was schreiben, wo du doch mittendrin bist? Wär echt super!
Muss aufhören, Mum und Dad sind total auf Familientrip, wir fliegen übers Wochenende nach Aspen zum Skilaufen & Snowboarden & so. Echt geil.
Aimz xxx

»Druck das aus, damit wir's verbrennen können«, schnaubte Adi, als er die Mail gelesen hatte, und griff nach dem Feuerzeug. Wir guckten zu, wie die Seite sich zu einer schwarzen Kugel zusammenrollte und verbrannte. Ich liebe diesen Jungen, er ist hundertpro auf meiner Seite.

Dienstag, 3. März

Elise Penatata von der Energiebehörde hat angerufen. Sie kommt nächsten Freitag zu uns, wenn unser *Energiever-*

schwender-Korrekturprogramm beginnt. Ich hörte Mum sagen: »Wenn Sie uns erst mal kennengelernt haben, wird schon alles wieder in Ordnung kommen . . . Wir sind ja schließlich keine Kriminellen oder so was, hahaha!« Dann sagte sie lange Zeit gar nichts außer »Hm, mmh, mmh«, wobei ihr Gesicht immer röter wurde. Sie legte den Hörer auf, blieb eine volle Minute still stehen und malte Kringel auf den Telefonblock – dann holte sie sehr tief Luft und schrie: *»Ich bin sehr, sehr wütend auf dich, Kimberley Brown! Es geht nicht nur um dein Leben.«*

Dann kam Kims Stimme. *»Ich bin sehr, sehr wütend auf dich, Julia Brown. Wegen dir hab ich gar kein Leben.«*

Freitag, 6. März

Kim ist die ganze Woche auf Energieentzug in ihrem Zimmer eingeschlossen worden. Obwohl ich sie hasse, habe ich ihr ein Käse-Zwiebel-Toastie gebracht. Sie lag in Embryohaltung zitternd auf ihrer Daunendecke, ihre Augen flackerten wie bei einem wilden Tier, das von einem Auto angefahren wurde.

Sogar die Leaders verhalten sich besser als wir. Zwei von ihnen, Delaney und Conrad, gehen jetzt tatsächlich aufs College. Sie hängen mit ein paar IT- und Computerfreaks wie Brains Fitzsimmons und solchen Leuten herum. Vielleicht haben sie nur eine Krise gebraucht, um den Ernst des Lebens zu begreifen. Vielleicht aber auch nicht.

Mum bestand darauf, dass wir alle um halb sieben im Wohnzimmer sein mussten, um auf die Energiebullen zu warten. Seit dem Brief ist sie von einem Superkontrollwahn besessen, trotzdem sah sie ängstlich aus, als es klingelte. Das ist das Problem bei Leuten, die es *brauchen,* Kontrolle auszuüben: Wenn sie anfängt, ihnen zu entgleiten, bleibt ihnen nichts anderes mehr.

Dad öffnete Elise Penatata die Tür. Sie redete eine Stunde lang auf uns ein. Blabla, GB ist dabei, seine Ziele zu erreichen; bla, massiver Rückgang der CO_2-Emission in der Atmosphäre; blabla, der Welt ein Beispiel geben; bla, alles Private ist politisch; blablabla. Sie legte ständig den Kopf auf die Seite und lächelte merkwürdig, dabei zog sie die Lippen über ihre vorstehenden Zähne und sah aus wie ein bekifftes Wiesel.

Dad fielen die Augen zu.

»Und damit kommen wir dann zu Ihrer Tochter. Natürlich kann die Energiebehörde ein gewisses Maß an Verschwendung tolerieren, aber hier geht es um einen eklatanten Verstoß gegen die Rationierungsvorschriften. Kim hat ihre gesamten zweihundert Monatspunkte nur für Flugreisen ausgegeben und hat nun ein Defizit von hundertfünfzig Punkten, was ihren Energieverbrauch in London angeht. Wir können es nicht zulassen, dass Sie sich mit Geld von Ihren Energieschulden freikaufen. Sie müssen die Energie zurückzahlen«, schloss Elisa ihre Rede und machte ein leise schmatzendes Geräusch mit den Zähnen. »Es steht mir nicht zu, mich in die privaten Belange Ihrer Familie einzumischen, aber . . .« (Huch, wenn jemand auf diese Art und Weise aber sagt, sollte man lieber sehr gut achtgeben); und dann sagte sie meinen Eltern mehr oder weniger deutlich, wie beschissen sie sich verhalten hatten – wie sehr Kim außer Kontrolle geraten war, was für ein schlechtes Beispiel sie waren, wie sehr sie sich am Riemen reißen müssten. Es war echt krass. Sie demütigte sie in jeder Hinsicht und sie saßen einfach nur da und nahmen es hin, Mum war ganz weiß im Gesicht und Dad starrte auf seine Schuhe.

Plötzlich sprang Kim vom Sofa auf. »Lassen Sie meine Eltern in Ruhe, Sie blöde Kuh. Ich bin das Problem, nicht sie . . . und ich will, dass man mir eine zweite Chance gibt!« Sie brach in Tränen aus und dann fing auch Mum an zu weinen. Sogar Elise quetschte ein paar Tränchen hervor – und dann drehte sie sich um und sah mich ganz böse an, weil ich *nicht* weinte. Kim führt etwas im Schilde, das weiß ich einfach.

Jedenfalls sieht es so aus, dass die Familie einen Monat lang in der CO_2-Todeszelle bleiben muss, bis wir unsere Zuteilung zurückbekommen. Das einzig Coole daran ist, dass Kim zur Umerziehung das *Reha-Center für junge Energieverschwender* in der Lee Road besuchen muss.

Bevor sie wieder ging, sagte Elise noch: »Eigentlich ist es gar nicht sooo schlimm – vielleicht entsteht ja sogar etwas wirklich Positives daraus, was Sie als Familie wieder zusammenbringt . . . Vielleicht finden Sie ja sogar Gefallen daran!« Es war totenstill, als sie ihren Stift in ihr Klemmbrett steckte. »Gut, ich sehe Sie dann in einem Monat wieder«, sagte sie steif.

Samstag, 7. März

So viel zum Thema Familienzusammenhalt. März wird zum Monat der 1.000 Nächte. Heute ist der erste Tag und ich werde jetzt schon wahnsinnig. Jeder sitzt in einem anderen eiskalten Zimmer im Dunkeln. Selbst bei unseren Vorfahren kann es nicht so schlimm gewesen sein – sie hatten wenigstens Kerzen und Korsetts und Karten und Lauten und so'n Scheiß. Ach ja, und Dienstboten natürlich.

Nächste Woche ist der *Hydro*-Gig. Nichts und niemand wird mich daran hindern hinzugehen, und wenn ich dahin *laufen* muss. Heute musste ich aus dem Bus aussteigen, weil ich nicht mehr genug Punkte hatte, um bis zum College fahren zu können. Ich bin eine Energie-Aussätzige.

Montag, 9. März

Das Smartmeter entwickelt sich zum Militärdiktator. Es hat den Herd *und* den Kühlschrank abgestellt, sodass wir im Mantel und mit Handschuhen am Tisch saßen und kalte Bohnen und Eis aßen.

»Ach übrigens, ich gehe in eine Frauen-machen's-selbst-Gruppe«, sagte Mum und kratzte in der Packung herum.

Dad spießte eine Bohne auf. »Hä?«

»Nichts Offizielles, nur ein paar Frauen aus der Verlagsbranche, die sich zusammentun und sich gegenseitig Dinge zeigen und Ratschläge geben, Liebling.«

Dad verdrehte fast unmerklich die Augen, aber sie sah es trotzdem.

»Ich hab's gesehen«, sagte sie eingeschnappt. »Jedenfalls ist das immer noch besser, als wie ein begossener Pudel hier herumzujammern.«

Die Haustür knallte zu. Kim stand in der Küchentür. Wir schauten auf unsere Teller.

Dienstag, 10. März

Cooler Nachmittag. In Design Tech hab ich mein Gitarren-Pedal-Case fertiggekriegt. Ich hab noch eine Schicht metallgraue Farbe daraufgestrichen und *Dirty Angels* auf den Deckel graviert – es sieht richtig super aus. Sogar Dave Beard murmelte: »Sehr originell, Laura.«

Jedenfalls packte ich nach Unterrichtsende gerade mein Werkzeug ein, als Adisa auftauchte.

»He, lass mal sehen«, rief er mit einer seltsamen, munteren Stimme und nahm das Pedal Case in die Hand. Er drehte sich zu Ravi um.

»Cool, oder? Es ist für unsere Band. Laura spielt Bassgitarre, hast du das gewusst?«

Ravi sah mich an. »Echt cool. Wie lange spielst du schon?«

»Och, noch nicht so lange.«

»Lass dich nicht verarschen, sie ist richtig gut. Na egal, ich muss gehen ... Bist du mit dem Fahrrad da, Laura?«

»Ja.«

»Du auch, Ravi?«

»Ähm, ja.«

»Na, dann fahrt ihr ja bestimmt zusammen, wo ihr doch Nachbarn seid, oder?« Adi drehte sich um und trabte den Gang hinunter. Ich und Ravi standen einen Moment lang in sehr ungemütlichem Schweigen da.

»Na denn«, sagte er. »Ich muss nur noch meine Jacke holen. Kannst du zwei Minuten warten?«

»Na klar.« Herzklopfen.

Und dann tauchte Thanzila Amar auf.

»Hi, Ravi«, säuselte sie. »Was macht mein Videohandy?«

Sein Blick wurde leicht benommen. »Fertig.«

Thanzila quiekte. »Echt? Kann ich es jetzt gleich mitnehmen?«

»Äh, ja, es ist ... es ist in meinem Spind.« Er drehte sich zu mir um. »Mmh, das könnte ein bisschen dauern. Ich hol dich dann später ein.«

»Klar. Kein Problem.«

Ich hätte Thanzila am liebsten in meinen Spind gesperrt und sie während der Osterferien drin gelassen. Danach würde sie sicher nicht mehr so heiß aussehen oder was meinst du dazu, Thanzila?

Morgen *Hydro*. Ich kann es kaum erwarten!

Freitag, 13. März

Adi fing mich heute Morgen in der Pause auf dem Schulhof ab.

»Und?«

»Und was?«

Er warf mir einen scharfen Blick zu.

»Okay ... Er wollte mit mir zusammen nach Hause radeln, aber dann tauchte Thanzila auf und das war's dann.«

»Du musst deine Vorzüge einsetzen, Laura Brown.«

»Welche Vorzüge?«

Angewidert schüttelte er den Kopf. »Wir sehen uns heute Abend um sechs. Okay?«

Ich sah ihm hinterher. Manchmal bin ich so neidisch auf ihn – er weiß immer, was er will und was los ist. Seit zwei Jahren ist er mit demselben Mädchen – Sarah – zusammen. Sie sind sich sehr nah, ohne große Dramen, ohne große Szenen.

1 Uhr nachts Es war der totale Wahnsinn. Die *Hydros* waren soooo cool. Als wir in Brixton ankamen, folgten Claire, Adi und ich der Menge zu dem Lagerhaus an der Coldharbour Lane. Es war voller Hardcore-Fans, die total ausflippten und immer wieder *Hydro, Hydro* schrien, bis die Band herauskam. Das Bühnenbild war geil – ein zehn Meter hoher Turm aus recyceltem Müll, Kabeln und Stromleitungen, die überall herausragten. Es sah aus, als würde er jeden Moment auf uns herunterkrachen. Das Beste war der Refrain von ihrem neuesten Downloader *»Polootzute«,* zu dem eine Gruppe Jugendlicher auf Hydroskates auf die Bühne stürmte. Sie flogen durch die Luft, kletterten die Wand hoch und machten Saltos über der Menge. Ein Skater flog dicht über unseren Köpfen hinweg und sprühte dabei etwas auf den hinteren Teil seines Boards.

»Igitt, was ist das?«, rief ich.

»Wasserstoff als Brennstoff! Abfallprodukt von Wasser«, brüllte Adi. »Da ist er wieder. Zieh den Kopf ein, Mädchen!«

Nach dem Konzert standen wir zu Hunderten auf der Straße. Ein alter Audi-Benziner blieb an der Ampel stehen. Er hatte diese verdunkelten Scheiben, in die man nicht hineinsehen kann. Plötzlich fingen alle Kids an zu singen: *Sau, Sau, Sau!* Dann löste sich ein Mädchen aus der Menge, sprang auf die Motorhaube und sprühte ein dickes, fettes H darauf. Wer immer in dem Wagen saß, muss fast ausgeflippt sein – dieses Mädchen vorn drauf und Tausende von verrückten Kids ringsherum. Kaum war sie wieder runtergesprungen, raste der Audi bei Rot über die Kreuzung.

»Das war echt cool«, murmelte Claire, während wir auf den Bus warteten.

Ich zuckte mit den Schultern. »Na ja.«

»Ach komm, du musst doch zugeben, die hatte echt Mumm.«

»Umgeben von einer ganzen Armee von Kumpels?«

Claire warf mir einen Blick zu. »Wenigstens hat sie nicht nur geredet. Sie hat gehandelt.«

»Was willst du damit sagen?«

»Nichts.«

»Doch. Du meinst, dass ich den Mumm nicht aufbringen würde, so was zu tun.«

»Und – würdest du?«

Adi legte die Arme um unsere Schultern. »He, ihr zwei. Hört auf damit.«

Ich sagte auf dem Nachhauseweg kein Wort mehr. Adi brachte mich noch bis zur Ecke.

»Lass dich nicht immer von ihr provozieren, Laura. Sie macht das für ihr Leben gern.«

Ich seufzte. »Ja, ich weiß.«

Als ich vor der Haustür stand, drehte ich mich um. Er stand noch da und sah hinter mir her. Ich winkte Gute Nacht.

Claire hat mir gerade eine Mail geschickt. *Ich wette, du traust dich nicht.*

Ich mailte zurück. *Wart's ab.*

Samstag, 14. März

Bei Alfredo habe ich Kieran gesehen, umgeben von Papier. Er war zu beschäftigt, um aufzublicken.

Sonntag, 15. März

Ich war bei Arthur und habe vor seinem Heizlüfter gesessen und im Radio dem Pferderennen zugehört. Als er sah, wie kalt mir war, drehte er extra für mich den Lüfter eine Stufe höher. Ich fragte ihn noch einmal, ob er Lust hätte, für mein Energiehilfsprojekt meine bedürftige Person zu sein, und dieses Mal beschlugen die Gläser seiner billigen Krankenkassenbrille.

Ich kletterte gerade über den Gartenzaun, als ich Ravi sah, der den Schuppen abschloss. Er sah mich an.

»He, Laura, tut mir leid wegen neulich.«

»Schon okay. Hast du Thanzila ihr Handy gegeben?«

Er grinste.

»Was ist daran komisch?«

»Dieses Mädchen – sie ist ganz schön daneben . . .«

Nach einer Sekunde brachen wir in Gelächter aus. Plötzlich rief Mum aus dem Küchenfenster: »Liebling! Laura! Kannst du mal kurz kommen?« Pause. *»Jetzt!«*

»Ich muss gehen.«

»Ja . . . wir sehen uns im College . . . morgen?«

Als ich an der Küchentür stand, wäre ich beinah nicht reingegangen. Sie war voll mit fremden, gestylten Frauen. Eine von ihnen hatte sogar ihren Blusenkragen hochgestellt, wie Lady Diana. Und dann begriff ich. Das musste die Frauen-machen's-selbst-Gruppe sein. Mum stand am Schneidebrett. Und lächelte breit.

»Meiner Meinung nach sind Innereien der richtige Weg. Sie sind nahrhaft, haben kurze Lieferwege, brauchen wenig Energiepunkte und liegen natürlich, haha, total im Trend!«

Dann bemerkte sie mich. »Hallo, mein Liebling! Hört mal, das ist meine jüngste Tochter Laura – wir haben dieses Gericht schon oft zusammen gekocht. Komm rein, Süße.«

Ich trat einen Schritt vor und sah, was auf dem Schneidebrett lag. Ein Haufen tierischer Innereien, die in Blut schwammen.

Kim kam herein. »Ekelhaft!«, fauchte sie, schnappte sich ihren Schlüsselbund und ging wieder hinaus.

Dann machte Mum den Fehler, sich die bluttriefenden Innereien genauer anzusehen. Sie verdrehte die Augen und schwankte. Was blieb mir anderes übrig, als hinzugehen und ein Stück Pansen aufzugabeln?

»Danke, Liebling«, keuchte sie und zwang das Lächeln zurück in ihr Gesicht.

Also stand ich da und demonstrierte Pansen, bis Mum mich schließlich gehen ließ.

Als alle weg waren, ging ich in die Küche zurück, um mir eine Cola zu holen. Mum wischte gerade Blutspritzer weg. Und dann bemerkte ich meinen Dad. Er lag auf dem Sofa und tat so, als läse er die Zeitung, aber in Wirklichkeit beobachtete er Mum. Sein Blick war alles andere als freundlich.

Montag, 16. März

Ravi hat mich auf dem Schulhof angelächelt. Vielleicht mag er mich ja. Irgendwie. Ein kleines bisschen.

Dienstag, 17. März

Heute hatten wir zum ersten Mal seit einer Ewigkeit wieder Bandprobe bei Adi. Eigentlich hatte uns seine Mum aus der Garage verbannt, weil sie eine neue Tiefkühltruhe hatte und Adis Punkte brauchte, um sie in Betrieb zu nehmen. Aber es gibt doch noch Gerechtigkeit auf der Welt – die Truhe ist kaputtgegangen, ohne dass es jemandem aufgefallen ist. Seine Mum hat es erst gemerkt, als der Nachbarshund zu jaulen anfing, weil es vor der Hintertür so stank. Außerdem hatte Adis Bruder Shola vor zwei Wochen in der Garage ein Experiment für Biologie mit Schmeißfliegeneiern durchgeführt und sie waren geschlüpft und hatten sich in riesigen Mengen vermehrt. Adi sagte, es wäre widerlich gewesen –

jede Menge verwesendes Fleisch und Schwärme von Fliegen. Jetzt sind also die *Angels* zurück und wir haben so eine Art Gothic-Vibration kreiert. Cool.

Die eigentliche Neuigkeit ist, dass ein Cousin von Staceys Freund Chris bei Vauxhall einen Arbeitskollegen hat, der uns in ein paar Monaten einen Gig im *Hope and Anchor* in Greenwich verschaffen will. Geil. So fängt es an.

Nach der Probe hielt Claire mich fest. »Wann?«

»Freitagabend. Komm zu mir.«

Sie grinste. »Ich kann's kaum erwarten.«

Was soll das eigentlich? Jetzt muss ich ein Auto zerkratzen, nur um die Scheiß-Claire-Connor zu beeindrucken.

Mittwoch, 18. März

Es gibt Demos wegen Benzin. Lkw-Fahrer blockieren Tankstellen im gesamten Westen von London. Sie sind sauer wegen der hohen Benzinsteuer, die die Regierung erhebt, und sagen, sie wären aufgrund der Rationierung sowieso schon am Rand des Ruins.

Donnerstag, 19. März

Die Proteste weiten sich über ganz London aus.

Ravi schob mir im Design-Tech-Unterricht ein Wrighley's Extra hin und flüsterte: »Was machst du am Wochenende?«

»Nichts.«

»Hast du Lust, was zu unternehmen?«

»Klar.«

»Ich ruf dich an.«

Jaaaaa!

Freitag, 20. März

Claire kam um acht. Kaum war sie im Haus, griff sie nach meiner Hand. »Es gibt nur eine Möglichkeit.«

»Wie meinst du das?«

Sie machte die Haustür ein paar Zentimeter weit auf und deutete auf Tracey Leaders Jeep.

»Du willst mich wohl verarschen. Das ist Selbstmord.«

Claires große Augen leuchteten. »Cool.«

»Für dich vielleicht, aber ich wohne hier.«

»Sie erfährt es doch gar nicht.« Sie schürzte die Lippen. »Tja, wenn du nicht willst, dann mach ich es. Ich dachte, du wärst mutiger.«

»Claire, hör auf, so'n Scheiß zu reden. Ich trau mich schon, es ist nur viel zu dicht vor unserer Haustür . . .«

»Schon gut . . .«

Ich wusste, dass sie mich manipulierte, mich provozierte, aber ich musste mich ihr gegenüber behaupten.

»Hast du einen Schlüssel?«

Sie keuchte. »Du machst es?«

Ich schob sie beiseite. »Vergiss es. Ich hab selbst einen.«

Und bevor ich noch weiter drüber nachdenken konnte, hockte ich schon auf dem Bürgersteig neben Tracey Leaders Jeep.

»Pass auf, ob jemand kommt«, zischte ich. Claire lief zu den Mülltonnen an der Ecke.

Ich nahm meinen Hausschlüssel und kratzte ein dickes fettes H auf die Tür. Oh Mann, fühlte sich das gut an! Ich blickte hoch. Claire machte ein Foto mit ihrem Handy.

»Lass das!«

Plötzlich hörten wir Schritte. Claire flüsterte: »Da kommt so eine fette Kuh.«

»Wie sieht sie aus?«

»Blond, asozial.«

Ich schaute hoch. »Scheiße – das ist Tracey. Wir müssen uns verstecken. Sofort.«

Ich kroch zu den Mülltonnen.

»Beweg dich!«

»Wo bist du?«

»Hinter dir.«

Wir krabbelten in einen ekelhaften, stinkenden Müllhaufen. Die Schritte kamen näher. Pause. Dann ein Keuchen.

»Nein! Nein!«

Ich spähte hinter der Mülltonne hervor. Tracey wählte eine Nummer auf ihrem Handy.

»He, Karl. Irgendein Scheißkerl hat mir so ein Scheiß H auf die Autotür gekratzt. Find raus, wer das war, und bring ihn mir.«

Wir blieben ungefähr ein Jahr lang hinter den Mülltonnen hocken, ehe wir uns trauten rauszukommen.

Jetzt liege ich auf meinem Bett und denke darüber nach. Warum zum Teufel habe ich das gemacht?

Samstag, 21. März

Bin den ganzen Tag drinnen geblieben. Kein Anruf von Ravi. Etliche Lkw-Fahrer sind auf Sonnenblumenöl umgestiegen, weil da keine Steuern drauf erhoben werden. Sie haben ca. 50 Tesco-Supermärkte um die M25 herum gestürmt und Tausende von Ölkanistern mitgenommen. Schräg.

Der Bürgermeister hat im Fernsehen gesprochen. Er hat gesagt: »Diese Vorgehensweise ist unannehmbar. Wir müssen alle am selben Strang ziehen. Es ist nicht zu vermeiden, dass die Rationierung etliche Unannehmlichkeiten mit sich bringt, bis die Umstellung auf alternative Treibstoffe in Kraft tritt.«

Vielen Dank auch, Kumpel.

Sonntag, 22. März

Ich habe mich den ganzen Tag lang vor den Leaders versteckt und so getan, als würde ich nicht wie irgendein blödes Mädchen darauf warten, dass R. anruft. Aber ich bin ein blödes Mädchen.

Schließlich bin ich nach nebenan gegangen und habe bei Kieran geklingelt. Es dauerte ewig, bis er die Tür aufmachte, und als ich hineinkam, sah ich auch, warum. In der ganzen Wohnung waren alle Fußböden mit bekritzelten, zerknüllten Papierfetzen bedeckt. Kieran war ganz blass, aber als er mich sah, lachte er und umarmte mich überschwänglich.

»Ach, Laura, Laura, ich habe eine Erleuchtung gehabt!«

Es war sehr schön, auf jemanden zu treffen, der a) glücklich war und b) sich freute, mich zu sehen. Selbst, wenn dieser Jemand offenbar entweder a) verrückt war oder b) gerade von einem Drogentrip runterkam.

»Lass uns feiern!« Er rannte durch die Wohnung, machte die Lampen an, die CD-Player, die Fernseher und stellte den Boiler höher. Ich ließ mich wie ein Gefängnisinsasse auf Freigang aufs Sofa fallen.

»Also, Schätzchen, das errätst du nie!« Kieran kam mit einer Schüssel Popcorn aus der Mikrowelle herein. »Ich habe am Rand des Abgrunds gestanden, ich habe darüber hinausgeschaut und kam als anderer Mensch zurück. Soll ich dir davon erzählen?«

»Mhh-hmm.« Ich stopfte mir eine Handvoll Popcorn in den Mund.

Und dann erzählte er. Er war den ganzen Januar über in alle möglichen Bars gegangen und hatte so getan, als wenn alles ganz normal wäre – aber als er zum 18. Mal einen Smirnoff auf Eis bestellte und einen warmen Smirnoff ohne Eis serviert bekam, musste er feststellen, dass er sich etwas vorgemacht hatte. Den ganzen Monat lang, wann immer er in Soho ausging, verschwand ein Ding nach dem anderen – Kühlvitrinen, Plattenspieler, Lampen, lange Öffnungszeiten.

»Es war schrecklich, Laura, kein Mensch hatte eine Idee, was man tun könnte . . .« Kieran verschränkte die Arme vor der Brust. »Und dann wurde mir plötzlich klar, dass nichts jemals wieder so sein würde, wie es war, dass es kaum noch möglich war, sich zu verabreden . . . Und dann fing ich an, in größeren Zusammenhängen zu denken – da draußen gibt es eine ganz neue Welt und alle Dating-Rituale sind in Gefahr.« Er zeigte mit dem Daumen auf das zusammengeknüllte Papier auf dem Fußboden. »Und genau darum geht es.«

Ich hob irgendeinen der Zettel auf.

Hetero/homo/inter/sexuell = (Orthodoxie)
– CO_2 = Fraktalisation

Kieran seufzte. »Schlau, oder?«

Ich nickte und knüllte den Zettel schweigend wieder zusammen.

»Ich konnte weder schlafen noch essen. Es war, als steckte ich in einem Strudel . . . Und dann plötzlich hatte ich *die* Idee!« Er breitete weit die Arme aus.

Meine Hand fing an zu zittern und Popcorn flog durchs Zimmer.

»Liebe, Beziehungen, Verabredungen – für all das braucht man eine neue Form, eine neue Sprache, ein paar neue Regeln – und ich, Kieran, kenne die Antwort. *EnergyDating!*«

Wir starrten uns einen Moment lang schweigend an. Und dann fing er an zu lachen.

»Ist das nicht fantastisch?«

»Kier, das ist super!«

»Ich weiß, aber ich muss noch weiter drüber nachdenken . . .« Er fing an, auf einem Stück Papier herumzukritzeln. »Denken, denken, denken, denken . . .«

Ich ging. Es ist nicht schön, einem Friseur beim Denken zuzusehen.

Kein RD. So viel zum Thema *was unternehmen* am Wochenende. Ich rief Adi an, der sagte, ich müsste morgen in der Schule so tun, als würde ich ihn nicht kennen, weil Gemeinsein bei Jungs wirkt.

Kein Verkehr in London. Kein Benzin. So eine Stille.

Montag, 23. März

Um zwei Uhr in der Nacht wurde ich durch ein lautes Krachen unten im Haus wach. Ich sprang aus dem Bett und guckte die Treppe hinunter. Dad lag unter einem Haufen von Mänteln und Schirmen auf dem Boden. Mum rannte an mir vorbei und wickelte sich in ihren Morgenrock.

»Schatz, ist alles in Ordnung?« Sie beugte sich hinunter und nahm ihm eine Fleecejacke vom Gesicht. Er schüttelte heftig den Kopf.

»Was ist los, Nicky? Sprich mit mir!«

Er hob den Kopf und lallte: »Bin gekündigt.« Sein Gesicht verzog sich. »Elf Jahre und dann die Kündigung, Julia.«

Mum richtete sich auf. »Komm, das ist noch lange kein Grund, sich so gehen zu lassen. Das wird schon wieder.«

»Wie denn?«

»Wenn eine Tür zugeht, geht eine andere auf . . .«

»Ach, du Scheiße, komm mir doch nicht mit diesem posti. . . postivi. . . po-si-tiv-em Geschwätz. Und was is' mit der Hypothek? Ich krieg keinen neuen Job. Alle sin' jetzt arbeitslos und die Reise- und Tourismusbranche is' mausetot.« Er machte eine Geste, als wollte er sich den Hals durchschneiden und ließ den Kopf wieder auf den Boden fallen.

Mum versuchte, ihn hochzuheben, aber er bewegte sich nicht. Er lag nur da und lallte immer wieder denselben Satz: *»Durch die fehlenden Anmeldungen für Reise un' Tourismus is' Ihre Po. . . Po-si-tion redundant geworn . . .«*

Dabei hat er den Job immer gehasst.

Kein Ravi im College heute, den ich hätte ignorieren können.

Dienstag, 24. März

Als ich nach Hause kam, wischte Mum die Diele, wo Dads nasser Mantel Spuren auf den gewachsten Holzdielen hinterlassen hatte.

»Geht's dir gut, Mum?«

Strahlend und zuversichtlich sah sie mich an. »Ja, mir geht's super! Warum auch nicht?«

Ich ging in die Küche und machte den Fernseher an. Heute hielt der Premierminister eine Rede und sagte, kein Mensch hätte das Recht, London als Geisel zu nehmen, blabla. Warum müssen Politiker so arrogant sein? Er sagte, wenn die Lkw-Fahrer nicht nachgeben, setzt er die Armee ein.

Immer noch kein R.

Die Lkw-Fahrer haben eine Milliarde Straßensperren im ganzen Land errichtet. Manchester, Birmingham, Liverpool und Bristol sind total blockiert. Staus auf 100 km Länge. Die Leute lassen ihre Autos einfach auf der Autobahn stehen und gehen zu Fuß. Ein Mann sagte in einem Interview: »Das war's. Ich werde nie wieder Auto fahren. Mein Wagen kann von mir aus verschimmeln – ich setz mich nicht mehr rein.«

Mein Dad hat den ganzen Tag im Bett gelegen.

Immer noch kein Ravi. Vielleicht ist er tot.

Mittwoch, 25. März

Auf der Autobahn M1 fand ein Kampf um Benzin statt. Im Augenblick rollen bei Watford Panzer über den Seitenstreifen auf eine Reihe von Lkws zu. Überall gibt es Panikkäufe. Alle Läden sind gerammelt voll mit Leuten, die Ananaskonserven umklammert halten. Als ich nach Hause kam, quoll die Küche vor Lebensmitteln über und Dad hatte ein blaues Auge.

Ich starrte ihn an. »Was ist passiert?«

»Keine Sorge, Süße. Ich habe Essen für uns besorgt, das ist die Hauptsache.«

»Aber Dad, jetzt machst du genau das, was alle anderen machen.«

»Ist mir egal«, murmelte er und stopfte Marmeladengläser in einen Schrank. »So wie es im Moment aussieht, können wir es uns nicht mehr leisten, nett zu sein.«

Na großartig. Jetzt, wo mein Dad arbeitslos geworden ist, entwickelt er sich zu einem Macho-Jäger-Sammler-Beschützer der Familie. Da war mir seine depressive Im-Bett-Liege-Phase doch lieber.

Donnerstag, 26. März

Im Morgengrauen hat die Armee in Northampton zugeschlagen. Soldaten, 500 Bereitschaftspolizisten, Panzer, gepanzerte Fahrzeuge und Hubschrauber gegen 1.000 dicke Lkw-Fahrer-Schweine.

Bob Jenkins versammelte uns zur Mittagspause in der Aula und lächelte. »Und jetzt möchte ich einen Repräsentanten der Energiebehörde begrüßen. Er ist gekommen, um uns etwas Wichtiges mitzuteilen.«

Warum sind Erwachsene so? Sie haben keine Ahnung, tun aber absurderweise so, als hätten sie alles im Griff und wüssten, was zu tun ist. Also sahen wir zu, wie ein unscheinbarer kleiner Mann auf die Bühne ging und eine flammende Rede hielt. »Äh, hallo, Jungs und Mädchen. Ich bin gekommen, um euch ein paar Ratschläge zu geben, was *bei Ausschreitungen zu beachten ist.«*

Adi machte ein finsteres Gesicht. »Oh Mann!«

»Erstens, bleibt drinnen. Haltet euch von den Fenstern fern. Schaltet Radio oder Fernsehen ein. Wenn ihr glaubt, dass die Dinge außer Kontrolle geraten oder euer Leben in Gefahr ist . . .«

Stace stieß mich an. »Was dann? Verstecken wir uns unter der Bettdecke?«

». . . versucht, unbemerkt zu fliehen. Zum Beispiel durch Fenster, Lüftungsrohre oder über das Dach.«

Nathan hob die Hand. »Was zum Geier ist ein Lüftungsrohr?«

Alle fingen an zu lachen. Bob sprang auf und funkelte uns an.

Der dünne Mann schluckte. »Zweitens, versucht, als Gruppe zusammenzubleiben, besonders dann, wenn es keine Deckung gibt, etwa vor einem Gebäude oder beim Überqueren einer breiten Straße oder eines Platzes. Dann haben bewaffnete Angreifer mehrere Objekte, auf die sie zielen müssen, nicht nur ein einziges – das bringt euch sicherer aus der Schusslinie.«

Adi legte die Hände um den Kopf. »Mann, das ist mir echt zu abgedreht.«

Freitag, 27. März

Es ist vorbei. Die Lkw-Fahrer haben nachgegeben. Diese Scheiße macht mir echt Angst. Nicht die Proteste und so was, sondern dass die Regierung so schnell so brutal reagiert hat.

Endlich habe ich Ravi gesehen. Er kam hinter mir her und erzählte mir, dass er eine scheußliche Grippe gehabt hatte und mich deshalb letztes Wochenende nicht angerufen hat. Ich glaubte ihm, weil er so blass und dünn aussah, aber dann schlich sich Thanzila von hinten an ihn heran, flüsterte: »Danke für das Geschenk!«, und schlenderte arschwackelnd weiter.

Tja, wenn das sein Niveau ist. Ich weiß nicht. Ich hasse es, Leute zu mögen. Es tut einfach zu weh.

Sonntag, 29. März

Heute Morgen kam die Sonne heraus und im Gegensatz zu einer grellen Wintersonne *wärmte* sie sogar. Ich nahm mir eine Cola und setzte mich wie ein ganz normales Mädchen nach draußen. Nach und nach kamen immer mehr Nachbarn aus ihren Häusern gekrochen, wie kleine Tiere nach dem Winterschlaf. Arthur grub seinen Garten um, der

Krachmacher-Daddy spielte mit seinen Kindern, Mrs Datta fegte ihren Hinterhof. Auch Mum kam raus und setzte sich auf die Hintertreppe. Und dann legte jemand einen richtig alten Beatles-Song auf – ich glaube, es war *Blackbird* – und alle unterbrachen ihre diversen Tätigkeiten und hielten ihre Gesichter genüsslich in die Sonne.

Doch dann passierte etwas ganz Furchtbares. Es wurde erzählt, dass man Brains Fitzsimmons blutig zusammengeschlagen auf unserer Straße gefunden hatte. Die Leaders sollen es getan haben, aber keiner weiß, warum. Ich wette, ich weiß es.

APRIL

Mittwoch, 1. April

Als ich heute Morgen wach wurde, hatte jemand die Erde so sehr verunreinigt, dass das Klima total im Eimer war, in GB wurde die Energie rationiert und kein Mensch hatte jemals wieder Spaß. Hahaha. Habe Amy zurückgemailt.

Betr. Mittendrin?
Ich weiß nicht, wo ich anfangen soll. Die Welt ist ein einziges Chaos, niemand geht mehr irgendwohin oder tut irgendwas, keiner hat mehr eine Zukunft.
Meine Familie? Kim ist im Energie-Jugendknast, Dad hat einen Nervenzusammenbruch und Mum dreht durch.
Laura x
Hoffe, das Snowboarden hat Spaß gemacht.

Donnerstag, 2. April

GPJ hat definitiv zu wenig Sex. Sie marschierte im Klassenzimmer auf und ab und tat so, als würde es ihr wirklich Spaß machen, uns die neue Umwelt-Präsentation vorzustellen. Sie macht mich wahnsinnig – alle anderen Lehrer benehmen sich wie zum Tode Verurteilte, und je depressiver sie werden, desto energischer tritt sie auf mit ihren Timberland-Stiefeln und ihrem Werkzeuggürtel.

Egal, als ich am Ende der Stunde wartete, bis Adi sein Zeug zusammengepackt hatte, hielt sie mich fest und bat mich, beim Aufräumen zu helfen. Ich schuftete mich ab, rückte Stühle zurecht, hob Abfall auf und plötzlich fand ich dieses Stück Papier, genau an der Stelle, wo Thanzila Amar gesessen und mit ihren kleinen Freundinnen gekichert hatte.

Wenn sie ihn wirklich will, habe ich nicht den Hauch einer Chance. Ich nehme aber mal an, die eigentliche Frage ist, ob er sie will.

Als ich nach Hause kam, rief Kim von hinten aus der Diele: »Laura, hast du das hier gesehen?« Sie deutete mit dem Kinn auf den Wäscheschrank.

Ich ging hin und sie zeigte mir drei Flaschen Jack Daniels, die unter einem Stapel Handtücher versteckt waren.

»Von Dad. Langsam wird er zum Säufer.«

»Woher weißt du, dass es seine sind?«

»Ach, ich weiß es einfach. Widerlich. Er *versucht* nicht mal, einen neuen Job zu finden.«

Ich weiß nicht, wieso sie plötzlich einen auf moralisch macht.

Freitag, 3. April

Brains Fitzsimmons ist um einen Haufen Zähne ärmer zurück in der Schule. Als Delaney Leader ihn sah, spuckte er ihm ins Gesicht. »Du Hydro-Arsch kannst gar nichts beweisen. Komm uns bloß nicht noch mal in die Quere.«

Beim Mittagessen setzte sich Claire zu mir, so als wäre nichts gewesen.

»Hast du diese Mail von *Hydro* gekriegt? Du weißt schon, die über die Demo in Heathrow am Zwölften. Sie wollen aufs Rollfeld und den Start des Airbus A380 verhindern.«

Ich runzelte die Stirn.

»Wer hat denn noch Punkte, um zu fliegen?«

»Manche tun's immer noch – sie sparen oder kaufen sich welche auf dem Schwarzmarkt. Aber in diesem Flieger sitzen hauptsächlich Leute aus dem Mittleren Osten, die nach L.A. fliegen und hier zwischenlanden und auftanken.«

»Ich hab nichts gegen Leute aus dem Mittleren Osten.«

»Laura, wir müssen generell verhindern, dass Leute fliegen, und wir müssen es jetzt tun. All diese fetten Schweine, die nach Kalifornien fliegen, verbrennen so viel Kohlendioxid wie ein Auto in einem ganzen Jahr oder wie zwei Autos mit Hybridantrieb.«

»Schon gut, Claire. Es reicht. Ich denk drüber nach, okay?«

Sie verschränkte die Arme. »Ich weiß, dass du dir Sorgen machst wegen Fitz. . . Das tu ich ja auch. Aber was sollen wir machen? Willst du etwa die Wahrheit sagen?«

Ich schüttelte den Kopf.

»Dann hör auf, mir mit deiner schlechten Laune auf den Wecker zu gehen, so als wäre *ich* schuld.«

Und dann passierte etwas ganz Blödes. Louise Foster blieb

neben uns stehen. »Wisst ihr schon das Neueste?« Sie zog gierig an ihrer Zigarette. »Thanzila hat mit Samad Schluss gemacht – wegen Ravi Datta.«

Ich erstarrte.

Louise feixte. »Tja, Samad musste seinen BMW verkaufen – er kommt jetzt zu Fuß in die Schule. Und Thanzila ist kein Mädchen, das zu Fuß geht.«

Ich schüttelte den Kopf. »Aber Ravi hat doch auch kein Auto.«

»Nein, aber der Typ kennt sich aus – wenn man was downloaden will oder einen Code knacken oder seine Batterien aufladen, dann ist Ravi der, der's kann. Mhmm. Ich würde ihn auch nicht von der Bettkante schubsen ... Laura, alles okay bei dir?«

»Alles klar.«

»Tja, ich muss gehen, Geschichte. Gähn.« Louise nahm den letzten tödlichen Zug aus ihrer Zigarette und ging weiter. Ich drehte mich zu Claire um.

»Ich glaub das nicht. Neulich hat er sich erst über Thanzila lustig gemacht.«

»Wann?«

»Zu Hause – als wir uns unterhalten haben.«

»Davon hast du uns nichts erzählt.«

Ich zuckte mit den Schultern. »Ist jetzt auch egal.«

»Wart's ab, Mädchen. Erst stellen wir mal fest, ob es stimmt oder nicht. Du weißt doch, wie das mit Gerüchten ist.«

Mein Handy summte. Nathan Giles.

»He, weißt du schon das Neueste – Ravi und Thanzila?«

»Ich hab's gehört, Nate.« Ich schaltete das Handy aus und sagte zu Claire: »Ja, ich weiß, wie das mit Gerüchten ist.«

Sonntag, 5. April

Adi hat mir befohlen, ruhig zu bleiben und mich zu beschäftigen, solange er Nachforschungen anstellt. Also ging ich heute Abend mit Kieran joggen, was sehr peinlich war, weil er viel zu enge kurze Jogginghosen anhatte. Trotzdem war es gut, ihn aus seiner Wohnung herauszuholen. Sein Hirn arbeitet in einem wahnsinnigen Tempo. Wie eine dieser Schildkröten, die dreißig Jahre lang unter Wüstensand begraben liegen und dann, wenn es endlich regnet, herauskriechen und eine Nacht lang verrückt spielen, bevor sie am nächsten Tag tot umfallen. Jahrelang hat Kieran sein Hirn nur für Sätze gebraucht wie *Was kann ich heute für Sie tun?* und *Ja, ich finde auch, dass Strähnchen Ihre natürliche Haarfarbe besser zur Geltung bringen würden* und *Mein Gott, hat der einen schönen Arsch.* Wenn er so weitermacht, wird seine Großhirnrinde bald total ausgepowert sein.

»Bedürfnis, Liebe, Begehren, Verlangen ...«, schnaufte er, als wir in die Blackheath High Street einbogen. »Die Menschheit hat Tausende von Jahren gebraucht, um raffinierte Verabredungsrituale zu entwickeln ... und jetzt ... müssen wir alles rückgängig machen ... weil ... wir wieder beim Überleben des Stärksten ... angelangt sind?« Er blieb stehen und beugte sich keuchend vornüber. Apropos Ironie – wenn er beim Überlebenskampf *dabei sein* will, muss er seine Marlboro Lights aufgeben. Die Rationierung hat alle wieder zu verdammten Rauchern gemacht. Obwohl es fast kriminell ist, in der Öffentlichkeit zu rauchen, sieht man jetzt überall qualmende Leute, so als könnten sie damit auf all die vielen Kontrollen scheißen.

Ich lehnte mich an eine Mauer und wartete darauf, dass Kieran wieder Luft bekam, als plötzlich Karl Leader in dem frisch lackierten Jeep vorbeischoss. Es war, als ob man einem halb verhungerten Menschen spöttisch eine Tüte Chips hinhielte. Ich verstehe es nicht, alle anderen befolgen die Vorschriften wie stumpfsinnige Arbeiterameisen – und die Leaders fahren mit einem Jeep herum. Scheißkerle. Inzwischen bin ich irgendwie stolz auf den Kratzer.

Montag, 6. April
Noch nichts Neues über Ravi.

Dienstag, 7. April
Immer noch nichts.

Mittwoch, 8. April
Nichts zu wissen war besser. Grauenvoller Tag. Zuerst kriegten wir unseren Essay für Krit. Denken zurück – eine 4 minus. Lisa Bell hatte in ihrer schrecklichen Handschrift darüber geschrieben: *Bizarr, trotzdem sehr originell. Du hast jedoch nichts über sprachliche Redewendungen bei Tisch geschrieben, wie in der Aufgabe verlangt. Gib dir weiterhin Mühe!* Sie lächelte mich an, als wollte sie sagen *Ich kann nichts dafür, ich mache die Regeln nicht,* als sie mir die Arbeit zurückgab. Tja, vielleicht macht sie sie nicht, aber sie befolgt sie, so viel ist sicher.

Ich war ziemlich niedergeschlagen, als ich mit Claire auf den Schulhof ging. Zuerst waren wir allein, aber dann kam eine ganze Horde um das Gebäude herumgelaufen, sodass wir uns plötzlich mitten in einem Kampf zwischen den beiden asiatischen Jugendlichen, Naz und Faiz, befanden – allerdings ist das Wort *Kampf* in diesem Zusammenhang schon etwas seltsam, weil Naz nur ungefähr 1,20 m groß ist und Ärmchen wie Pfeifenreiniger hat und eine Stimme wie ein Mädchen, und Faiz las ein Gedicht vor, das Naz auf die Rückseite einer Kantinenserviette geschrieben hatte. Trotzdem war es komisch, besonders der Reim, dass Faiz einen Tanga trägt und seine Momma Boxershorts. Faiz' Mum leitet die Collegekantine und sie trägt diese riesigen Baked-Beans-Großverbraucherdosen herum, als wären es ein paar Federn.

Jedenfalls waren Claire und ich mittendrin – und dann sah ich Ravi in der Menge stehen, fast direkt mir gegenüber. Naz entdeckte ihn gleichzeitig und spuckte auf den Boden. Er ist ein Cousin von Samad, dem Jungen, mit dem Thanzila gerade Schluss gemacht hat. Naz drängelte sich durch die Menge und zeigte mit dem Finger auf Ravi.

»Blut . . .
Ich find es nicht gut
Du hast es versaut
mei'm Bruder die Nutte geklaut
Blut, das war echt böse
Mach dich vom Acker
Du dämlicher Kacker
Mit deiner Schlampenmö. . .
Blut . . .
Sie ist 'ne echte Gucci-Mö. . .!«

»Oooooooh!«, kam es aus der Menge. Ravi stand eine Sekunde lang wie erstarrt da, dann trat er einen Schritt vor und schlug Naz zu Boden.

»Beleidige sie nie wieder, Mann. Sonst kannst du was erleben.« Er beugte sich kurz über Naz, bevor er auf dem Absatz kehrtmachte und über den Schulhof stürmte.

So viel zum Thema Gerüchte. Wie betäubt ging ich mit Claire durchs Tor. Adi lehnte am Drahtzaun.

»Ich hab's gehört, Laura. Tut mir leid.«

Claire schnaubte: »Ohne diesen Versager ist sie besser dran.«

Ich sah sie an, mit ihren stacheligen blonden Haaren und den großen grünen Augen. Sie ist noch nie von jemandem fallen gelassen worden.

»Scheiße . . . da sind sie.«

Ich folgte ihrem Blick. Ravi stand an der Bushaltestelle, Thanzila umklammerte ihn wie eine Krake.

Claire griff nach meiner Hand. »Komm schon, ist doch bloß ein blöder Kerl. Lass uns auf diese Heathrow-Demo gehen und Polizisten treten. Ja?«

Ich glaube, es geht ihr gar nicht um Energie, sondern um die Gefahr.

Als ich nach Hause kam, saß Dad mit Arthur, meiner *bedürftigen Person* für das Energiehilfsprojekt, im Garten, sie tranken Bier. Im Gras lagen massenhaft leere Dosen.

»Laura!«, rief Dad. »Meine schüüüße, schüüüße Laura . . .«, und versuchte, mich zu umarmen. Würg.

Als ich Arthur beobachtete, wie er sein Bier austrank, beschloss ich, dass ich ihm helfen müsste. Er ist so steinalt – warum benimmt er sich so? Sein Leben muss echt leer sein. Das Thema für mein GPJ-Energiehilfsprojekt wird lauten: PROBLEME ÄLTERER MENSCHEN.

Heute Abend habe ich mich lange im Spiegel betrachtet. Ich kann es nicht glauben, dass er sich für sie entschieden hat. Ich hasse ihn.

Donnerstag, 9. April
Bandprobe. E-Saite gerissen. Egal. Alle waren richtig nett zu mir, was die Sache noch schlimmer machte. Dad ist immer noch betrunken.

Samstag, 11. April
Ich wurde wach, weil Dad einen uralten Bob-Dylan-Song schmetterte. Er ist seit fünf Tagen ununterbrochen betrunken. Meistens liegt er bis mittags in seinem Zimmer herum, dann schleppt er sich in die Küche, macht sich was zu essen, lässt es anbrennen, schlingt es direkt aus der Pfanne in sich hinein und stolpert anschließend zu Arthur, um zu wetten und zu trinken. So etwas hat er noch nie getan. Ich glaube, Mum weiß auch nicht, was sie dagegen tun soll – im Augenblick verfährt sie nach der Methode *Wenn man es ignoriert, erledigt es sich von allein.*

Die Frauen-machen's-selbst-Gruppe hat sich wieder bei uns getroffen. Mum hat die Hintertür abgeschlossen, sodass Dad nicht durch den Garten hereinkommen konnte (ihre Beziehung ist ja so *gesund)*. Irgendwann schob ich meine Vorhänge beiseite und guckte nach unten. Dad torkelte mit einer Bierflasche in der Hand durch den Garten. Er schaute hoch und winkte mir mit der Flasche.

»Laura! Du bis' zu jung, bleib weg von diesen tristen, bepissten, bösen, sexlosen Weibern!« Und dann fiel er in die Hecke.

Was kommt als Nächstes – Scheidung aus Energiegründen?

Claire hat angerufen. Ich hab sie auf den Anrufbeantworter sprechen lassen. Ich will nicht zu dieser Heathrow-Demo.

Sonntag, 12. April

Unglückshaus. Dad wurde aus dem Schlafzimmer verbannt und schläft auf dem Boden in seinem Arbeitszimmer. Als ich ihm eine Tasse Kaffee brachte, fragte er flüsternd: »Hast du ein bisschen Whisky reingetan?« Ich glaube, ich mache einfach die Augen zu und tu so, als wäre alles *super*. Bei Mum funktioniert das seit 20 Jahren. Oh Gott, heißt das, sie war die ganze Zeit lang total depressiv?

In den Nachrichten kam nichts über Heathrow. Ich wette, es wurde abgesagt.

Montag, 13. April

Im College geht das Gerücht um, dass Claire bei der Demo verhaftet wurde.

Dienstag, 14. April

Claire betrat den Schulhof wie ein Superstar, umgeben von einer Gruppe Jugendlicher.

Adi hörte auf, Fußball zu spielen, sah mich an und grinste. »Warum bist du nicht bei der Heldenverehrung?«

Ich knurrte nur.

»Komm schon.« Er nahm mich bei der Hand und zog mich mit sich. »Sie ist deine Freundin, erinnerst du dich?«

Als wir bei ihr ankamen, war Claire in vollem Gange.

»Also, so gegen acht sind wir durch den Zaun aufs Rollfeld gekommen . . .« Sie hob die Hand. »Hi, Laura, Adi . . .«

Louise Foster tippte ihr auf die Schulter. »Und . . .?«

Claire breitete die Hände aus. »Erst als wir auf dem Rollfeld waren, wurde mir klar, wie riesig so ein Airbus ist. Echt zum Fürchten. Allein die Tragflächen sind so groß wie ein Fußballfeld. Jedenfalls sind wir sofort losgerannt und haben unsere Positionen eingenommen – im Grunde genommen haben wir das ganze Flugzeug eingekreist und uns aneinandergekettet.«

»Wie viele wart ihr?«

»Mindestens tausend. Es war echt schräg, weil wir sehen konnten, wie die Passagiere drinnen ihre Nasen gegen die Scheiben drückten. Dann ist Paul Rees, der Bassist von den *Hydros,* auf diese Treppe geklettert, die die Passagiere zum Einsteigen benutzen, klar? Und er hat auf die Seite des Fliegers gesprüht:

Klimawandel = 250.000 Tote pro Jahr = 9/11 jede Woche. Fliegen tötet. Schluss damit.

Das war echt cool. Danach sind etliche Demonstranten hinter Paul auf die Tragflächen geklettert und haben sich draufgesetzt. Die Leute im Flieger sind total ausgeflippt.«

»Und wo war die Polizei?«

»Die war da, aber ihr wisst ja, wie sie sind, sie greifen erst an, wenn sie sicher sind, in der Überzahl zu sein. Bis um 12 haben wir ausgehalten, dann rückte jede Menge gepanzerter Fahrzeuge an – bewaffnete Polizisten, Hundestaffeln, Feuerwehr. Wir hatten null Chance. Die Bullen fingen an, Leute zu Boden zu werfen. Sie haben das richtig mit System gemacht – zwei von ihnen hielten einen Demonstranten fest und dann kam ein Feuerwehrmann und schnitt die Kette durch. Sie haben uns nacheinander in einen Hangar gezerrt und uns alles abgenommen.«

»Und du bist auch verhaftet worden?«

Claire nickte. »Sie haben uns im Hangar festgehalten. Ohne Essen und ohne Wasser, 12 Stunden lang. Wir durften nicht mal telefonieren. Dann haben sie jeden, der über 18 war, festgenommen wegen schweren Hausfriedensbruchs und Betreten eines Sperrgebiets. Denjenigen, die auf die Tragflächen geklettert waren, wurde Sachbeschädigung vorgeworfen.« Sie seufzte. »Langsam kriegte ich Angst. Ich wusste, dass meine Eltern ausflippen würden, aber dann ließen sie uns schließlich gehen. Zuerst die Frauen. Ein Polizist stand auf und erklärte uns, unter welchen Bedingungen wir freigelassen würden – niemand durfte sich mehr als 500 m einem englischen Flughafen nähern –, und wenn wir draußen miteinander sprächen, würden sie uns sofort wieder festnehmen wegen Nichtbeachtung der Bedingungen. Danach ließen sie einen nach dem anderen im Abstand von fünf Minuten gehen.«

Adi schnalzte mit der Zunge. »Wer hat der Polizei so viel Macht eingeräumt?«

»Da sagst du was. Das sind all diese Anti-Terror-Gesetze. Mittlerweile können sie tun, was sie wollen.«

Ich runzelte die Stirn. »Aber ich habe gestern Abend die Nachrichten gesehen. Es wurde nichts davon berichtet.«

Claire drehte sich zu mir um. »Ich hab doch gesagt, sie haben uns alles abgenommen. Video, Kamera, Handys. Sogar ein Kameramann von der BBC wurde festgenommen. Sie haben seine ganze Ausrüstung und das gedrehte Material beschlagnahmt. Wenn's keine Beweise gibt, ist auch nichts passiert. Stimmt's, Laura?«

Ich senkte den Kopf. Mann, dieses Mädchen ist mir echt haushoch überlegen. Ich bin total neidisch und gleichzeitig total sauer auf sie.

Mittwoch, 15. April
Heute Morgen habe ich die Schule geschwänzt und stundenlang die Wand angestarrt. Am 1. Mai findet eine große Antikapitalismus-Demo statt. Ich weiß, die anderen wollen hin, aber ich bin mir nicht sicher. Ich will nicht mehr radikal sein. Ich will mein altes Leben zurück.

Mein Gott, ich höre mich an wie Kim.

2 Uhr morgens. Brrr! Ich bin gerade aus einem grässlichen Traum aufgewacht, in dem Gwen Parry-Jones mich gezwungen hat, in einem Fleeceoverall durch einen eiskalten See zu schwimmen, wo ich ständig unterging, weil der Overall so schwer war. Ich muss mit dem Energiehilfs-Referat anfangen. Okay, die Probleme älterer Menschen:

1. schlechte Ernährung
2. Krankheit
3. Freunde sterben
4. Raubüberfälle
5. Tod

Deprimierend. Kein Wunder, dass Arthur nichts von der Rationierung wissen will, für ihn ist es nur ein weiterer Nagel zu seinem Sarg.

Donnerstag, 16. April
Die *Angels* haben sich heute Abend in der Tierarztpraxis von Claires Vater getroffen, weil er zu einem Hausbesuch unterwegs war und Claire nach der Flughafendemo Hausarrest hatte. Sie war stocksauer, als wir kamen.

»Seht euch das an«, zischte sie und schmiss ihre Energiekarte auf den Untersuchungstisch.

Stace stieß einen leisen Pfiff aus. »Boah, du hast ja schon drei ganze Kästchen verbraucht!«

»Oh ja, und rat mal, warum! Guck dir mal meinen Smartmeter-Ausdruck an. So was Ähnliches hatte ich letzten Monat schon.«

Connor, C. CO2 Kto.Nr. 4547 6581 5569 7903		20.03.15 – 20.04.15	
Datum	**Posten**	**Zahl.weise**	**CO2-Pkte.**
06.04.15	**Majestic Wein Magazin** Killawarra Pinot Grigio X64 (Herkunftsland Australien) Zapata Merlot X 64 (Herkunftsland Chile)	Abbey Nat. € 364,56	40
14.04.15	**Esso Ltd. Lee Road** 80 Liter Super Bleifrei	Abbey Nat. € 130,00	20
15.04.15	**Naturkost-Delikatessen** Basmatireis 8 kg x 10, Linsen, Mungobohnen, Kichererbsen, rote Linsen x 12, diverse Hülsenfrüchte x 22	Abbey Nat. € 246,78	30
Achtung! Sie haben die Ihnen zustehende Quote um **40 Punkte** überschritten. Die zu viel verbrauchten **40 Punkte** sind Ihnen mit einer Rate von **Super50** in Rechnung gestellt worden. Setzen Sie sich diesbezüglich umgehend mit der Energiebehörde in Verbindung.			

»Aber du fährst doch gar nicht . . .«

»Und ich trinke auch keinen Rotwein oder kaufe bei diesem beschissenen Naturkost-Delikatessen ein. Irgendjemand hat meine Karte missbraucht – und jetzt hab ich nur noch vier Kästchen übrig!«

»Du kannst sie bestimmt zurückkriegen. Ich meine, dieser Ausdruck beweist doch, dass du es nicht gewesen sein kannst.«

»Er beweist überhaupt nichts. Die Energiebehörde weiß ja

nicht, dass ich keinen Merlot trinke. Aber keine Sorge, ich gehe dagegen an – ich weiß nur nicht, ob man mir glauben wird.«

Adi runzelte die Stirn. »Das sind solche Scheißbetrügereien. Also, ich finde, das ist doch keine normale Straftat, oder? Reis und Hülsenfrüchte. Als wärst du von einem vegetarischen Hippie beklaut worden.«

»Du sagst es. Muss irgendwie mit dem Schwarzmarkt zusammenhängen. All diese gutbürgerlichen Schweine, die auf dem Schwarzmarkt einkaufen. Zum Kotzen.«

Nachdem sie sich beruhigt hatte, sprachen wir über den Auftritt, den uns der Kumpel vom Freund von Staceys Cousin beschaffen will. Es soll in der ersten Juniwoche stattfinden, zusammen mit *Monday's Child, Dark Force, Fall of the Rouble, PotatoHead* und *SlashFist.* Wir treten als zweite Band für 15 Minuten auf und müssen 25 Leute einschleusen.

»Ich kenn keine von diesen Bands – was ist das denn für ein Konzert?«, fragte Adi.

Stacey zuckte mit den Schultern. »Es wird von einer Gruppe namens *New Punk Allegiance* veranstaltet, sagt mein Cousin.«

»Definitiv punkig, oder? Kein Straight-Edge?« Adi ist einmal mit einer Gruppe militanter Straight Edge-Veganer auf Tournee gegangen, die ihn eine ganze Woche lang terrorisiert haben. Sie ließen ihn schuften wie einen Sklaven – er musste jeden Abend für 16 ausgemergelte Mistkerle Möhren schnippeln. Ohne Rauchpause. Ohne Anrufe bei seiner Freundin. Sie haben ihm echt zugesetzt.

Der Flyer war mehr als dürftig. Es war ein verwischtes Foto von einem Kind drauf, dem die Tränen übers Gesicht liefen, darüber stand in gotischen Lettern *Monday's Child.* Alle anderen Bandnamen standen winzig klein in einer Ecke. Adi sagte, wir sollten auf unserem Flyer einen Engel abbilden, dem ein Kruzifix in der Brust steckt, aber das fand Stace respektlos, weil ihre Familie katholisch war. Worauf Adisa fragte, ob es bei den *Angels* nicht ursprünglich genau darum gegangen wäre, um Respektlosigkeit? Stace sagte, ja schon, aber könnte der Engel das Kruzifix nicht vielleicht nur *in der Hand halten?*

Adisa schnalzte mit der Zunge und sagte: »Stace, wie bist du denn drauf?« Daraufhin schnappte sich Stacey ihre Jacke, um zu gehen, und rief: »Okay, ich hau ab – dann wirst du schon sehen, wie *du* drauf bist, ohne Schlagzeuger!« Adi sagte zu uns gewandt: »Sie wird sich schon wieder beruhigen!«, und als wir ihm nicht sofort zustimmten, ging er ebenfalls.

Dann klingelte das Telefon. Claire hob ab, und während ich mit tiefschwarzen Gedanken unter der strahlend hellen Lampe saß, hörte ich sie sagen: »Wie lange muss Chu-Chu sich denn schon übergeben, Mrs Bradley?«

Alles geht in die Brüche: mein Zuhause, Ravi – und jetzt auch noch die Band. Die Rationierung hat mein ganzes Leben versaut. Claire warf schließlich das Telefon hin, stürmte aus dem Sprechzimmer und kam mit einer Karaffe Cognac von ihrem Vater zurück.

Am Ende haben wir uns dann doch noch halb totgelacht. An der Wand hing ein Plakat zum Thema übergewichtige Katzen und wir machten mit dem Computer ein Plakat mit meinem Vater daraus. Sie sagt, ihrer wäre ganz genauso.

Oft ist es nicht einfach zu erkennen, ob dein eigener Vater verfressen/depressiv/Alkoholiker ist

1. Betrachte deinen VATER von oben – wird er unter dem Brustkorb schmaler (hat er eine Taille?) – WENN NICHT, ist er VERFRESSEN.
2. Streiche mit der Hand vorsichtig über seine CD-Sammlung – wenn er NICHT sauer reagiert, ist das ein eindeutiges Anzeichen einer DEPRESSION.
3. Kann er vom Stuhl aufstehen, ohne vornüberzufallen? Wenn NICHT, ist er wahrscheinlich ALKOHOLIKER.

Wenn dein Vater ALLE diese Symptome aufweist, braucht er unverzüglich professionelle Hilfe.

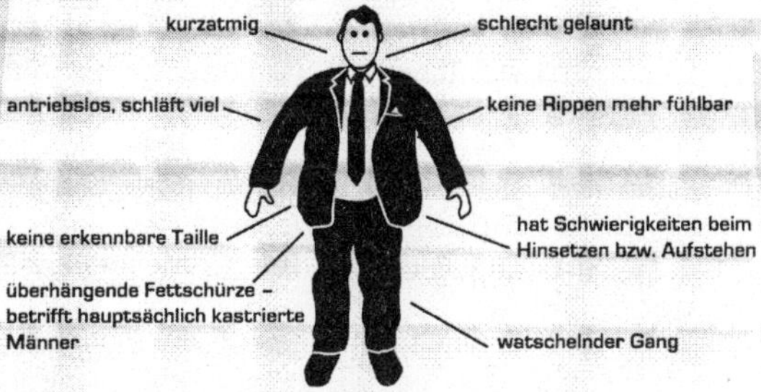

Empfehlenswerte Behandlungsmöglichkeiten:

Verwechsle nicht ESSEN/TRINKEN mit LIEBE. Spiel mit deinem Vater – Karten, Monopoly usw., schwatz mit ihm, aber halt ihn fern, wenn du etwas isst oder trinkst. Bitte deine Nachbarn, deinem Vater nichts zu essen oder zu trinken zu geben, falls er darum betteln sollte.
MANCHMAL könnte es notwendig werden, dass du ihm ein Schild um den Hals hängst mit der Aufschrift „Geben Sie mir bitte keine Nahrungsmittel, Getränke oder Mitgefühl, solange ich mich nicht in GROSSBUCHSTABEN zu meinem Problem bekannt habe."

Sonntag, 19. April

Warum muss ich ausgerechnet den Jungen von nebenan zum Objekt meiner Begierde machen? Als wäre ich irgendein dämliches Huhn aus irgendeinem dämlichen Film. Außerdem hab ich jetzt Angst rauszugehen, weil ich ihn vielleicht treffen könnte. Eigentlich wollten die *Angels* heute Nachmittag alle zusammen in die Stadt gehen, aber dann kam der Streit zwischen Stacey und Adisa dazwischen. Bis gegen zwei Uhr hockte ich schmollend in meinem Zimmer herum, dann musste ich vor die Tür, sonst wäre ich verrückt geworden.

Ich zog mir die Kapuze über den Kopf, trottete auf die Straße und stieß mit Kieran zusammen.

»He! Was ist denn mit dir los?«

Ich blickte zu Boden.

»Deine Mum? Kim?«

Ich schüttelte den Kopf.

»Äh, was könnte es sonst noch sein?« Er kratzte sich am Kinn. »Teenager-Schwangerschaft, Drogen ... ah – *Jungs?«*

Ich nickte.

»Na, komm schon.« Er hängte sich bei mir ein. »Kommst du mit? Ich will zur Eröffnung des Lagerhauses der Leaders. Mmmm, ich bin ein echter Sexgott!«

»Das was?«

»Lagerhaus. Sie sind ins Recyclinggeschäft eingestiegen.«

»Das erklärt alles«, murmelte ich.

»Was?«

»Das mit Brains. Ich hab mich schon gewundert, warum er mit ihnen herumhing.«

»Wer?«

Ich schüttelte den Kopf. »Nichts.«

Kier zog meinen Arm durch seinen. »Also los, du Geheimniskrämerin. Du kannst mir unterwegs von deinem Liebesleben erzählen.«

»Ooh«, sagte er eine Viertelstunde später, nachdem ich ihm mein Herz ausgeschüttet hatte. »Kompliziert.«

»Was stimmt denn nicht mit mir?«, jammerte ich.

Kieran blieb am Eingang zum Lagerhaus stehen. »Hör auf damit, Laura. Ich habe zehn Jahre lang gedacht, dass mit mir was nicht stimmt – und dann bin ich eines Tages aufgewacht und hab ein für alle Mal Schluss gemacht mit dem verdammten Selbstmitleid. All diese verschwendeten Jahre! Ich weiß, dass es sich echt banal anhört, aber Leben ist das, was man daraus macht. Also, bist du ein Kämpfer oder ein Feigling?«

Ich verdrehte die Augen.

»Das ist keine Antwort.«

»Zwing mich nicht, es laut zu sagen, Kier ... Das ist echt peinlich.«

»Sag es.«

Ich schaute die Straße rauf und runter.

»Sag es mir zuliebe.«

»Ichbineinkämpfer.«

Er boxte mich auf den Arm. »Auftritt beschissen, Aussage korrekt! Du wirst so verdammt cool sein, dass Ravi Datta auf allen vieren angekrochen kommt! Ruf jetzt diese Blödiane von deiner Band an und bring sie dazu, dass ihr euch alle in der Stadt trefft. Dinge regeln sich nicht einfach von allein, weißt du. Du musst selbst was tun, Mädchen.«

Ich warf ihm einen Blick zu. Er hatte diese merkwürdige, positive amerikanische Art zu reden übernommen.

Kieran spähte in die Lagerhalle. »Mein lieber Schwan, was ist das denn? Sieht aus wie eine Kunstinstallation!«

Ich guckte über seine Schulter in eine große ebenerdige Lagerhalle, die bis unters Dach voll war mit Toastern, Stereoanlagen, Fernsehern, Waschmaschinen, Mikrowellen, Kühlschränken und Wasserkochern, aus denen die Eingeweide heraushingen – und ganze Horden von Leuten kletterten dazwischen herum.

»Recycling auf Leader-Art«, sagte eine Stimme hinter uns. »Wie findet ihr das?«

Kieran nickte. »Ziemlich beeindruckend.«

Tracey warf den Kopf zurück und kicherte wie ein Troll. »Tja, schräg, oder? Dass Leaders so was machen. Aber mit dieser Scheiße kann man jetzt Geld machen, Kumpel – jetzt muss jeder dieses neue energiesparende Zeugs kaufen, aber das geht nicht alles auf einmal, weil's zu teuer ist, also muss man die alten Sachen reparieren, solange man auf die neuen spart.« Mit dem Daumen zeigte sie auf einen Berg von Haushaltsmaschinen. »Die Spülmaschine da ist erst ein Jahr alt, aber keiner will sie mehr haben, weil sie in einer Woche die Punkte für einen Monat verbraucht . . . Okay, Jungs, regt euch ab! Es gibt noch mehr davon!«

Sie rannte los, um einen Streit zu schlichten. Zwei Männer schlugen sich um ein Gerät der Marke Hotpoint.

Kieran stieß mich an. »Ist das nicht Kim da drüben?«

Ich schaute in die Richtung, in die er zeigte, und da saß sie weit hinten in einer Ecke an einem Stand mit dem Schild *Energietipps*. Etliche Leute standen um sie herum.

»Ja. Hat sicher was mit ihrem Energieverschwender-Programm zu tun.«

»Wahrscheinlich«, sagte Kieran. »Aber ich sag dir was, für die Lee Road sind das schon ziemlich seltsame Leute, die da um sie herumstehen.«

Ich schaute noch mal hin. Es stimmte, die Leute sahen eher nach Mittelklasse aus, fast sogar nach Schickimicki. Und dann sah ich, wie Tracey Leader zu Kim rüberblickte und ihr verstohlen zunickte.

Merkwürdig.

Wir gingen nach draußen.

»Und, was jetzt?«, fragte Kieran.

Ich stand in der Sonne und sah mich um. Die Kirschbäume blühten und plötzlich überkam mich ein Gefühl von *Frühling*. Ich holte tief Luft und rief Claire an. Es klingelte ein paarmal, dann nahm sie ab.

»Also, lass uns das mit der Band auf die Reihe kriegen. Du rufst Stace an und ich ruf Adi an – und dann treffen wir uns in einer halben Stunde in der Stadt.«

»Braves Mädchen«, sagte Kieran. Ich gab ihm einen Kuss, bevor ich über die Straße zum 53er-Bus ging. Manchmal denke ich, ohne ihn würde ich glatt untergehen.

Als Adi und Stace aufeinandertrafen, war es wie in einem Naturfilm, wo die Tiere sich nach einer bestimmten Hackordnung verhalten und unentschlossen umeinander kreisen, aber dann beruhigten sie sich allmählich und teilten sich kurze Zeit später einen Burger.

Die Fahrt in die Stadt war ziemlich seltsam. Es gab überhaupt keinen Verkehr und mein Bus raste mit ungefähr zweitausend Stundenkilometern durch die Straßen. Diese Fahrer brauchen ein neues Fahrtraining, um mit dieser ungewohnten Freiheit umgehen zu lernen. Und noch was, als ich in Westminster aus dem Bus stieg, hörte ich in einem Baum einen Vogel singen.

Montag, 20. April

Es ist heiß. Ich weiß, dass es schrecklich ist, aber irgendwie liebe ich diese Auswirkung der globalen Erwärmung. Ich lag im Garten und schrieb die Checkliste für mein Ältere-Menschen-Referat zu Ende. Später nahm ich sie mit zu Arthur. Mein Gott, seine Art zu leben ist so weit von jeglicher Normalität entfernt, es ist ein Wunder, dass er überhaupt noch lebt. Das ganze Haus ist voller Zigaretten, obwohl es schon seit sechs Jahren verboten ist, zu Hause zu rauchen.

Warum habe ich mir nicht eine einfachere *bedürftige Person* ausgesucht?

SICHERHEITS-CHECKLISTE FÜR PFLEGEPERSONAL UND BESUCHER VON SENIOREN			
CHECKLISTE	**NEIN**	**JA**	**KOMMENTARE DER PFLEGENDEN PERSONEN**
Gibt es funktionierende Rauchmelder?	☒	☐	Arthur hat alle Batterien entfernt, weil a) ihm das verdammte Blinken auf den Geist ging und b) jedes Mal die Feuerwehr kam, wenn er den Speck so *knusprig* briet, wie er ihn am liebsten mag.
Der Aschenbecher enthält keine brennenden Zigaretten.	☒	☐	Das ganze Haus ist ein rauchender *Vulkan* aus qualmenden Zigaretten. Arthur findet es in seinem Alter beruhigend, wenn er in jedem Zimmer eine brennende Zigarette vorfindet.
Vor oder unter Möbelstücken liegen keine qualmenden Zigaretten.	☒	☐	Ich sah, wie eine brennende Zigarette hinters Sofa fiel. Der Plastikbezug fing an zu brennen. Arthur erstickte die Stichflamme mithilfe eines benutzten Teebeutels.
Haben die Aschenbecher eine ausreichend große Standfläche und sind sie geräumig genug?	☒	☐	Sie sehen mehr aus wie flache Aluförmchen für Apfeltörtchen.
Werden die Hausschlüssel an einem sicheren Ort aufbewahrt? Sie sollten weder auf der Veranda noch unter Blumenkübeln versteckt werden – dort suchen Einbrecher zuerst. Geben Sie einem vertrauenswürdigen Nachbarn oder Verwandten einen Ersatzschlüssel.	☒	☐	Die Schlüssel liegen unter einem Blumenkübel, der auf der Fußmatte auf der Veranda steht. Arthur gibt niemandem einen Schlüssel, erst recht nicht seinem Neffen in Penge, „Harrys Junge“, den Arthur als „Klaumops“ bezeichnet.
Liegen Antirutschgitter unter den Teppichen?	☒	☐	Ich glaube nicht, dass man Antirutschgitter unter das Fell eines Polarfuchses legen kann, an dem der Kopf noch dranhängt.
Haben die Schuhe Klettverschlüsse zum leichteren An- und Ausziehen?	☒	☐	Arthur weigert sich, Kinderschuhe anzuziehen. Er besitzt je ein Paar braune und schwarze Slipper, die ihn, wie er sagt, durchs Leben begleiten und in den Sarg.
Ist ein Spazierstock oder eine Krücke vorhanden, falls das Gehen beschwerlich wird?	☒	☐	Arthur sagt, dass er in Indien einmal fast jemanden mit dem Spazierstock erschlagen hat und weigert sich seitdem, einen Stock zu benutzen.
Werden die Augen regelmäßig überprüft? Eine Sonnenbrille oder eine Schirmmütze sind hilfreich, um nicht geblendet zu werden.	☒	☐	Arthur sagt, in seinem Alter wäre es besser, wenn man nicht mehr allzu gut sieht. Auch weigert er sich, etwas zu tragen, mit dem er aussieht wie ein schlecht gekleideter Ami.

Nicht ein einziges JA!

Dienstag, 21. April

Mum kam in mein Zimmer und bat mich, »deinen Vater aufzutreiben«, als wäre er ein schlecht erzogener Hund. Ich wollte gerade Nein sagen, aber dann fiel mir auf, wie alt sie plötzlich aussah. Wie das Negativbeispiel einer Frau in einer Kosmetikwerbung – eine, die nicht täglich Feuchtigkeitscreme benutzt hat.

Ich ging durch die Hintertür nach draußen, um ihn zu suchen, dann hörte ich Stimmen von Arthurs Veranda. Arthur und Shiva Datta. Ich spähte über die Hecke und sah, dass Dad auch da war, mit einer Dose Bier in der Hand lümmelte er in einem Liegestuhl herum. Ich wollte ihn gerade rufen, als Arthur sagte: »Ja, aber der Knackpunkt in einer modernen Ehe ist, dass die Frauen nicht mehr wissen, wer das Sagen hat. Heutzutage ist alles ein einziges Durcheinander.« Arthur tätschelte Shivas Arm. »Guck dir den alten Shiva an. Kein Zweifel, wer in seinem Haus die Hosen anhat.«

Shiva nickte. »Ja, jeder von uns hat seinen vorgezeichneten Weg im Leben. Der Weg meiner Frau ist es, mir zu dienen.«

Dad schlug auf die Armlehne seines Liegestuhls. »Ha, null Chance! Für dich mag das ja zutreffen . . .«

Shiva schüttelte den Kopf. »Nein, Nick, jedes Leben hat sein eigenes Schicksal. Ich komme aus Hyderabad – kennst du? Berühmt geworden durch Kuhprojekt, Dung umwandeln in Gas für Wohnungen. Meine Familie, drei Generationen Kuhscheiße, und endlich, endlich habe ich Chance, wegzugehen, nach England zu kommen, Gott schütze die Königin, Ferntransporte mit Bruder von meiner Frau. Dann Arbeit, Arbeit wie Hund – Fernseher kaufen, Stereo, gutes deutsches Auto, Kinder gehen zu McDonald's und trinken

Coca-Cola – alles 100 Prozent westliches Leben – und dann sie tun mir das an. Rationierung! Geschäft kaputt! Hyderabad Nummer zwei!«

Dad sackte in sich zusammen. »Na gut, aber wenigstens hast du die Hosen an.«

»Hosen sind nicht alles, Nick . . .«

»Ich sage dir, alter Junge, zieh die Zügel straff. Frauen sind wie Pferde, müssen wissen, wer Boss ist. Dann sie sind glücklich – hü und hott.«

Diesen Mist wollte ich mir nicht länger anhören. Ich machte mich bemerkbar. Dad zuckte zusammen, drehte sich zu mir um und verschüttete Bier auf sein Hemd.

»Mum braucht dich.«

»Tja . . . ich kann jetzt nicht.«

Mein Blick wanderte von seinen Bartstoppeln auf die Bierdose in seiner zitternden Hand. Ich versuchte, sauer auf ihn zu sein, aber eigentlich gefällt mir dieser neue Dad ganz gut. Nicht dieser Quatsch mit der Steinzeitfrau, sondern dass er nicht länger so ein Weichei ist.

»Okay, aber sag nicht, ich hätte dich nicht gerufen.«

Er lächelte mich schüchtern an. »Versprochen.«

Ich kann Arthur nicht einordnen. Er hat einen total schlechten Einfluss auf meinen Vater, gleichzeitig ist er aber sehr liebenswürdig und elegant.

Heute Abend kam Elise Penatata zur abschließenden *Manöverkritik*. Verglichen mit ihrem letzten Besuch war die Rollenverteilung heute etwas anders. Dad stank nach Alkohol, also schüttete Kim kurz vorher einen Becher schwarzen Kaffee in ihn hinein und zog ihm ein sauberes Sweatshirt an, um den darunter liegenden Dreck zu verdecken. Dann setzten wir ihn aufs Sofa und stützten ihn mit Kissen.

»Wir tun so, als hätte er die Grippe«, sagte Kim und winkelte sein linkes Bein an, damit es normaler aussah. Dads Kopf kippte zur Seite, als hätte er einen Schlaganfall gehabt.

»Grippe? Sieht eher nach Ebola aus«, fauchte meine Mutter.

Elise warf einen Blick auf Dad, dann ignorierte sie ihn, setzte sich an den Küchentisch und blätterte durch unsere amtliche Akte. Wir waren zu staatlichem *Eigentum* geworden.

»Hmm, hmm – ja, eine eindeutige Verbesserung. Die Familie hat die Vorgaben für März und April eingehalten ... und du hast eine *außerordentliche* Verbesserung erzielt, Kimberley.« Sie hielt ein paar Papiere hoch und fletschte ihre Pferdezähne. »Ich habe ausgezeichnete Berichte über deine Teilnahme am Rehabilitationsprogramm für jugendliche Energieverschwender erhalten.«

Kim saß da mit einem betont demütigen, selbstzufriedenen Gesichtsausdruck.

»Es ist ganz wundervoll, wenn junge Menschen so viel Verantwortung übernehmen.« Elise hielt Mum ein paar Papiere hin, die sie sich ansehen sollte, und plötzlich setzte Dad sich auf, streckte die Hand aus und griff nach den Unterlagen – durch die plötzliche Bewegung lief ihm ein dünner Speichelfaden aus dem Mund. Wir guckten fasziniert zu, wie er heruntertropfte und auf Kims Bericht landete.

»Mein Dad hat in der letzten Zeit sehr viel Stress gehabt«, sagte Kim. Elise wandte sich angewidert ab.

Mittwoch, 22. April
Die Situation ist noch schlimmer geworden. Dad hat sein 15-jähriges Schweigen gebrochen. KRACK! Das ist das Problem, wenn man alles in sich hineinfrisst – wenn es dann schließlich herauskommt, Mann, oh Mann! In Hasi-und-Mausi-Boxershorts und passenden Socken stand er auf der Straße und wedelte wie ein Verrückter mit einer Flasche Whisky herum. Die ganze Straße schaute zu. Mum brüllte: »Hör auf damit, Nick!«, und mein Dad brüllte zurück: »Warum? Warum? Warum? Hast du auch nur einmal, ein einziges Mal aufgehört?«, und dann schleuderte er die Flasche von sich, dass sie in tausend Stücke zerbrach.

Mir wurde ganz schwummrig im Kopf und ich verzog mich nach hinten in den Garten. Da stand ich, zitternd und frierend, und dann hörte ich ein widerwärtiges Geräusch. Thanzila Amar kicherte.

»Oh Ravi«, säuselte sie, »du bist so süß.«

Ich wünschte, wir wären alle tot.

Donnerstag, 23. April
Jetzt sind wir ganz offiziell die schlimmste Familie der Straße, die Familie, derentwegen andere Leute die Polizei rufen. Im Grunde genommen die neuen Leaders. Letzte Nacht ist Dad nicht nach Hause gekommen. Mum ist zu Arthur gegangen und hat gesagt: »Hoffentlich sind Sie jetzt zufrieden«, dann kam sie zurück und rief die Polizei an. Ich habe ihr eine Tasse Tee gemacht. Als ich sie ihr brachte, starrte sie hinaus in den Garten und sah ganz klein und mickrig aus. Ich stellte die Tasse ab und blieb neben ihr stehen. Sehr seltsam: meine Mutter und Schweigen. Ich machte Anstalten zu gehen.

»Laura?«

»Ja?«

»Es ist nicht immer so gewesen, weißt du.«

Der Polizist, der vorbeikam, war echt nett und hatte traurige Augen. Er räusperte sich. »Könnte es unter Umständen möglich sein, dass Mr Brown sich etwas angetan hat?«

Mum griff nach seiner Hand. »Oh, ich wusste es! Sie haben ihn gefunden, nicht wahr? Bringen Sie mich zu seiner Leiche, Herr Wachtmeister!«

Ich musste sie nach oben bringen. Dann ging ich wieder nach unten in die Küche und beschrieb meinen eigenen Vater als *weiß, etwas mehr als mittelgroß, haselnussbraune Augen, graue Schläfen, möglicherweise selbstmordgefährdet.*

Der Polizist sagte, ich sollte mir nicht allzu viele Sorgen machen. »Ich nehme an, deinem Dad geht es gut. Gib ihm ein oder zwei Tage. Meiner Erfahrung nach braucht jeder mal eine Auszeit, weißt du?«, fügte er hinzu und warf einen kurzen Blick nach oben.

3 Uhr nachts. Morgen muss ich mein Energiehilfe-Referat halten. Es wird total in die Hose gehen.

Freitag, 24. April
Oh Gott!

Energie-Test 2.2a (5-Minuten-Referat vor der Klasse)			
Bewertungs-kriterien	Bitte ankreuzen	**Kommentar des Kursleiters Gwen Parry-Jones**	**Kommentar des Prüflings Laura Brown**
Hat der Prüfling ... sich bezügl. Thema, Sinn und Zweck der Aufgabe verständlich ausgedrückt?	*JA* ☐ *NEIN* ☒	*Du hast ca. 2 Minuten lang über die Untersuchungen gesprochen, die du kürzlich im Haus von Mr. Stoat-Wilson in Bezug auf Lebensmittelreinheit, Gesundheits- und Sicherheitsvorkehrungen durchgeführt hast. Danach hast du dich **weitere 15 Minuten** lang über diverse Themen **ausgelassen,** wie Alkoholismus, Teppiche aus Fellen toter Tiere, Grundlagen der Mondscheinproduktion, Ehe als überkommene Institution, Pansen und das Böse daheim.* *Es ist **positiv** zu bewerten, dass du klar und deutlich gesprochen und einen guten (wenn auch leicht glasigen) Augenkontakt mit der Klasse gehalten hast. **Leider** hat am Ende jedoch niemand **verstanden,** worum es eigentlich ging, ob Arthur eine reale Person ist, ob dein Vater einen Nervenzusammenbruch hatte, warum Leoparden schön sind, warum man radikal sein sollte, warum sich deine Mutter mit Pansen beschäftigt, warum deine Schwester von Grund auf böse ist. Ich bin **enttäuscht, Laura!***	Unmittelbar vor mir war Pippa James an der Reihe und hat sich darüber ausgelassen, wie sie ganz allein den Planeten rettet, wo doch jeder weiß, dass sie eine **Schleimerin** ist, die einen auf tugendhaft macht, eine **Heuchlerin** mit Doppelmoral, die ihren Freund mit Staces Exfreund Ash betrogen hat. Als ich drankam, sah ich plötzlich rot, und ich wollte den anderen einfach klarmachen, was Sache ist. Das habe ich dann getan. Ich habe nicht erwartet, dass es irgendjemand versteht.
Hat der Prüfling ... auf Fragen von Zuhörern in angemessener Art und Weise reagiert?	*JA* ☐ *NEIN* ☒	*Vor deiner **Rechtfertigungsrede** hast du dir zunächst genau angehört, was die anderen aus deiner Gruppe zu sagen hatten. Dein Interesse hat sich in deiner Körperhaltung gezeigt und dadurch, dass du andere ruhig hast aussprechen lassen, bevor du geantwortet hast. Leider hast du das nicht bis zum Schluss durchgehalten.* ***Ich habe keine andere Wahl, als dich der Schule zu verweisen und möchte darüber schnellstmöglich mit dir und deinen Eltern/deinem Vormund ein Gespräch führen.***	Ich habe ganze **2** Minuten lang zugehört, wie Pippa James **mich verarscht hat**, bevor ich ihr eine Plastiktasse mit **Wasser** an den Kopf geworfen habe. Ich kann nichts dafür, dass Kaffee drin war. Außerdem ist es mir **egal**.

Ich werde unter allen Umständen verhindern, dass meine Eltern das erfahren. Schulverweise werden postwendend schriftlich mitgeteilt. Ich muss nur früh genug aufstehen und den Briefträger abfangen.

Montag, 27. April
Erster Tag der Osterferien – der Schulverweisbrief ist gekommen. Ich habe ihn dem Briefträger aus der Hand gerissen und bin damit sofort zu den Recyclingtonnen gegangen. Ich wollte ihn gerade in die Papiertonne werfen, als Delaney Leader mit einem alten PC in der Hand hinter dem Container für große Haushaltsgeräte auftauchte. Ich machte den Tonnendeckel schnell wieder zu, aber da hatte er das Schulwappen auf dem Umschlag schon entdeckt.

»Super, Laura, genau der richtige Ort für so'n Scheiß.«

Gerade hat Dad bei Mum angerufen. Ich weiß nicht, was er gesagt hat, das Gespräch dauerte ungefähr zehn Sekunden, dann legte sie auf. Wenigstens ist er am Leben.

Donnerstag, 30. April
Ich liege seit drei Tagen im Bett. Aufstehen ist mir zu kompliziert.

MAI

Freitag, 1. Mai

Also, ich habe mich entschieden. Ich kann nur beten, dass ich mich um den Schulverweis herummogeln kann – und dann werde ich nie mehr schwänzen oder sonst irgendwelchen Unfug anstellen. Schließlich muss ich eine Ausbildung haben, das ist die einzige Möglichkeit, hier rauszukommen. Und dann bin ich aufgestanden und zur Mai-Demo gegangen.

Zuerst traf ich mich mit den anderen in Soho, dann mischten wir uns im strahlenden Sonnenschein in die Menschenmenge, die zum Trafalgar Square unterwegs war.

»Igitt, du Stinktier! Weg! Weg!« Adi wedelte mit den Händen, als ein schmutziges Mädchen auf Rollerblades im Zickzack auf dem Bürgersteig auf uns zukam. »Warum müssen Radikale immer so hässlich sein? Mit Straight Edge ist es genau dasselbe. Ist das gesetzlich vorgeschrieben, dass man Dreadlocks haben muss und einen Hund an einem Strick und sich nicht waschen darf, wenn man sich für eine Sache engagiert?«

»Komm schon.« Claire griff nach seinem Arm. »Wenn wir Revolutionäre sein wollen, müssen wir da durch.«

An der Kirche St. Martins in the Fields schlossen wir uns dem Marsch an. Stace stieß mich an. »Mensch, weißt du noch, wie wir mit der Schule in diesem klassischen Konzert hier waren? Kommt mir vor wie in einem anderen Leben.«

Ich sah mir die Menschenmassen vor uns an. Der gesamte Trafalgar Square und die umliegenden Straßen quollen über vor Menschen und es wurden immer noch mehr.

Zuerst war es einfach nur blöd. Wir steckten in einer Gruppe von Demonstranten fest, die sich Richtung Flussufer bewegten. Sie schoben einen riesigen Globus vor sich her, der oben Löcher hatte, aus denen Leute herausschauten und zu tanzen versuchten. Ziemlich dürftig. Danach befanden wir uns zwischen Tausenden von Universitätsstudenten, die wie ein Haufen Ökohamster skandierten: »Unsere Position – Grüne Revolution!« Claire und Adi drängelten sich seitlich aus der Menge heraus.

»Wir müssen dahin, wo richtig was abgeht. Die hier sehen so aus, als wüssten sie, was sie wollten.« Adi zeigte auf eine Gruppe von ungefähr 3.000 Gewerkschaftlern. Sie wurden von ein paar Trommlern angeführt und marschierten stetig vorwärts. Wir überquerten die Straße und schlossen uns ihnen an. Als wir uns hinter den Trommlern einreihten, spürte ich, wie das Adrenalin durch meinen Körper schoss.

Die Polizei versuchte, die Demonstranten Richtung Whitehall abzudrängen, aber unsere Gruppe hielt sich weiter rechts und entfernte sich vom Großteil der Marschierer zurück in Richtung Trafalgar Square. Die Bullen versuchten, uns den Weg zu versperren, aber sie waren in der Minderzahl. Als wir jedoch an der Charing Cross Station anlangten, kam uns plötzlich eine andere Riesengruppe Demonstranten entgegen. Staffeln von Bereitschaftspolizei tauchten aus dem Nichts auf, um ein Aufeinandertreffen zu verhindern. Sie kamen dicht auf uns zu und fingen an, uns mit ihren Schutzschilden zurückzustoßen. Es gab ein paar kleine

Schlägereien, aber da keiner in Schwierigkeiten kommen wollte, ließen wir uns Richtung Whitehall und Parliament Square zurückdrängen. Eine Viertelstunde später wurde die Situation brenzlig. Die Menge war so dicht, dass man sich nicht mehr bewegen konnte.

Vor mir kam Adi ins Stolpern und fiel zu Boden. Er stieß einen Schrei aus und plötzlich schienen alle um uns herum wütend loszubrüllen. Ich hörte Glas splittern und sah, wie die gesamte Schaufensterscheibe von McDonald's in Millionen Stücke zersplitterte. Einen Augenblick lang war es ruhig – dann hörte man eine Stimme, die Befehle erteilte. Ich wirbelte herum. Berittene Polizisten griffen aus einer Nebenstraße an. Leute lösten sich schreiend und schubsend aus der Menge.

»Scheiße.« Ich griff nach Claires Hand. Adi und Stace waren unmittelbar hinter uns. Es war, als würde man von einer Riesenwelle gepackt. Nach vorn geworfen und wieder zurück. Als wir endlich am Parliament Square ankamen, hatten wir das Gefühl, es wären Stunden vergangen.

Einmal dort, ließ die Polizei keinen mehr gehen und riegelte den Platz über Stunden ab. Keiner durfte rein, keiner raus. Polizisten liefen herum, machten völlig ungeniert Fotos und notierten Namen und Adressen. Nach einer Weile betrachtete ich die ganze Szenerie quasi außerhalb meines Körpers. Diese Polizisten verwirren mich. Eigentlich sind sie dazu da, uns zu beschützen, aber dann benehmen sie sich so wie jetzt. Für wen arbeiten sie in Wirklichkeit? Und noch etwas, als ich endlich zu Hause war, habe ich die Nachrichten angeschaut. Dort wurde berichtet, dass wir Steine geworfen und mit Stöcken geschlagen und die Straßen mit Abfall blockiert hätten, aber kein Wort über Polizisten auf Pferden, die eine Gruppe Teenager angreifen.

Samstag, 2. Mai

Schließlich brachte Arthur Dad zurück.

Mum rannte durchs Zimmer. »Du lebst!«, schluchzte sie. »Oh Nicky, du darfst uns nie wieder einfach so verlassen.«

»Versprochen«, murmelte er, während ihm die Tränen übers Gesicht liefen. Und dann passierte etwas Schräges. Gerade noch waren sie sich ganz nah und dann wich Mum zurück. Es war, als ob eine Tür zuklappte.

»Na gut.« Sie strich über seinen Mantel. »Wo bist du gewesen, dass du so schmutzig bist? Mal ehrlich.«

»Julia, ich möchte, dass du weißt . . .«

Aber Mum war schon halb zur Tür hinaus. »Ich lass dir ein Bad einlaufen!«

Dad stand einen Moment lang da und sah so verloren aus, dass ich es kaum aushalten konnte. Arthur räusperte sich. »Also, Nicholas – ich bin dann mal weg.« Er tätschelte mir den Kopf, drehte sich auf dem Absatz um und ging zur Hintertür hinaus.

Mitten in der Nacht wurde ich wach, weil der Mond taghell in mein Zimmer schien, alles sah wie versilbert und verzaubert aus. Ich ging in die Küche, um mir ein Glas Wasser zu holen – da lag Dad auf dem Sofa. Ich blieb stehen und schaute ihn an.

»Laura?«, sagte er leise.

»Ja, Dad?«

»Geht es dir gut?«

»Ja, Dad.«

»Es tut mir so leid.«

»Ich weiß.«

»Mein süßes Mädchen.« Er nahm meine Hand – und so blieben wir ein Weilchen.

Sonntag, 3. Mai

Heute Morgen ertönte ein nervtötendes Tschack-Tschack aus dem Garten. Ich machte das Fenster auf und sah Dad, wie er hinten im Garten die Brennnesseln mit einer Spitzhacke attackierte. Kim ging über den Rasen auf ihn zu. Sie hielt ein Tablett mit einer Tasse Tee und einem Teller Keksen in den Händen. Verdammte Hexe.

Ich war so sauer über ihren Ich-bin-eine-perfekte-kleine-Tochter-Auftritt, dass ich in ihr Zimmer rannte und ihrem alten Teddy in den Bauch boxte. Er fiel aus dem Bett auf den Teppich – und was lag drunter? Ein Minihandy, eins dieser neuen kinetischen, die man am Handgelenk befestigt. Wie kann sie sich das leisten? Es leuchtete auf. Ich wäre liebend gern drangegangen, aber dann hörte ich die Hintertür zuklappen und musste abhauen. Sie führt irgendwas im Schilde.

Seit die Sonne scheint, ist alles anders geworden. Unsere Straße ist aus dem langen Winterschlaf erwacht. Den ganzen Tag lang wurde geputzt, gepflanzt, repariert, gestrichen. Ich hörte Gelächter aus dem Garten – als ich runterschaute, standen Mum und Mrs Datta kichernd am Zaun. Keine Ahnung, wann sie sich angefreundet haben.

Montag, 4. Mai

Schule hat wieder angefangen. Grr. Aber wir hatten eine total intensive Bandprobe bei Adi. Das Datum für unseren

Auftritt steht fest – 7. Juni. Adis Mum hat uns Extrazeit zum Proben zugestanden, sie sagt, solange es so warm ist, kann sie an der Heizung sparen. Wir probten *Richtig komisch, Chaoswelt* und *Tod dem kapitalistischen Abschaum.* Fünfzehn Minuten Hass pur.

Tod dem Kapitalismus
Eine neue Welt wird gebor'n
Mord ist gleich Kapitalismus
Unter dem Deckmantel von Zorn

Ihr verkauft uns Mercedes, Nike, mp3
Gucci, Rolex, Toys »R« Us
Ihr versucht, uns das Maul zu stopfen – aber es ist 'ne Schweinerei:
In Wirklichkeit killt ihr uns – krass!

Jetzt hatte es genau das richtige Tempo – besonders, als Stacey am Schlagzeug die Worte mp3 und Schweinerei deutlich betonte.

In der Pause setzte sich Claire neben mich. »Wie geht's dir?«

»Wie meinst du das?«

»Ganz allgemein.«

»Gut. Hab viel zu tun.«

Claire zog eine Augenbraue hoch. »Tja, hoffentlich nicht *zu* viel, weil da ist jemand, der steht auf dich.«

»Tja, so lange ich so viel mit der Band zu tun habe und . . .« Ich unterbrach mich. »Wer ist es denn?«

»John Clarke. Du weißt schon, der Schlagzeuger von *Dogshit.*«

Mir blieb das Herz stehen. »Claire, er lackiert sich die Fingernägel schwarz.«

»Aber er ist ein guter Drummer. Wirklich gut.« Stacey nickte beifällig.

Ich schüttelte den Kopf. Können sie sich nichts Besseres vorstellen für mich?

»Nein.«

»Denk nur mal drüber nach.«

»Würdest *du* dich mit ihm treffen wollen?«

»Na klar! Es geht doch nicht nur um Fingernägel, Laura. Ich dachte, du wärst etwas toleranter.«

Kein Wunder, dass sie so was sagt, schließlich ist sie mit dem umwerfenden Sean mit seiner umwerfenden Figur und den unlackierten Fingernägeln zusammen. Ich schaute zu Adi hinüber, aber er war damit beschäftigt, neue Saiten auf seine Gitarre aufzuziehen.

Claire zeigte uns den Flyer, den sie für unseren Auftritt entworfen hatte. Unter unserem Bandnamen *Dirty Angels* stand *Euer schönes Leben kotzt uns an!* Geil!

Wir schauten uns mit leuchtenden Augen an – wir sind die *Dirty Angels* . . . oh yeah!

Dienstag, 5. Mai

Dad ist rund um die Uhr mit Arthur und Shiva im Garten. Als ich nach Hause kam, sah ich, dass sie die Zäune zwischen den Gärten entfernt und den Rasen umgegraben hatten. Arthur rief mich und drückte mir das Ende eines Knäuels Paketschnur in die Hand, dann teilte er die umgegrabene Erde in kleine Abschnitte ein, indem er die Schnur um die Stöcke wickelte, die in der Erde steckten.

»Was soll das werden?«, fragte ich.

»Saatgut, Furchen, neues Leben ... Aber zum Schwatzen haben wir keine Zeit, Laura ... Wir sind spät dran, alle Mann an die Pumpen! Großartig, nicht wahr?«, rief er und rannte wie eine Riesenspinne im Zickzack durch den Garten. »Erinnert mich an meine glückliche Kindheit auf dem Land!«

Ich glaube, er spricht nicht von der Wiese in einer Siedlung mit Sozialwohnungen. Ich muss ihn mal fragen, wie es kommt, dass er in Charlton wohnt – sozusagen vom Millionär zum Tellerwäscher.

Ravi kam raus und strahlte mich an.

»Hi, Laura.«

»Oh, hi!«

Kühl bis in die Ze-hen-spit-zen.

Ich glaube, ich bin allmählich ziemlich besessen, was ihn betrifft. Je mehr er mich ignoriert, desto lieber mag ich ihn.

Egal, heute Abend hatte ich jede Menge Spaß. Ich hab kein einziges Mal an ihn gedacht, stattdessen habe ich mit Stace und Claire in der Praxis ihres Vaters Schundfernsehen geguckt. Er hat eine CO_2-Sondererlaubnis für den Veterinärkanal »Achtung Haustiere!«. Und Claire hat den Code geknackt und kann das amerikanische MTV empfangen. Es war total schräg, weil sie hauptsächlich Teenager-Boygroups gezeigt haben, in deren Songs es um Mädchen ging und die in einem fetten Ferrari durch die USA rasten. Es kommt einem vor wie Science-Fiction, so sehr hat sich unser Leben in den letzten fünf Monaten geändert.

Ach ja, noch was. Ich glaube, ich hab Glück gehabt. Der Übungskurs fiel aus, weil GPJ zu einer Konferenz musste, und ich vermute mal, sie hat den Schulverweis einfach vergessen. Wenn man erst mal über 40 ist, kann man nicht mehr alles im Kopf behalten. Wie auch immer, es soll mir egal sein, ich bin von Polizeipferden angegriffen worden. Was kann sie schon tun ... mich einen Aufsatz schreiben lassen? *Huch.*

Mittwoch, 6. Mai

Heute Abend rief Mum mich nach unten. Als ich in die Küche kam, fiel mir fast der Unterkiefer runter. Gwen Parry-Jones saß am Küchentisch und Kim hatte ein breites Grinsen im Gesicht.

»Laura, stimmt das?«, fragte Mum.

»Was?«

»Komm mir nicht mit *Was,* junge Dame – das Referat, der ...« Ihre Augen wurden feucht. »... der Kaffee?«

Ich schluckte und spürte, wie auch mir die Tränen kamen. Warum lasse ich zu, dass sie so mit mir umgehen?

Mum verschränkte die Arme. »Ich kann einfach nicht glauben ...«

GPJ unterbrach sie. »Darf ich mal, Mrs Brown ... Ich glaube, Ärger ist nicht immer eine angemessene Reaktion.«

Mum klappte den Mund zu wie eine Schildkröte. GPJ wandte sich mit ihrem aufgesetzten Lehrerlächeln mir zu. *Willst du deine Eltern enttäuschen? Bist du dir über den Ernst der Situation im Klaren? Willst du deine Ausbildung fortsetzen oder willst du lieber dein Leben wegwerfen, denn darauf läuft es hinaus, junge Dame ... blablabla.*

Dad versuchte, die Stimmung etwas aufzulockern. »Also, wenn Laura nicht mehr zur Schule gehen will, hier gibt es jede Menge zu tun für sie.« Er lächelte. »Ich finde, eine Schulausbildung ist nicht alles ...«

»Mr Brown.« Sie stellte ihre bestiefelten Füße fest auf den Boden. »Ich nehme an, Sie versuchen, die Sache ins Lächerliche zu ziehen, aber Frauen haben Tausende von Jahren gebraucht, um den Beschränkungen einer patriarchalischen Gesellschaft zu entkommen, in der Männer Frauen dominiert und unterdrückt haben. Eine Schulausbildung bedeutet Freiheit.«

Dad schaute auf seine Füße. Verglichen mit den ihren sahen sie echt mickrig und mädchenhaft aus.

GPJ räusperte sich. »Trotzdem ist die Schule bereit, ihre Tochter weiterhin zu unterrichten, unter der Bedingung, dass sie als Zeichen der Reue eine . . . äh . . . gemeinnützige Aufgabe übernimmt.«

Kims Grinsen wurde noch breiter. Gwen Parry-Jones sah mich an. »Laura, die einzige Möglichkeit, dass wir dich in der Schule wieder aufnehmen, ist, dass du an den Treffen der *Jungen Energieverschwender* in der örtlichen Blackheath-Niederlassung teilnimmst. Unserer Meinung nach ist das ein angemessener Ort, wo du lernen kannst, deine . . . äh . . . *kreativen* Fähigkeiten besser einzusetzen . . .«

Ich dachte, ich höre nicht richtig. »Aber das ist nicht fair . . .«

»Unter diesen Umständen ist es mehr als fair«, unterbrach mich GPJ. Sie schaute sich am Tisch um. »Stimmen Sie mir zu?«

Mum schüttelte den Kopf und seufzte. »Ach, Laura. Warum kannst du nicht so sein wie deine Schwester . . .?«

Ich sah Kim an. Ihr Grinsen war verschwunden.

»Ich finde das ziemlich hart . . .«, fing Kim an.

»Es wird ihr nichts anderes übrig bleiben, wenn sie weiter zur Schule gehen will. Ist dir die Ausbildung deiner kleinen Schwester gleichgültig?«

Kim schaute zu Boden.

»Also gut, dann ist die Sache erledigt.« Sie stand auf und mit einem grässlich ächzenden Geräusch krachte der Tisch zusammen, so als wäre er von all dieser Scheiße total erschöpft.

Mum sprang auf. »Oh, das tut mir leid. Nick verspricht schon seit Monaten, das zu reparieren.«

GPJ bückte sich und schaute unter den Tisch. »Da ist das Problem – ein Bein steht schief. Muss nur . . . ein bisschen . . . abgehobelt werden.« Sie griff nach ihrem Rucksack. Zwei Minuten später stand der Tisch wieder gerade.

Sie lächelte Mum an. »Schon repariert. Kein Grund, ewig darauf zu warten, dass ein Mann es tut, Julia.«

»Ähm, vielen Dank . . . ich . . . äh . . . ich bringe Sie an die Tür.« Mit kleinen ängstlichen Schritten verließ Mum mit ihr die Küche.

»Dad!«, sagte ich, sobald sie draußen waren. »Du weißt, dass das nicht fair ist!«

»Es ist zu deinem Besten, Laura. Es wird dir guttun. Schau dir Kim an. Viel besser jetzt.« Er griff nach einem Saatgutkatalog. Ich starrte ihn an – er ist offenbar total besessen von diesem neuen Gartenprojekt. Und dann durchfuhr es mich wie ein Blitz. Er ist genau wie Mum. Bleib beschäftigt, dann musst du nicht nachdenken!

Donnerstag, 7. Mai

Mum hat mich zu Hausarrest verdonnert. Selbsterkenntnis und 4 Wände und zuschauen, wie Dad Bohnen pflanzt. Es gibt keine Gerechtigkeit.

Freitag, 8. Mai
In diesem Leben.

Samstag, 9. Mai
Oder im nächsten.

Sonntag, 10. Mai
Unglaublich. Seit Anfang April hat es nicht mehr geregnet und man sagt, das Wasser würde knapp. Dieses Jahr soll es in London weniger geregnet haben als in Äthiopien. Wer denkt sich so was aus? In meiner Erinnerung hat es pausenlos geregnet und geschneit.

Mum zieht sich an wie ein Teenager. Seit Dad wie verrückt im Garten schuftet, turtelt sie um ihn herum. Heute trug sie Hüfthosen, ein T-Shirt-Hängerchen, Plateauschuhe und einen Silbergürtel und rannte den ganzen Vormittag lang mit dem Gartenschlauch hinter ihm her. Kotz.

Montag, 11. Mai
Endlich konnte ich wieder aus dem Haus. In der Schule habe ich für Dad ein Rohr für die Wasserpumpe geschweißt. Er hatte mich darum gebeten, weil der Garten allmählich zu trocken wird. Für den Fall, dass es verboten wird, den Garten zu sprengen, will er ein Bewässerungssystem bauen, das Badewasser nach draußen pumpt. Und noch was – er hat nicht vor, sich nach einem anderen Job umzusehen, stattdessen nimmt er sechs Monate Urlaub und lebt von seiner Abfindung. »Es ist ein tolles Gefühl, etwas zu tun, woran ich wirklich glaube. Danke für euer Verständnis. Es geht dabei ja nicht nur um mich – ich möchte, dass die ganze Familie glücklich ist.«

Er sah mich an. »Laura, ich will nicht, dass du dich schlecht fühlst in der Schule. Wenn du nicht mehr hingehen willst, dann verstehe ich das.«

»Entschuldige bitte. Einer, der eine Auszeit nimmt, ist genug.« Mum lächelte, aber sie sah dabei aus wie eine alte Zitrone.

Ich warf Dad einen Blick zu. Ich weiß, er versucht, nett zu sein, aber was soll ich ohne Ausbildung tun – zu Hause bleiben wie eine alte Jungfer mit dicken Brillengläsern und geschwollenen Fußgelenken?

Mittwoch, 13. Mai

Ich kann kaum glauben, was passiert ist. Als ich nach Hause kam, saßen Kieran und Kim in ein Gespräch vertieft auf dem Sofa. Ich blieb wie angewurzelt stehen.

Kieran schaute hoch. »Aah, gut! Wir möchten, dass du dir etwas ansiehst.«

»Wir?«

Kim verdrehte die Augen. »Ja. *Wir.* Kier hat mich gebeten, ihm dabei zu helfen, die *EnergyDating*-Sache aufzubauen. Hast du ein Problem damit?«

»Komm, setz dich, Laura.« Kieran klopfte auf das Sofa.

Ich verschränkte die Arme.

»Bitte! Das ist wirklich wichtig für mich. Ich habe meinen Alfa dafür hergegeben und alles.«

»Du hast dein Auto verkauft?«

»Ja, für eine Digitalkamera, fünftausend Flyer und sechs Monatsmieten im *Leopard* in Soho.«

Er zog eine Visitenkarte aus seiner Tasche. »Gefällt sie dir? *Kim* hat sie entworfen.«

Donnerstag, 14. Mai

Jetzt haben wir's. Von der kommenden Woche an ist es verboten, den Wasserschlauch zu benutzen. Man darf weder den Garten bewässern noch das Auto waschen. Dad hat sich total aufgeregt. »Es ist ja schließlich nicht so, dass ich da Rosen züchte. Es geht um echte Nahrungsmittel, Dinge, von denen wir leben können.«

»Du könntest dir aber auch einen neuen Job suchen, Liebling«, sagte Mum.

Er steckte die Hände in die Hosentaschen. »Wo denn? Du weißt doch, dass wir mitten in einer Rezession stecken.«

»Na ja, du könntest doch so eine Umschulung machen, die von der Regierung angeboten wird – du weißt schon, als Ingenieur für erneuerbare Energien oder als Mechaniker ... Für so was fehlen jede Menge Arbeitskräfte ...«

»Hmm. Mal sehen. Aber erst will ich mal das Haus auf Selbstversorgung umstellen.«

Mum warf einen Blick auf die verschrumpelten Salatköpfe, hielt aber den Mund.

Samstag, 16. Mai

Kim war gerade bei mir. Sie kam herein, schloss die Tür und lehnte sich gegen die Wand. »Pass bloß auf, dass du nicht zu weit aus dem Fenster lehnst.«

»Was für ein Fenster?«

»Pass einfach auf, Schwesterchen, ansonsten könnte es sein, dass es dir schlecht ergeht.«

»Verpiss dich!«, fauchte ich.

»Mit Vergnügen«, fauchte sie zurück und ging.

Was ist los?

Mittwoch, 20. Mai

Sooo langweilig. Mum lässt mich immer noch nicht zu meinen Freunden. Bis ich bei den *Jungen Energieverschwendern* anfange, darf ich außer zur Schule nirgendwohin. Habe stumpfsinnig den Stoff für die Umweltklausur wiederholt. Dann bin ich zu Arthur gegangen, damit er mich abhört.

»Hmm«, sagte er schließlich. »Das allgemeine Umweltzeugs ist ganz in Ordnung, aber du solltest lieber beten, dass du keine Fragen zum Luftverkehr beantworten musst. Da bist du sehr schwach. Warum eigentlich?«

Ich zuckte mit den Schultern. »Keine Ahnung. Es ist einfach nur blöd. Ich meine, all das, was hier um uns herum passiert – ich finde es total schräg, darüber eine Prüfung machen zu müssen. So als wäre man verheiratet und müsste einen Aufsatz über die Liebe schreiben.«

Arthur sah mich scharf an.

Donnerstag, 21. Mai

Ich hab's versaut. Als ich den Prüfungsbogen sah, erstarrte ich zu Eis. Es gab nur Fragen zum Luftverkehr. Kann ich nicht irgendwann mal wieder Glück haben? Ravi war auch in der Aula und schrieb eine Mathearbeit mit Dreisatzaufgaben. Als meine Reihe aufstand und ging, blickte er für 0,46 Sekunden auf und grinste, bevor er den Kopf wieder senkte.

Als ich nach Hause kam, fand ich das hier auf dem Küchentisch. Huh.

EnergyDating Bewerbungsformular

Name: .... Alter: ....

Größe: .... Augenfarbe: ....

Beruf: .... Haarfarbe: ....

Lieber Bewerber,

sich zu verlieben, ist schon in besseren Zeiten nicht einfach gewesen und in diesen Zeiten der Energierationierung herrschen ganz andere Voraussetzungen. Früher warst du on top, heute bist du ein Flop. Die Lichter sind erloschen, die Musik spielt nur noch leise und plötzlich kann jeder jedes Wort verstehen, das du von dir gibst, was nicht unbedingt von Vorteil ist. Ein im Fitnessstudio aufgepumpter Körper verbrennt zu viel Energie und deine Karre musstest du gegen ein energiesparendes Warmwassergerät eintauschen. Das ist ja sooo unsexy!
Ihr Banker, IT-Jungs, Designer, Werber, Nichtstuer, Bürohengste – ihr seid total out. Jetzt sind Handwerker und Mechaniker gefragt ... Jungs und Mädchen, die mit den Händen arbeiten können...

Kein Grund zu verzweifeln - EnergyDating bringt dich auf die richtige Spur!

Individueller Persönlichkeitstest!

Finde als Erstes heraus, wo du energiemäßig stehst. Wir haben diesen individuellen Persönlichkeitstest aufgeteilt in die Rubriken **Engagement**, **Reparaturen**, **Ausgehen** und **Fortbewegungsart**. Das ist im herkömmlichen Sinn nicht **SEXY**, aber bevor du mit Grundsätzlichem nicht klarkommst, findest du auch keine Basis für die Liebe deines Lebens.

Kreuze einfach die Ziffern an, die am meisten auf dich zutreffen, addiere anschließend deine Punkte und entdecke deine individuelle Persönlichkeitsbeschreibung in der unten stehenden Tabelle.

Freitag, 22. Mai

Ich werde nicht in Panik geraten, ich werde für den Wiederholungstest Krit. Denken über das Thema individuelle Speicherkarten schreiben. So als wäre ich ein ganz normaler Teenager, der in der Lage ist, Prüfungen zu bestehen.

Samstag, 23. Mai

Interaktion – dramaturgisches Modell

Der Aufbau der Gesellschaft entspricht dem Aufbau eines Theaterstücks oder eines Dramas. Die Gesellschaft handelt entsprechend der dramaturgischen Szene. Man lernt den Teil, den man spielt. Sozialisation.

Montag, 25. Mai

Feminismus

Die Gesellschaft besteht aus Männern, die Frauen dominieren, in der Hierarchie stehen Männer oben und Frauen unten. Sozialer Wandel geschieht durch das Aufkommen des Feminismus. Es gibt keine Konflikte, weil Männer sie leugnen.

Dienstag, 26. Mai

Globalisierung – ist die Welt kleiner geworden? (ja)

Mein Kopf kann nichts behalten. Ich lese etwas und zwei Minuten später habe ich es schon wieder vergessen.

Mittwoch, 27. Mai

Zu allem anderen Scheiß muss ich morgen auch noch zu diesem blöden Energieverschwender-Treffen.

Donnerstag, 28. Mai

10 Uhr abends. Oh Gott, komme gerade von den Energieverschwendern. Bin zu fertig, um jetzt noch mehr zu schreiben. Morgen früh ist die Prüfung, die ich 100%ig in den Sand setzen werde.

Freitag, 29. Mai

Abschlussprüfung

Krit. Denken 2450/1

Unterlage 1

Freitag, 29. Mai 2015/Vormittag

Zeit: 1 Std. 30 Minuten

Anweisungen für den Prüfling

> Schreiben Sie Ihren Namen und Ihre Prüfungsnummer in die entsprechende Spalte des Prüfungsbogens. Beschreiben Sie den Bogen nicht beidseitig. (Unser fetter Sportlehrer, Mr Harris, meinte scherzhaft, wir sollten darauf achten, wenigstens EINE Seite des Bogens zu beschreiben. Als ob er jemals in seinem Leben eine Prüfung hätte ablegen müssen.)
>
> Es gibt drei Fragen – beantworten Sie entweder A oder B und C. (Hä?)
>
> Lesen Sie jede Frage sorgfältig durch und vergewissern Sie sich, dass Sie wissen, was Sie tun müssen, bevor Sie die Antwort niederschreiben. (Ja, genau.)

A) Bewerten Sie die unten stehende These kritisch.

Es ist momentan sehr beliebt, ein Jahr Auszeit zwischen Schulabschluss und Studienbeginn zu legen. In Zeiten der Rationierung sollten dabei jedoch einige Fragen berücksichtigt werden.

Der Luxus einer ganzjährigen Auszeit stellt einen so radikalen

Unterschied zur augenblicklichen Organisation des Lebens unserer Gesellschaft dar, dass es den Studenten schwerfallen könnte, in die Normalität zurückzufinden. 50 % der Energie-Exilanten auf Ibiza haben es nicht geschafft, sich nach einem Jahr Auszeit wieder zu integrieren. Stattdessen versuchen sie, auf Dauer Aussteiger zu bleiben. So viel Freiheit stellt eine schlechte Vorbereitung auf das disziplinierte Leben dar, das die moderne Welt von uns fordert – und könnte tatsächlich die direkte Ursache asozialen Verhaltens sein.

1. Erläutern Sie die allgemeine Schlussfolgerung dieser These.

Derjenige, der sich diese Prüfungsaufgabe ausgedacht hat, ist vermutlich ein Elternteil mittleren Alters, der zu der allgemeinen Schlussfolgerung gekommen ist, dass seine Teenager-Rotzbälger endlich erwachsen werden sollten, damit sie ihm nicht länger auf der Tasche liegen.

2. Widerlegen oder untermauern Sie diese These. Begründen und erörtern Sie Ihren Standpunkt ausführlich.

Ich möchte die These widerlegen und beziehe mich dabei auf ein reales Beispiel – das meiner Schwester Kim Brown.

Widerlegung:

Hätte meine Schwester Kim wie geplant ihr Auszeitjahr in New York verbringen dürfen, um in einem Geschäft für Designermode zu arbeiten, wäre sie NICHT ausgeflippt und hätte NICHT die ganze Familie in den Energiebankrott getrieben. Sie wäre auch NICHT zur Umerziehung zu den Energieverschwendern geschickt worden und wäre NICHT in Tracey Leaders krimineller Energieclique gelandet.

Obwohl ich noch keine konkreten Beweise habe, wurde

mein Verdacht gestern Abend bei meinem ersten Besuch bei den Energieverschwendern geweckt. Ich musste mich in den Kreis der Verschwender setzen, den anderen Teilnehmern einen Ball zuwerfen und jedes Mal, wenn ich den Ball fing, meinen Namen und meine Straftat nennen. Und dann beugte sich das Mädchen neben mir vor und flüsterte: »Laura Brown, bist du etwa die Schwester von Kim?« Ich nickte, sie sah mich mit großem Respekt an und fragte, ob ich sie »bekannt machen« könnte. Als sie merkte, wie überrascht ich von ihrer Bitte war, warf sie mir einen gekränkten Blick zu und sagte: »Ach so. Ich bin dir wohl nicht gut genug«, und wandte sich ab.

Als das Treffen beendet war und ich gerade gehen wollte, fiel mir eine kleine Gruppe von Leuten auf, die in der Dunkelheit um einen bekannten Geländewagen herumstand. Ich schlich näher an das Auto heran. Es waren lauter nette bürgerliche Leute, die sich flüsternd darüber unterhielten, dass sie diesen Urlaub wirklich *dringend nötig* hätten, dass sie ohne Auto einfach *nicht überleben* könnten usw.

Plötzlich hörte ich eine Tür zuschlagen. Eine Frau im Alter meiner Mutter stieg aus dem Geländewagen aus. Sie ging zu einer Freundin in der Gruppe und flüsterte: »Toskana, was für ein Luxus!«

Ich blieb über eine Stunde lang in meinem Versteck hocken und hoffte, meine bösartige Schwester würde auftauchen, aber das tat sie nicht. Nach einer Weile dachte ich schon, dass ich mich geirrt hätte, und machte mich auf den Nachhauseweg, aber als ich die menschenleere Straße entlangtrottete, tauchte der Geländewagen an der Ampel neben mir auf. Ich duckte mich hinter eine Mülltonne und sah meine Schwester neben der lachenden Tracey Leader im Wagen sitzen. Dann verschwanden sie in der dunklen Nacht. Ein Zufall?

Ich kann nur eine einzige Schlussfolgerung ziehen: An diesem Beispiel wird deutlich, dass ein Jahr Auszeit im Fall meiner Schwester eine SEHR GUTE SACHE gewesen wäre. Sie wäre nach New York gegangen, hätte Klubs besucht, Koks geschnupft, wäre magersüchtig geworden und mit einem Musikproduzenten ausgegangen usw. – eben so wie eine ganz normale, freakige, verwöhnte 20-Jährige aus einem westlichen Land.

Stattdessen hängt sie zu Hause rum und beschäftigt sich damit, zusammen mit Tracey Leader – der neuen Freundin der Bourgeoisie – auf dem Schwarzmarkt Energie an korrupte Mittelklässler zu verhökern.

Dieselbe Tracey Leader, die sie wie Hundescheiße unter ihrem Schuh abschütteln wird, sobald die Bullen an ihre Tür klopfen.

Mir ist klar, dass dies vielleicht nicht die Aussage ist, die Sie erwarten, aber Tatsache ist, dass Sie, wenn Sie momentan an meiner Stelle wären, diese Prüfung auch in den Sand setzen würden. Tut mir leid.

Samstag, 30. Mai

Würg. Ich wachte auf und machte mir totale Sorgen. Ich habe ja keine echten Beweise, also macht es keinen Sinn, mit jemandem zu reden. Ich will es nicht mal Adi erzählen – ich meine, was ist, wenn es stimmt?

Arthur war im Garten und zupfte Unkraut, also ging ich raus und setzte mich ins Gras.

»Arthur . . . hat es während des Krieges einen Schwarzmarkt gegeben?«

Er zog an einem Löwenzahn. »Na sicher. Ohne hätten wir nicht überleben können.«

»Hattest du keine Schuldgefühle?«

»Man hatte keine Zeit für Schuldgefühle. Man hatte Hunger, und wenn man was zu futtern kriegen konnte, dann nahm man es. Innerhalb gewisser Grenzen natürlich.«

»Aber . . . wie ist das denn heute? Mit diesen Energiebetrügereien. Ist das nicht irgendwie was anderes . . .? Ich meine, es geht ja nicht ums Verhungern, man will sich nur das Leben leichter machen.«

Arthur sah mich an. »Hmm. Also, ich würde nicht zu hart mit den Leuten ins Gericht gehen. Die Zeiten sind so schwierig, da werden immer ein paar Regeln gebrochen.«

»Ich wette, im Krieg war es anders. Damals hatten die Leute noch andere Werte.«

»Also, ich weiß nicht. In gewisser Weise war es einfacher – wir hatten ein eindeutiges Feindbild –, aber jetzt kommt es einem so vor, als kämpften wir gegen uns selbst. In anderer Hinsicht war es damals schwieriger, das ganze Land stand kopf. Zwischen Arm und Reich gab es keinen großen Unterschied, man aß dieselben Dinge, trug dieselbe Kleidung. Stadtkinder wurden zu viel reicheren Familien evakuiert und die alten Regeln galten nicht mehr.«

»Aber wenigstens haben alle zusammengehalten. Es gab keine Aufstände und keine Plünderungen, nur weil man nicht kriegen konnte, was man wollte.«

Arthur schüttelte den Kopf. »Du musst nicht alles glauben, was die Regierung über den ›Geist des Blitzkrieges‹ daherredet, Laura. Ich weiß noch, wie einmal das *Café de Paris* in Picadilly von einer Bombe getroffen wurde – es hatte im Untergeschoss einen berühmten Ballsaal, da ging man hin, wenn man ausgehen wollte, weil man ihn für sicher hielt. Jedenfalls stellte sich heraus, dass er doch nicht so sicher war, und als die Militärpolizei erschien, war es wie in einem Massengrab – all die elegant angezogenen Leute saßen ohne erkennbare Verletzungen noch an den Tischen, waren aber *mausetot* – vermutlich wegen des Schocks, den sie bei dem Bombenangriff erlitten. Aber das eigentlich Schreckliche war die Plünderung. Ganze Gruppen hatten sich noch vor den Rettungssanitätern in den Saal geschlichen und den Leichen die Finger abgeschnitten, um ihre Ringe zu stehlen.«

»Was, sie haben *ganze Finger* geklaut?«

»Genau. Gruselig, oder? Aber Laura, was wir im Moment durchmachen, ist sehr extrem. So war es eigentlich nicht geplant, geplant war eine eher stufenweise Reduzierung auf sechzig Prozent. Aber der Große Sturm hat alles verändert und jetzt müssen wir versuchen, das Beste daraus zu machen.«

Arthur seufzte. »Wenigstens ist kein Krieg. Krieg ist was Furchtbares. Ich hoffe, dass wir so etwas nie wieder erleben müssen.«

SOMMER. JUNI

Montag, 1. Juni

Wochenlang kein Regen. Beim Abendessen hat Dad versucht, lauter neue Vorschriften einzuführen. Er will, dass wir uns beim Duschen (maximal 1 Minute lang) in einen Eimer stellen und das Wasser dann in den Garten schütten. Keine Spülmaschine mehr, keine Waschmaschine, eine Handwäsche pro Person in der Woche. Die Kloregel ist absolut eklig: *Ist es Urin, sollst du nicht ziehn – nur ein Haufen darf ersaufen.* Dad versuchte, es wie einen Scherz klingen zu lassen. Mum warf ihm einen Blick zu, als würde sie sich fragen, was ihr jemals an ihm gefallen hatte. Sie ging an den Herd.

»Was lernst du denn bei den Energieverschwendern, Laura?«

Ich spürte, wie Kim mich anstarrte. »Ähm, keine Ahnung. So 'n Zeug halt.«

»Also wirklich, Schatz, kannst du dich nicht ein bisschen besser artikulieren? Und du, Kim? Hast du etwas Aufregendes erlebt?«

Kim blinzelte. »Hm, ach ja, wir waren im Gefängnis und haben einen Vortrag gehalten, wie man in der neuen Welt sauber bleibt.«

»Das ist ja fantastisch! Und machst du nicht auch gerade irgendwas mit Kieran zusammen? Da siehst du mal, dein Auszeitjahr hat sich doch noch ganz gut entwickelt!« Mum belud unsere Teller mit riesigen Mengen klumpigen Kartoffelpürees. Sie sah Dad an. »Hast du gehört, Liebling? Sie macht sich richtig gut!«

Er grunzte nur.

»Laura, irgendwas musst du doch auch erzählen können?«

Sie sah mich mit ihrem breitesten, positiven Lächeln an, ich hatte das Gefühl, unter einer Höhensonne zu sitzen.

Auf meiner Stirn sammelten sich Schweißtropfen.

»Klumpig.«

Ihr Lächeln erstarb. »Wie bitte?«

»Das Püree ist ganz klumpig«, murmelte Dad und stocherte mit der Gabel darin herum.

»Tut mir leid, Nick, ich hatte keine Zeit, es ordentlich zuzubereiten, bei allem, was ich am Hals habe . . .«

Er schob seinen Teller beiseite.

»Ich mag keine Klumpen.«

Stehen sie schon wieder kurz vor einer ernsthaften Beziehungskrise?

2 Uhr nachts. Hellwach und schweißgebadet von einem *weiteren* Albtraum. Dieses Mal wurde ich von einem geifernden Monster – einer Mischung aus Schwein und Hund – über das Grundstück der Leaders gejagt. Es trug ein kleines Trikot, auf das KIM gestickt war. Huch. Eine Deutung bitte, Herr Freud.

Ich konnte nicht wieder einschlafen und ging in die Küche, öffnete den Kühlschrank und schaute ein paar Minuten lang hinein. Sogar im Kühlschrank hat eine Revolution stattgefunden, früher war er bis obenhin voll mit Fertigmahlzeiten und Plastikverpackungen – heute sieht er eher aus wie Omas Kühlschrank in Devon. Reste vom Eintopf, fünf Kartoffeln, eine Flasche Magnesiummilch (??), eine Knolle Rote Bete, ein paar verschrumpelte Äpfel und eine Tüte alter Karotten. Alles aus England – das exotische Zeug kostet einfach zu viele Punkte. Ich würde alles geben für ein Stück richtig billige Domino's Pizza – Salami mit extra Peperoni!

Plötzlich wurde die Haustür zugeschlagen. Ich erstarrte. Das konnte nur Kim sein. Ich beschwor sie im Stillen, direkt in ihr Zimmer zu gehen – aber wann hätte sie jemals getan, was ich wollte?

»Mein Gott, hast du mir einen Schreck eingejagt«, keuchte sie, als sie in der Tür stand.

Ich blieb stehen, wo ich war.

Sie starrte mich an. »Also, wie war es neulich bei den Energieverschwendern?«

»So halt.«

»Was soll das heißen?«

»Na ja, es war schon ziemlich schräg, weil jeder mit mir sprechen wollte, sobald klar war, dass ich deine Schwester bin. Wieso eigentlich, Kim?«

Schweigen. Ich wartete auf einen Ausbruch, aber stattdessen seufzte Kim nur. »Na gut. Okay. Es stimmt. Ich versorge die Leute mit ein bisschen zusätzlicher Energie.«

»Es ist mehr als nur ein bisschen, Kim – da waren Frauen, die hatten so viele Schwarzmarktpunkte, dass sie damit nach Italien fliegen konnten.«

Kim machte ein finsteres Gesicht. »Stimmt nicht! Ich handle nur mit Gasrechnungen und Busfahrten, nur ein paar Chillers. Mehr nicht.«

»Und was ist mit Tracey – glaubst du vielleicht, *sie* gibt sich mit so was zufrieden?«

»Das ist ihre Sache. Das geht dich nichts an.«

»Zu spät. Es *geht* mich was an, weil ich deine Schwester bin, und wenn du Scheiße baust, dann muss ich dafür bezahlen – so funktioniert das nämlich jetzt.«

»Hör mal, du musst mir glauben, mit ihren Geschäften hab ich nichts zu tun.«

»Und warum bist du dann später mit ihr im Jeep gefahren?«

»Mein Gott! Du bist ja ein richtiger kleiner Spion! Sie hat mich mitgenommen, das ist alles. Für dich mag es ja genau das Richtige sein, dieser ganze Antikapitalismus-Scheiß, Fräulein Radikal höchstpersönlich – aber was ist mit mir? Man hat mir mein ganzes Leben versaut . . . Ich hatte doch überhaupt nichts Schlimmes im Sinn – ich wollte nur in der Modebranche arbeiten und reisen, der ganz normale Scheiß eben . . . und jetzt ist alles vorbei.«

»Du brichst mir das Herz.«

»Du hast doch überhaupt keine Ahnung, was weißt du denn schon von mir? Wenigstens lebe ich in der Wirklichkeit und bastle mir nicht irgendwelche moralischen Fantasien zurecht . . .«

»Ich könnte es Mum und Dad erzählen.«

Kim legte mir eine Hand auf den Arm. »Sei nicht blöd, Laura. Ich meine, du reagierst gerade völlig über. Ich will sowieso bald aufhören.«

»Wann?«

»Bald. Deshalb mache ich ja die Sache mit Kier.« Sie sah mich scharf an. »Vertrau mir.«

Ich starrte zurück.

»Nur dieses eine Mal.«

Ich seufzte.

Sie lächelte. »Komm schon, Schwesterherz! So schlimm ist es doch gar nicht – nur ein bisschen Untergrundarbeit, dem Staat den Stinkefinger zeigen.«

Ich ging wieder ins Bett und dachte darüber nach. Das Problem ist, im Moment bin *ich* der Staat. Ich will nicht, dass diese verwöhnten Schweine in die Toskana fliegen. Ich will, dass sie ein für alle Mal ihren Scheiß wegräumen und in Ordnung bringen. Kann ich Kim vertrauen? Mit ziemlicher Sicherheit nicht. Aber ich *möchte*.

Mittwoch, 3. Juni

Adi und ich haben in der Schule Flyer für den Auftritt der *Angels* verteilt. Ganz viele Jugendliche haben gesagt, dass sie kommen werden ... Wir standen gerade im Gang herum und sprachen mit einigen Leuten, als Thanzila mit Ravi aufkreuzte.

Adi hielt ihnen einen Flyer hin. »He, wollt ihr auch kommen?«

»Adi!«, zischte ich.

Thanzila blieb stehen und sah ihn an, als wäre er ein Käfer, der unter einem Holzscheit hervorgekrochen kam. »Ach ja, eure Band. Das ist ja soooo cool.«

»Also, kommt ihr?«

»Oooh, also ... so ganz ist das nicht meine Welt. Ich steh eher auf Rhythm 'n' Blues. Macht ihr nicht so'n weißen Scheiß?«

»Schau mich an«, antwortete Adi kühl. »Es geht nicht um Hautfarbe, sondern darum, was für dich wichtig ist, Thanzila.«

»Ach so, ja klar! Ähm, und wann soll das sein?«

»Am Siebten, jetzt am Sonntag.«

»Ach wie blöd!« Ein Ausdruck aufgesetzter Verzweiflung huschte über ihr perfektes Gesicht. Sie sah Ravi an. »Da sind wir doch auf dieser Party in Hackney, oder?«

Er zuckte mit den Schultern. »Keine Ahnung. Das hier hört sich doch ganz gut an.«

Thanzila warf ihm einen bösen Blick zu, aber Ravi lächelte Adi schüchtern an. »Ich nehm einen Flyer, wenn das okay ist.«

»Na klar, würde mich freuen, wenn du kommst, Ravi.«

Thanzila drehte sich auf dem Absatz um. »Tja«, sagte sie mit einem süßen Lächeln, »wie gesagt, *es könnte sein,* dass wir was anderes vorhaben.«

Als sie weg waren, stieß ich Adi an. »Warum hast du das getan? Ich will nicht, dass sie kommen. Dass er kommt.«

»Es war ein Versuch, mehr nicht.« Er sah ihnen nach. »Es ist erst dann vorbei, wenn's vorbei ist, Than-zi-la!«

Gerade habe ich ein paar neue Gitarrengriffe vor dem Spiegel ausprobiert. Was ist, wenn er kommt? Aber das wird er nicht. Ist auch egal, ich mach mir gar nichts mehr aus ihm.

Freitag, 5. Juni

Bei den Energieverschwendern hab ich bei einem Workshop über Luftverschmutzung mitgemacht. Na ja.

Sonntag, 7. Juni

Der Tag des Auftritts!

Gerade noch mal gut gegangen! Mum hat heute Morgen den Flyer in meiner Jeanstasche gefunden, als sie die Waschmaschine füllte.

»Was ist das denn, Schatz?«

»Ach nichts.«

»Aber hier steht, dass ihr heute Abend spielt . . .«

»Ach, das ist nur ein Witz. Die Mädels haben nur mal ein bisschen mit Photoshop herumgespielt.«

»Wirklich? Ich würde dich so gern mal spielen hören, du musst inzwischen richtig gut sein.«

»Klar, ich sag dir Bescheid.«

Sie seufzte und faltete den Flyer zusammen. »Mein kleines Mädchen! Du bist so groß geworden.«

»Ja.« Ich hob meine Schultasche auf. »Ich muss gehen, Mum!«

Es ist *ganz und gar* ausgeschlossen, dass meine Mutter zu unserem Auftritt kommt. Und, Mum, falls du das hier lesen solltest, das meine ich ernst.

5 Uhr nachts. Ich kann nicht einschlafen, ich bin viel zu aufgedreht!

Beinahe wären wir nicht rechtzeitig zu unserem Auftritt gekommen, weil Dodgy Gary aus Wicklow, der Freund des Kumpels von Staceys Cousin, unterwegs auf der Nördlichen Umgehungsstraße mit seinem nicht versteuerten weißen Lieferwagen, einer echten CO_2-Dreckschleuder, eine Reifenpanne hatte. Er musste den Wagen eine halbe Meile weit bis zur nächsten Ausfahrt schieben, damit die Bullen ihn nicht erwischten. Bis er den Reifen gewechselt hatte und bei uns war, war es fast schon Zeit für den Soundcheck. Claire schlug wütend auf die Tür des Lieferwagens, als er endlich kam.

»Schon gut, Mädel, mach dir nicht in die Hose!«, grinste er.

»Ich mach *dir* gleich in die Hose!«, schrie Claire und schmiss eine Trommel auf den Rücksitz. »Und sitz nicht da wie ein ausgestopftes Schwein – pack lieber mit an und hilf uns, das Zeug einzuladen.«

Gary wurde ganz blass um die Nase; ich glaube, in Irland reden die Mädchen nicht so.

Die Fahrt wurde äußerst spannend. Der Verkehr staute sich wegen ein paar Baustellen, sodass Gary durch Nebenstraßen fahren musste, obwohl die Kneipe nur eine Meile weit entfernt war. Wir machten ihn so nervös, dass er ungefähr 500-mal falsch abbog. Claire war kurz davor, ihn zu erwürgen. Selbst Adi, der eigentlich immer einen kühlen Kopf behält, fiel vor lauter Stress in eine Art Trance. Er presste sich dicht an die Beifahrertür und wiederholte wie ein Zombie immer wieder den Satz: »Wir-müssen-dahin, wir-müssen-dahin«, bis wir mit quietschenden Bremsen vor der Kneipe hielten.

»Jesses, Maria un' Josef.« Gary wischte sich über sein schwitzendes Gesicht. »Ich hab ja schon einiges erlebt, aber ihr macht mich echt fertig.«

»Da liegst du richtig, Kumpel«, schnauzte Claire ihn an. »Wir sind ja auch die *Dirty Angels.*«

Manchmal kann man kaum glauben, dass sie in einem Haus mit fünf Schlafzimmern in Blackheath wohnt. Wir kletterten aus dem Lieferwagen, ich nahm meine Gitarre und folgte Stace um die Ecke. Plötzlich blieb sie stehen.

»Oh mein Gott!«

Ich blieb ebenfalls stehen. Vor dem *Hope and Anchor* standen Horden von Jugendlichen – Hunderte von Zwölfjährigen Straight-Edge-Kids mit Ketten und Tattoos. Stace tippte einem Skater auf die Schulter.

»Seid ihr wegen dem Konzert hier?«

»Klar. Wegen *SlashFist*. Echte Veganer. Total cool.« Er ließ sein Skateboard auf seinen Zehen landen.

»Was wird Adi dazu sagen?«, flüsterte ich.

Hinter mir stöhnte jemand.

»Ach herrje, das glaub ich einfach nicht!«

Dann kam Claire. »Krass, das sind ja mindestens 400 Leute hier!«

Adi stemmt die Hände in die Hüften. »Vierhundert Fundis. Die bringen uns um, wenn sie uns nur mit einer Cola light erwischen.«

»Komm schon, Adi«, sagte Claire, »es wird Zeit, diese alten Fronten aufzubrechen. Darum geht es uns doch – wir sind keine Punks, wir sind keine Straight Edge, wir sind *wir*. Wir sind hier, um zu rocken.«

Er schüttelte den Kopf. »Wenn du meinst.«

Wir waren kaum drinnen, als ein Mädchen mit ungefähr 50tausend Gesichtspiercings und blauen Haaren angeskatet kam.

»Yo! Mia Metziger«, sagte sie in einem gedehnten US-Tonfall. »Seid ihr die *Angels?«*

»Yeah«, antwortete Claire im selben Tonfall.

»Cool. Aber wir haben da ein Problem. Die Reihenfolge hat sich geändert – die *Mondays* haben abgesagt, sodass ihr jetzt als Dritte dran seid. Direkt vor uns – *SlashFist*. Cool, oder?«

»Yeah«, sagte Claire.

»Cool.« Mia skatete den Gang hinunter.

Claire sah uns mit leuchtenden Augen an. »Unser erster Auftritt, 400 Leute und wir sind fast die Ersten! Komm schon, Adi, das ist echt geil!«

Er grinste. »Okay, aber häng dich nicht zu weit aus dem Fenster, Mädchen. Sonst bringen sie dich um.«

Ich spürte, wie sich mein Magen umdrehte.

Nach einem schnellen Soundcheck tigerte ich hinter der Bühne herum. Eine Reporterin stand bei Mia Metziger. Ich drehte mich um, um zu gehen, aber sie winkte mir zu bleiben. »Cool, wenn du zuhören willst ... also«, sagte sie zu der Zeitungsfrau, »ich bin wegen dieser ganz neuen radikalen Rationierungsszene nach London gekommen. In den USA ist es total ätzend – seit zehn Jahren wird über eine Wasserstoff-Revolution gesprochen, aber *jeder* weiß, dass die Ölleute immer noch das Sagen haben in Washington. Wie auch immer, ich spiele Schlagzeug für eine politische/persönliche/antifaschistische Straight-Edge-Hardcore-Band aus Little Rock namens *SlashFist*. Wir sind so was wie totale Hardcore-Umwelt-Punks, aber ich beschäftige mich genauso intensiv mit Fragen politisch-sozialer Gerechtigkeit, mit Kunst, Backen, Skaten, Tattoos und Musikevents.«

Die Reporterin nickte. »Und wie bist du in die Szene gekommen?«

Mia fummelte an ihrem Augenbrauenpiercing herum. »Na ja, mit Musik hab ich immer schon zu tun gehabt. Es hört sich irgendwie traurig an, aber ich hatte nie viele Freunde, ich hab immer nur mit der Clique meines Bruders rumgehangen. In der Grundschule wollte ich unbedingt Keyboard spielen in einer Band, aber mein Musiklehrer hat gesagt, meine Hände wären dafür nicht geeignet. Das hat mich echt fertiggemacht, aber dann habe ich eines Tages die Trommelstöcke von einem Kumpel meines Bruders genommen und da ging es dann los.«

Die Reporterin lächelte. »Okay, noch eine letzte Frage. Was hat dich als Erstes an der Hardcore/Punk-Szene gereizt?«

»Ich glaube, was mich angemacht hat, war die Aggression.« Mia zog die Stirn kraus. »Aggression nicht im Macho-Sinn – Blut bei Konzerten fand ich noch nie besonders cool. Es war eher der Zorn, die Wut, diese Haltung ›Ja, ich bin echt sauer, ich bin nicht so glücklich, wie DU findest, dass ich sein sollte, es ist nicht alles in Ordnung und ich will was aus meinem Leben machen!‹. Das hat mir echt gefallen, in einer Band zu spielen, auf Tournee zu gehen, an etwas teilzuhaben – statt nur MTV zu glotzen und Youtube und Myspace und all das.«

»Super!« Die Reporterin machte ihr Aufnahmegerät aus. »Ich wünsch euch eine tolle Show. Ich steh ganz vorn.«

Als sie weg war, stieß Mia einen tiefen Seufzer aus und lächelte. »Zeitungsfritzen. Man muss sich gut mit ihnen stellen . . . Wie heißt du?«

»Laura.«

»Von den *Angels*, stimmt's?«

Ich nickte. Ich fühlte mich ein bisschen eingeschüchtert, aber was sie über die Wut gesagt hatte, fand ich echt gut. Sie hielt mir ihr Smartphone hin. »Trägst du dich ein? Wir Radikalen müssen in Verbindung bleiben.«

Unser Auftritt war echt umwerfend. Der Klub war eine schwitzende Masse aus springenden, hüpfenden Armen und Beinen, als wir an die Reihe kamen. Mir war total schlecht, aber als wir erst mal auf der Bühne waren und Stace ihre Sticks schwang, nahm ich meine Gitarre und legte los. Unsere ganze Clique aus der Schule war da, ganz vorn vor der Bühne. Ich sah Louise Foster, wie sie herumtobte und sich totlachte. Als wir den letzten Song – *Tod dem kapitalistischen Abschaum* – anstimmten, entdeckte ich ihn. Ravi. Er stand ganz allein da, am Rand der Menge. Unsere Blicke trafen sich und um mich herum erstarrte alles zu Eis, meine Finger froren an den Saiten fest. Adi sah mich stirnrunzelnd an.

»Laura?« Seine Stimme war tausend Meilen weit weg.

»Ravi ist hier.«

Er warf den Kopf zurück und lachte. »Dann lass uns mal richtig loslegen!«

Stacey schrie: »1, 2, 3, 4!« Und der Klub EXPLODIERTE!

Nach unserem Auftritt standen wir mit den anderen draußen auf der Straße. Ravi kam auf mich zu. »Ich geh bald nach Hause, vielleicht willst du ja mitgehen. Ich glaube, zu Fuß sind wir genauso schnell wie mit dem Bus . . .«

»Ich muss erst noch das Zeug in den Lieferwagen packen.«

Adi unterbrach mich. »Da hab ich mich schon drum gekümmert – wir sind hier so weit fertig.«

Ravi zuckte mit den Schultern. »Von mir aus können wir gehen.«

Wir marschierten los und sehr, sehr lange Zeit sagte keiner ein Wort. Ravi rauchte Kette.

»Danke, dass du gekommen bist«, brachte ich schließlich hervor.

Er nickte.

»Ohne Thanzila?«

Er schaute mich mit einem halben Lächeln an.

»Mhm.«

»Oh.«

Wieder entstand eine nervtötende Pause. Ich war total erleichtert, als wir in unsere Straße einbogen. Ich zog meine Schlüssel zu hastig aus der Tasche und ließ sie fallen. Ravi hob sie auf und hielt sie mir hin. »Ich bin nicht mehr mit ihr zusammen, weißt du.«

Ich wusste nicht, was ich sagen sollte, und starrte ihn nur an wie ein Idiot.

»Laura . . . du warst . . . also . . . du warst echt cool heute Abend.«

Er beugte sich zu mir vor, die Erde hörte auf, sich zu drehen – und dann summte sein Handy. Er klappte es auf. »Was?« Und dann machte er plötzlich einen Schritt beiseite. »Hör mal, Thanz, ich hab dir doch gesagt, ich will nicht . . .«

Ich drehte mich um. »Ich muss gehen.«

»Nein, warte . . .« Ravi schlug das Handy gegen seine Handfläche. »Morgen hab ich so'n Familienscheiß am Hals, aber sehen wir uns Montag? In der Schule?«

Als ich im Haus war, lehnte ich mich gegen die Tür. Mein Herz schlug bis zum Hals. Das war der beste Abend in meinem ganzen Leben.

Montag, 8. Juni

Ich habe das Gefühl, auf einer Wolke zu schweben – alles kommt mir unwirklich vor. Heute Abend tänzelte ich in die Küche.

»Was ist denn mit dir los?«, grummelte Kim.

Mum sah von ihrem Strickzeug auf. »Also, mein Schatz, irgendwie siehst du . . . verändert aus.«

Ich war so glücklich, dass ich es ihnen fast erzählt hätte.

»Vielleicht ist sie ja verliiiiiiebt«, sagte Kim.

Ich riss die Kühlschranktür auf und nahm mir einen Saft.

Unter keinen Umständen werde ich irgendjemandem in der Familie erzählen, was wirklich mit mir los ist.

»Mädchen . . .«, seufzte Mum und legte ihre Stricknadeln hin. »So, fertig! Mein erster Pullover für euren Dad. Glaubt ihr, er gefällt ihm?«

»Super«, sagte ich. Kim sagte nichts.

Mum flötete: »Nun flippt mal nicht gleich aus vor lauter Begeisterung.« Sie ging zur Küchentür. »Nicky!« Einen Moment später stand er in der Tür. Mum sagte, er solle die Augen zumachen und dann hielt sie den Pullover hoch.

»Jetzt kannst du sie wieder aufmachen. Voilà!«

Er nahm den Pullover in die Hand, drehte ihn um und versuchte, den Halsausschnitt zu finden. Und dann tat er das Schlimmste, was er tun konnte – er fing an zu lachen.

»Er ist . . . grauenhaft . . . das misslungenste Teil, das ich je gesehen habe.«

Mum gab ein schockiertes Keuchen von sich. Ich wünschte, sie hätte ihn wie üblich angeschrien.

»Ach komm, Julia, das ist wirklich komisch. Ich meine . . . nicht mal die Ärmel sind gleich lang.«

Sie seufzte. »Was immer ich tue, es ist nie gut genug, oder?«

Er versuchte, den Arm um sie zu legen. »Mal ehrlich, in praktischer Hinsicht wirst du nie besonders gut sein – das ist einfach nicht dein Ding.«

Mum entzog sich ihm. »Aber das findest du plötzlich nicht mehr in Ordnung, stimmt's? Sieht so aus, als hättest du die falsche Frau geheiratet, Nick.«

Es ist wie verhext. Wenn's dem einen gut geht, geht's dem anderen schlecht. Wieder und wieder und wieder.

Dienstag, 9. Juni

In der Schule war es echt geil. Jede Menge Leute kamen auf uns zu und fragten, wann der nächste Auftritt wäre. Zum ersten Mal in meinem Leben bin ich beliebt. Außer bei Du-weißt-schon-wer. Sie muss den bösen sechsten Sinn haben – als sie umringt von einer Horde hübscher Mädchen an uns vorbeirauschte, warf sie mir einen hasserfüllten Blick zu.

»Ach, kratz dir doch die Augen aus!«, fauchte Adi. »Wie war's denn auf dem Nachhauseweg?«

»Gut.«

»Gut? Das ist alles?«

»Er hat gesagt, er wäre nicht mehr mit ihr zusammen.«

»Und?«

»Nichts und . . . Ich glaube, er wollte mich küssen, aber dann klingelte sein Handy. Thanzila.«

Stace schnaubte. »Nein! Wieso das denn, wenn sie doch auseinander sind? Und was hast du gemacht?«

»Ich bin einfach reingegangen und hab ihn stehen lassen.«

»Hmmm. Die coole Tour. Mach weiter so, Laura – solange er dich nicht nur hinhält.«

Ich schüttelte den Kopf. »Dazu ist er nicht der Typ.«

Adi zog die Stirn kraus. »Na gut, aber denk dran, du bist besser als er.«

»Na ja – also ich finde ihn umwerfend.«

Er drehte sich abrupt um.

Ich hielt ihn am Arm fest. »Was ist denn?«

»Nichts«, murmelte er. »Ich hab nichts gesagt.«

Ich ging den Gang entlang zum Design-Tech-Labor. Ravi war schon da und beugte sich über ein Stück Stahlrohr.

»Hi.«

Er sah kaum auf, sondern hielt mir ein Stück Draht hin. »Hier, kannst du das bitte mal halten?«

Ich nahm es wortlos, meine ganze Coolheit schmolz dahin wie eine Schneeflocke auf der Haut.

»Wickle das Ende um diese Schraube . . . hier . . .« Gereizt schüttelte er sich die Haare aus den Augen. »Nein, nicht so – *entgegen dem Uhrzeigersinn.«*

Ich wickelte den Draht wieder auf. »Ist ja schon gut! Ich versuch ja nur zu helfen.« Ich riss meine Hand zu hastig weg und zog den Draht aus Ravis Hand. Aus seinem Daumen quoll Blut.

»Oh Gott, tut mir leid.« Ich starrte auf den Draht. »Was wird das eigentlich?«

Er lutschte an seinem Daumen. »Eine Armbrust.«

»Eine *was?«*

»Du weißt schon, zum Schießen. Ist für meine Mum . . . um meinen Dad in Schach zu halten. Er ist so ein Arsch.«

Einen Moment lang sahen wir uns an und dann brachen wir in wildes Gelächter aus. So viel zu der perfekten Datta-Familie.

»Kannst du mir auch eine machen?«

»Hast du auch so'n Scheiß am Hals?«

Ich nickte. »Meine Schwester.«

Er lächelte mich schüchtern an. »Hast du Lust, am Sonntag mit in den Park zu kommen? Da gibt's ein Softballspiel . . . könnte cool werden . . .«

»Klar.«

Bum, bum, bum klopfte mein Herz.

Freitag, 12. Juni

Ein Hurrikan der Stärke 5 hat die Ostküste der Vereinigten Staaten verwüstet. Das ist die schlimmste Kategorie, stärker noch als 2005, als New Orleans zerstört worden war. Mitten in der Nacht hat er einen Ort namens Wilmington in Carolina erreicht. Alles schlief, weil es in den Lokalnachrichten geheißen hatte, dass keine Evakuierung stattfinden sollte. Es ist noch nicht mal Hurrikansaison und das Wetteramt hatte eine Windstärke von höchstens 80km/h vorausgesagt. Was für ein Irrtum! Der Hurrikan begann mit einer Windgeschwindigkeit von 240 km/h, die sich auf 400 km/h steigerte. Man weiß noch nichts über das volle Ausmaß der Zerstörung, heute Morgen war die Rede von 9.000 Wohnwagen und 10.000 Wohnungen, die dem Erdboden gleichgemacht worden sind. Über die Anzahl der Toten ist noch nichts bekannt. Das Gruseligste waren diese lokalen Durchsagen im Fernsehen, die ständig wiederholt wurden. Es war wie im Kino.

Wir unterbrechen das Programm für eine Notfalldurchsage des Nationalen Fernseh-Notfallzentrums. Dies ist eine dringende Notfalldurchsage! Wir wiederholen: Dies ist eine dringende Notfalldurchsage! Die Ausläufer des Hurrikans Vanessa haben soeben die Küste von North Carolina erreicht. Hurrikan Vanessa hat sich zwölf Grad weiter nördlich als vorhergesehen bewegt. Es wird erwartet, dass Vanessa in den nächsten Minuten Wilmington erreicht. Wir wiederholen: Vanessa wird in den nächsten Minuten Wilmington erreichen. Alle Einwohner von Wilmington sollten sich augenblicklich in Sicherheit bringen! Wir wiederholen: Alle Einwohner von Wilmington sollten sich augenblicklich in Sicherheit bringen! Dies ist eine dringende Notfalldurchsage!

In der Schule haben wir die Nachrichten gesehen. Vanessa wütet weiter, sie hat sich in nördlicher Richtung an der Küste entlangbewegt und Hunderte von Minitornados in Baltimore, Maryland und Washington erzeugt. Dort lebt die ganze Familie meiner Mum. Wir haben keine Ahnung, ob sie noch am Leben sind. Die Anzahl der Toten ist auf 2.400 gestiegen und fast eine Million Menschen ist obdachlos. Alle Reporter sind sichtbar schockiert und sehen aus, als wäre ihnen schlecht.

Adi schüttelte den Kopf. »Das ist was anderes als New Orleans, hier kommen reiche Weiße ums Leben. Jetzt betrifft es alle.«

Samstag, 13. Juni

Wir warten immer noch auf Nachrichten von der Familie. Dass Dads Cousin beim Großen Sturm ums Leben kam, haben wir erst Wochen später erfahren. Mum macht sich echt Sorgen. Sie ruft ständig in den USA an und schickt E-Mails, aber alle Verbindungen sind unterbrochen. Als ich heute Abend nach Hause kam, saß sie am Küchentisch und betrachtete alte Fotos. Ich schaute ihr über die Schulter.

»Guck mal, da sind deine Großeltern mit diesem dämlichen Rennboot. Das war ihr ganzer Stolz! Inzwischen wäre es verboten – es hat für zwei Meilen eine ganze Gallone Sprit verbraucht.« Sie strich über das Foto und seufzte. »Ich möchte am liebsten hinfahren und bei ihnen sein. Das ist wirklich blöd, weil ich es damals kaum erwarten konnte wegzugehen – ich konnte meine verrückte Mutter nicht ausstehen –, aber jetzt ist es fast unmöglich, überhaupt noch hinzukommen . . . Für einen Flug an die Ostküste braucht man die Punkte von fast vier Monaten.«

Sonntag, 14. Juni

Endlich rief Mums Schwester aus Washington an. Sie konnten nur ein paar Minuten reden, bevor das Gespräch unterbrochen wurde. Es geht ihnen allen gut, aber sie leben schon seit einer Woche in einer Notunterkunft. Vanessa hat jetzt nur noch Stärke 1, aber immer noch ist die Küste über Tausende von Meilen überflutet. Im Fernsehen sieht man endlose Aufnahmen von obdachlosen Menschen, die durch überschwemmte Städte paddeln.

Der führende Hurrikanexperte Dr. Lewis wurde in seinem Büro in der Colorado State University interviewt. Zuerst sprach er ganz normal, bis er plötzlich mitten im Interview die Fassung verlor. Er schlug mit der Faust auf den Schreibtisch: »Der Golfstrom wird immer mehr entsalzt und droht umzukippen – ein unumkehrbarer Vorgang. Stürme dieser Stärke wird es von nun an immer häufiger geben – uns stehen Verwüstungen in bisher nicht gekanntem Ausmaß bevor. Wir müssen *jetzt* handeln, bevor es zu spät ist.«

Ich freute mich auf diesen Nachmittag mit Ravi, aber dann musste ich an Amerika denken und an meine Familie und bekam ein schlechtes Gewissen. Doch dann stellte sich heraus, dass das ganz umsonst war, weil nichts wirklich Gutes passierte. Ravi holte mich gegen ein Uhr ab – wir gingen durch heiße, staubige Nebenstraßen zum Park, er rauchte, spielte Softball, rauchte noch mehr, aß einen Burger, trank ein Bier, rauchte noch mehr – und dann gingen wir wieder nach Hause.

Zum Schluss sagte Ravi: »Hör mal, in den nächsten zwei Wochen muss ich mich total auf meine Prüfungen konzentrieren, aber danach möchte ich mich wirklich gern wieder mit dir verabreden.«

War das nun ein Date? Keine Ahnung.

Bei der Bandprobe sprach ich das Thema an.

Stace sagte: »Ich hab's ja immer schon gesagt, er ist ein Technofreak. Wahrscheinlich benutzt er dich als Alibi, um seine Sucht zu vertuschen.«

»Vielen Dank.«

Sie zuckte mit den Schultern. »Nur eine Theorie. Immer noch besser, als gar nicht von ihm beachtet zu werden.«

»Also«, meinte Claire, »können wir mal Prioritäten setzen, Laura? Wir sind doch hier, um zu proben, und nicht, um dir emotionale Tipps zu geben.«

»Schön«, sagte ich. Manchmal hasse, hasse, hasse ich sie wirklich.

Hinter Claires Schulter konnte ich von Adis Lippen *ignorier sie* ablesen.

Als wir nach der Probe zusammenpackten, fragte ich ihn nach seiner Meinung.

»Du meinst, ob er auf dich steht, oder nicht?«

Ich nickte.

»Hmm . . .« Er rollte sein Gitarrenkabel auf. »Willst du die Wahrheit hören? Ich hab keine Ahnung, aber ich weiß, dass es bei dir immer so läuft – wahrscheinlich gefällt es dir so. Ich meine, wer außer dir würde sich ausgerechnet in diesen emotional unerreichbaren Jungen von nebenan verlieben? Es ist ja nicht so, als wäre er der einzige . . .«

»Der einzige was?«

»Ach, nichts.« Er grinste. »Sieh es mal so: Du hast schon deine Vorteile, Laura Brown.«

Ich zwang mich zu lächeln, aber nur, weil etwas mit seinem Lächeln nicht stimmte. Es erreichte nur seinen Mund.

Mittwoch, 17. Juni

Seit neun Wochen kein Regen. Die Wasserwerke haben die Stadtverwaltung aufgefordert, die Rationierungsvorschriften zu verschärfen. Das bedeutet, Parks und Sportplätze werden nicht mehr bewässert, außerdem soll ganz London – wie es schon bei der Elektrizität der Fall ist – mit einem Wasser-Smartmeter-System ausgerüstet werden. Der Bürgermeister hat die Forderung abgelehnt. Er sagte, sie wären selbst schuld an der Wasserknappheit – allein in den letzten beiden Monaten sind durch lecke Rohre 50 Milliarden Liter Wasser versickert – genug, um jeden Tag tausend dieser dämlichen Olympia-Swimmingpools zu füllen. Das macht mich wahnsinnig. Welchen Sinn hat es, sich beim Duschen einzuschränken und Scheißhaufen nicht abzuziehen, wenn solche Dinge passieren?

Gwen Parry-Jones rief mich heute in ihr Sprechzimmer.

»Ah, Laura! Ich wollte nur mal eben hören, wie es mit den Energieverschwender-Treffen läuft.«

Ich starrte auf das Plakat, das hinter ihr an der Wand hing.

»Nun?«

»Gut.«

Sie lächelte. »Laura Brown, du bist genau wie ich, als ich so alt war wie du. Du musst nicht alles so . . . so in dich hineinfressen, hörst du? Ich bin doch nicht deine Feindin.«

»Kann ich jetzt gehen?«

»Natürlich. Aber ich würde gern mit deinen Eltern sprechen, nur so, um auf den neuesten Stand zu kommen. Würdest du deine Mutter bitten vorbeizukommen?«

»Meine Mutter?«, stotterte ich.

»Ja. Sie ist doch ein Mitglied deiner Familie, n'est-ce pas?«

Freitag, 19. Juni
Heute Abend haben wir bei dem Energieverschwender-Treffen Medikamente für Amerika gepackt. Meine Gruppe fing an, so ein beknacktes Pfadfinderinnen-Lied zu singen. Alle kannten den Text. Woher? Ich habe das Gefühl, als hätte ich bestimmte Teile des normalen Lebens entweder verpasst oder verschlafen oder sonst was. Jedenfalls machte mich das ganz krank. Die Leute lieben eine Krise, solange sie nur irgendwo anders irgendjemand anderem passiert.

Sonntag, 21. Juni
Eine Mail von Amy.

21.06.2015, 20:55
Betr. Oh mein Gott

du kannst dir nicht vorstellen, was ich im moment durchmache. wir durften erst gestern wieder »nach hause«, nachdem wir ungefähr 1.000 jahre lang in der pfingstkirche des himmlischen königreichs gottes auf der erde campiert haben. dauernd kamen sie mit keksen und saft, hab ich aber abgelehnt. ich hab mir immer nur vorgestellt, wie unsere ausgestreckten leichen von der polizei fotografiert werden – mit eingetrockneten zucker- und limoresten auf unseren toten lippen. würg.
es ist mittwoch 5 uhr nachmittags. die stadt ist wie ausgestorben. ein einziger lebensmittelladen hat geöffnet, aber nur noch eine std. wegen der ausgangssperre. nach 7 darf keiner mehr raus – wer sollte das auch wollen? draussen ist es wie in einem abwasserkanal – voll eklig.
der sturm hat unsere stadt ziemlich plattgemacht. bei unserem haus fehlt das dach, mums autos wurden bis nach neb-

raska weggeweht – und dabei haben wir noch richtig glück gehabt.
aber das schlimmste ist, laura, dass mein dad sich in den religiösen wahnsinn geflüchtet hat – irgendeine schraube hat sich in seinem kopf gelockert. als in den nachrichten kam, dass das redskin-stadion zerstört wurde, ist er auf die knie gefallen und hat laut geheult. Im einkaufszentrum gab es eine super notunterkunft mit hautcremes und heißem wasser und so, aber nein, wegen daddyo mussten wir ins himmlische königreich gottes zusammen mit pfarrer bobby mcclure, der rund um die uhr für die verlorenen seelen der tragödie gebetet hat.
bobby ist völlig irre, er sagt, schuld an allem wären nur die gottlosen und menschenunwürdigen Beziehungen zwischen – seine worte, nicht meine – den schwulen – als würde das
a) irgendwie weiterhelfen und
b) nicht der größte irrtum aller zeiten sein
aber mein dad lag auf den knien und glaubte das alles. wenn er nach hause kommt, muss ich hbo canceln. warum benehmen sich manche leute nur so beschissen, laura? als wenn es nicht sowieso schon schlimm genug wäre. ich schäme mich für ihn.
scheisse! muss aufhören. moses kommt die treppe rauf. mail zurück!
aimz xxx

Mum kam in Dads Arbeitszimmer, als ich gerade die Mail las. Sie beugte sich über meine Schulter. »Mein Gott, ich wusste immer schon, dass Eric im tiefsten Inneren ein Idiot ist, aber das übertrifft . . .«

Dad kam herein.

»Nick, hast du das gelesen?«

»Was?«

»Eric, der Mann meiner Schwester Carol, hat sich der Pfingstbewegung angeschlossen. Ist der Kirchengemeinde beigetreten und macht Schwule und die liberale Gesellschaft verantwortlich für den Hurrikan.« Sie lachte.

»Vielleicht hat er ja recht. Ich meine, wenn wir uns mehr an den Grundwerten orientiert hätten, dann . . .«

»Dann *was?*«

»Ich weiß nicht, vielleicht wären die Dinge dann nicht so aus dem Ruder gelaufen, die Leute hätten sich mehr an die Regeln gehalten und sich mit weniger zufriedengegeben.«

Mum starrte ihn mit offenem Mund an. »Ich werde so tun, als hättest du das nie gesagt.«

Dad schüttelte den Kopf. »Tja, du bist eben eine echte Liberale. Freie Rede für alle, außer man ist nicht deiner Meinung.«

Mum verließ das Zimmer. »Ich bin nicht sicher, ob ich noch weiß, wer du bist.«

Irgendwie hat sie recht, was Dad betrifft. Er übertreibt es total mit der Selbstversorgung. Gestern hat er mir einen langen Vortrag gehalten über das neue Mülltrennungssystem, das er eingeführt hat. Offenbar soll ich Orangenschalen nicht mehr in denselben Eimer werfen wie Kohlblätter – es zerstört das pH-Gleichgewicht (??). Ich hab mich einfach ausgeklinkt und nur noch zugesehen, wie sich seine Lippen bewegten.

Mittwoch, 24. Juni

Es wird echt heiß. Als ich nach Hause kam, habe ich mich bis auf T-Shirt und Unterhose ausgezogen und das Schlafzimmerfenster weit aufgemacht, um mich abzukühlen. Ich habe mit dem Smartmeter gemessen, wie viel Elektrizität der Ventilator verbraucht. Zu viel. Ich glaube, ich sollte ihn erst benutzen, wenn es wirklich nötig wird. Oder mir einen dieser kitschigen spanischen Fächer besorgen. Meine Oma in Devon hat so einen auf dem Kaminsims. Mit einem tanzenden Stier drauf.

Freitag, 26. Juni

Der Bürgermeister hat den Wasserwerken nachgegeben und Stufe 2 der Wasserrationierung genehmigt. Wer da wohl am längeren Hebel sitzt? Er zwingt uns ein Wasser-Rationierungssystem auf, das ab sofort in Kraft tritt. Innerhalb der nächsten drei Wochen muss in jedem Haushalt ein Wassermessgerät eingebaut werden. Die Regierung wird in der ganzen Stadt eine Straße nach der anderen damit beliefern, installieren muss es jeder selbst. Man darf nicht mehr als 90 Liter pro Person und Tag verbrauchen. Das sind 60 Liter weniger als bisher. Wenn man mehr verbraucht, wird das Wasser abgestellt.

Der Bürgermeister hat gesagt, der augenblickliche Verbrauch sei unglaublich. Er sah von seinen Notizen auf und sprach direkt in die Kamera: »Wenn Sie all das Wasser vom Brunnen holen müssten, würde jeder Bürger jeden Tag mehr als achtzehn Eimer Wasser nach Hause tragen. Denken Sie darüber nach.«

Gönnerhafter Blödmann. Warum denkst *du* nicht mal über die vielen Tausend Liter nach, die in jeder Minute versickern? Weil du zu schwach bist, dich gegen die Wasserwerke zu wehren?

Samstag, 27. Juni

Als ich nach Hause kam, war von oben Geheul zu hören. Ich rannte wie bescheuert die Treppe rauf und riss die Badezimmertür auf. Zuerst sah ich nur Dads Beine. Der Rest seines Körpers lag unter einer seltsamen blauen Plastiktüte.

»Dad! Was ist passiert?«, schrie ich.

Er warf sich wild hin und her.

»Gottverdammtes Scheißding! Nimm es weg!«

Ich beugte mich runter und zog ihm das nasse Plastikteil vom Kopf. »Ihhh! Was ist das?«

»Zum Teufel noch mal ... ein Klosparschwein.« Spuckend richtete er sich auf die Knie auf. »Das reduziert die Wassermenge beim Abziehen von neun auf sieben Liter. Und jetzt muss ich das Wassermessgerät installieren. Ich ... ich schaff das einfach nicht.«

Als ich ihn keuchend auf dem Boden des Badezimmers hocken sah, konnte ich seinen Schmerz plötzlich total nachvollziehen. Es bringt einen um, ein Dad sein zu müssen.

Am Freitag habe ich meine letzte Energiesparprüfung. Eigentlich müsste ich lernen, aber nachdem ich die vorherige Prüfung so versaut habe, ist mir die Lust vergangen, also setzte ich mich lieber in Shorts auf die Terrasse.

»Laura! Hi! Tust du mir einen Gefallen?«

Ich sah auf. Kieran beugte sich über seine Balkonbrüstung.

»Ich veranstalte eine Gesprächsgruppe für *EnergyDating*. Würdest du als meine Teenager-Sprecherin mitkommen?«

»Äh . . .«

»Ach biiiiitte!«

Ich seufzte.

»Heißt das ja? Fantastisch! Ach, guck dir das mal an – hab ich gerade fertig gemacht!« Er warf mir ein Stück Papier zu. »Ich will zurück zu den Grundwerten, zu dem, was eine Beziehung eigentlich ist. Nach der neuen Weltordnung kann man nichts mehr als selbstverständlich voraussetzen.«

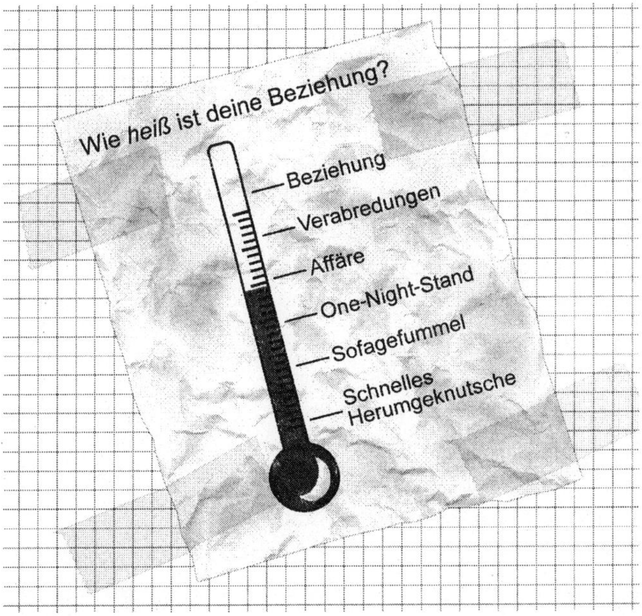

Irgendwie glaube ich nicht, dass die Grundwerte von Kieran und meinem Dad dieselben sind.

Sonntag, 28. Juni

Die Prüfungen sind vorbei. Ich bin frei!

JULI

Mittwoch, 1. Juli

Ich glaub's echt nicht. Ohne Mum vorher zu fragen, hat Dad ihr Auto eingetauscht gegen eine Schubkarre voller Werkzeug, fünf Hühner und einen Hahn, einen Motorroller, ein *Schwein* und ein Schweinegatter! Er hat sich zu einem echten Dorftrottel entwickelt.

Als Mum von der Arbeit kam, starrte sie wie betäubt auf die leere Fläche, wo sonst der Saab geparkt war. Dann ging sie nach oben und fing an, eine Reisetasche zu packen. Ich folgte ihr und lehnte mich gegen die Tür.

»Wo willst du hin?«

»Weg von diesem Kerl«, presste sie zwischen zusammengebissenen Zähnen hervor.

»Kommst du wieder?«

Sie warf einen Prada-Slipper in die Tasche.

»Ich bin deine gottverdammte Mutter, Laura, aber wenn ich mir jetzt keine Auszeit nehme von diesem . . .« – sie wedelte mit dem Arm Richtung Garten, aus dem Schweinequieken zu hören war – ». . . dann dreh ich durch, dann dreh ich total durch.« Sie zog den Reißverschluss der Tasche zu und knallte sie auf den Boden.

»Aber er ist doch glücklich. Du hast immer gesagt, dass dir das am wichtigsten ist.«

Sie nahm meine Hand und hielt sie fest. »Süße, ich kenne mich. Ich bin eine schwierige, neurotische, *dumme* Person, die sich an die Vergangenheit klammert und ihre Nase in Dinge steckt, die sie nichts angehen. Ich mache meinen Mann und meine Töchter verrückt und ich bin vollkommen unfähig, ein Soufflé zu machen oder einen Knopf anzunähen. Aber ich liebe euch und ich gebe mir Mühe. Bloß im Moment ist das nicht genug, weder für euch noch für mich. Ich muss weg. Verstehst du das?«

Ich hatte Mum noch nie so gut verstanden wie jetzt. Ich nickte nur.

»Braves Mädchen«, flüsterte sie.

Noch lange, nachdem sie die Haustür hinter sich zugeknallt hatte, saß ich auf dem Bett und starrte auf das Teppichmuster.

»Laura!« Dads Stimme klang panisch. »Wo bist du?«

Mühsam stand ich vom Bett auf und sah hinunter in den Garten. Er war von oben bis unten dreckverschmiert und hielt das Schwein im Schwitzkasten. Ich unterdrückte ein Lachen.

»Steh nicht so rum, komm und hilf mir! Bo-ah! Braves Schwein . . . nein!«

Das Tier warf seinen rosafarbenen Kopf hoch und zerrte in Richtung des Beetes mit jungen Möhren. Ganz langsam ging ich nach unten, wo Dad gerade den Riegel am Gatter zumachte. »Verdammt noch mal! Das ist vielleicht ein stures Vieh!«

»Dad, was ist hier eigentlich los?«

»Tja, das hier ist der nächste konsequente Schritt. Dieses Schwein ist nicht einfach nur ein normales Schwein. Sondern ein Gemeinschaftsschwein für die ganze Nachbarschaft, erst ernähren wir es mit unseren Abfällen, dann ernährt es uns. Ich bin nicht der Einzige – Shiva hält Kaninchen.«

»Aber was ist mit Mums Auto?«

»Oh, ich weiß, ich hätte sie fragen sollen, aber ich war in der Kneipe und da hab ich diesen Typ getroffen und die Gelegenheit war einfach zu gut, um nicht zuzugreifen . . .« Er blies die Wangen auf. »Schau mal, Mum ist doch gar nicht mehr damit gefahren, es steht seit Monaten hier rum und kostet nur Geld. Sie beruhigt sich schon wieder . . .«

»Sie ist weg, Dad.«

Er drehte sich abrupt um. »Was heißt das – weg?«

»Sie hat eine Tasche gepackt und ist zur Tür raus.«

Dad strich mit der Hand über das Holzgatter. »Deine Mum und ich . . .«

Mein Herz begann, heftig zu klopfen, ich wartete auf die Worte *manchmal lieben sich die Menschen einfach nicht mehr so wie früher.*

»Ein Schwein! Großartig! Was ist das für eine Rasse, Nicholas?«

Arthur kam durch den Garten.

»Oh – äh . . . ein Gloucester Old Spot.«

»Lass mich mal gucken! Braaaaaaves Schweinchen«, flötete er und hielt ihm einen Vanillepudding hin. Das Schwein grunzte vor Behagen.

Dad lehnte sich über das Gatter, er platzte fast vor Stolz. »Ist 'ne echte Schönheit, oder?«

Ich ging ins Haus. Was ist bloß mit den Vätern los? Meiner scheint sich zu so einem verrückten militanten amerikanischen Hinterwäldler zu entwickeln – so ein Typ, der von den US Marines aufgespürt und abgeknallt werden muss. Er ist einfach vollkommen gaga. Wie kann man denn ein Saab Hybrid-Cabrio gegen ein Schwein und diesen anderen Scheiß eintauschen? Das ist doch schon rein rechnerisch falsch. Eines Tages komme ich nach Hause und er sitzt da in einer Vietnam-Veteranenuniform, kaut Tabak, stoppt die Zeit, die er braucht, um eine Kalaschnikow auseinanderzunehmen, und macht Pläne, wie er mich an den Cousin seines Freundes verkaufen kann.

Ich habe Amy zurückgemailt und ihr geschrieben, dass mein Dad auch total durchgeknallt ist. Dass er keinen Job finden kann, heißt doch noch lange nicht, dass er auch seine Selbstachtung verlieren muss.

Donnerstag, 2. Juli

Die letzten Tage in der Schule. Jaaaa! Heute hatten wir die letzte Energiesparstunde mit Gwen Parry-Jones. Nathan kam total zu spät. Er war völlig fertig, nachdem er versucht hatte, das Wassermessgerät bei sich zu Hause zu installieren. Er hat ein Rohr angebohrt und die ganze Küche unter Wasser gesetzt.

»Mann, das war vielleicht eine Hektik! Meine Mum war stocksauer, weil Teller und Möhren durch die Küche geschwommen sind. Und die ganze Zeit hat sie geschrien ›Wo ist der Haupthahn, wo ist der Haupthahn, du Idiot?‹ – ›Woher soll ich das denn wissen? Bin ich Klempner, oder was?‹«

GPJ breitete die Hände aus. »Ja, aber bald wirst du es wissen müssen. Wir können nicht länger voraussetzen, dass Wasser ganz selbstverständlich immer zur Verfügung steht.«

Nate schnalzte mit der Zunge. »Wieso das denn? Es hat doch andauernd geregnet, den ganzen Winter lang – und kaum scheint die Sonne, schreit meine Mum mich an.«

»Ja nun, 1989 wurde die Wasserindustrie privatisiert und

seitdem sind die *Themse-Wasserwerke* immer wieder von anderen Unternehmen übernommen worden. Im Augenblick gehören sie einer Gruppe von Deutschen . . .«

»Scheiße, Mann, denen ist es doch egal, wie's uns geht. Die interessiert doch nur das Geschäft.«

»Aber bald wird das alles wieder eine Sache der Politik sein. Die Wasserversorgung wird zum vordringlichsten sozialen Problem dieser Generation werden. In Spanien hat es schon angefangen. Seit zwei Jahren hat es in Nordafrika nicht mehr geregnet und Tausende von Flüchtlingen kommen über die spanischen Grenzen und überschwemmen Europa.«

»Jajaja, die Welt ist dabei unterzugehen, ich weiß schon, Miss«, knurrte Nathan. »Aber schaun Sie sich meine Turnschuhe an – total versaut.«

So wird das nichts mit der Entspannung nach den Prüfungen. Dads Hahn ist total verrückt. Um 4 Uhr heute Morgen hat er losgelegt und volle 3 Stunden lang nicht mehr aufgehört zu krähen. Um 6 hab ich aufgegeben, bin runter ins Wohnzimmer und hab mir Sofakissen auf den Kopf gelegt. Sekunden später wurden sie hochgerissen. Ich blinzelte Kim an.

»Was ist hier los? Was haben all diese wilden Tiere hier zu suchen?«

»Sie gehören Dad«, stöhnte ich. »Er hat sie gegen den Saab eingetauscht.«

»Das glaub ich nicht! Was hat Mum dazu gesagt?«

»Hat 'ne Tasche gepackt und ist abgehauen.«

Kim ließ sich aufs Sofa fallen. »Das war's dann wohl. Sie haben sich getrennt.«

»Sie hat gesagt, sie würde wiederkommen. Es wäre nur eine Auszeit.«

»Ah ja. Aber wo ist sie hin? Zu den Hamiltons?«

Ich schüttelte den Kopf. »Hat sie nicht gesagt.«

»Weiß Dad Bescheid?«

»Ja schon, aber das Schwein ist ihm im Moment wichtiger. Ich glaube auch, das war's, Kim.«

»Scheiß auf das Schwein! Er ist einfach nicht nett zu ihr!«

Ich starrte sie überrascht an – wir sprachen tatsächlich miteinander, ohne zu streiten – vielleicht zum ersten Mal seit zwei Jahren. Sie sah todmüde aus und hatte dunkle Ringe um die Augen.

Ich setzte mich auf. »Bist du gerade erst nach Hause gekommen?«

»Jaja. Okay, jetzt müssen wir erst mal rausfinden, was los ist.«

»Seit wann interessiert dich das?«

»Hör mal«, fuhr sie mich an, »wenn sie sich scheiden lassen wollen – meinetwegen –, aber doch nicht wegen eines Schweins. Das wäre echt zu *peinlich*. Und außerdem ... irgendwas ist faul an der Geschichte. Mum würde nicht gehen, wenn sie nicht wüsste, wohin. Oh, hi, Dad!«

Ich sah auf. Dad stand in der Tür und starrte uns an. Seine beiden Töchter, wach in aller Herrgottsfrühe, in ein Gespräch vertieft.

Kim lächelte. »Möchtest du Kaffee?«

»Äh ... ja gern.«

Sie füllte den Wasserkocher. »Wir sind also dabei, eine Farm zu gründen?«

»Ein Schwein, ein paar Hühner ...«

»Ein Schwein! Das ist ja cool.«

»Findest du?«, fragte Dad hoffnungsvoll.

»Wie heißt es?«

»Es hat noch keinen Namen. Hast du einen Vorschlag?«

»Hmm. Wie wär's mit Larkin? Du weißt schon, der Lyriker. Philip Larkin.«

»Ach ja. Ein lyrisches Schwein.« Dad lächelte. »Und wieso ausgerechnet der?«

»Du weißt schon, er hat doch darüber geschrieben, wie Eltern einen fertigmachen können.« Sie starrte ihn aus ihren blauen Augen an. »Fürs ganze Leben.«

Verdammt, sie ist richtig gut.

Dad schlug mit der Hand auf den Küchentresen. »Hör mal, junge Dame, ich habe allmählich genug von . . .«

»Wo ist Mum?«

Seine Stimme wurde leiser. »Ich weiß es nicht.«

»Hast du sie nicht angerufen?«

»Also, wahrscheinlich ist sie bei Marcia Hamilton.«

»Wahrscheinlich? Weiter so, Dad. Null Punkte für Engagement.«

»Es reicht. Ich muss mir keine Belehrungen anhören von jemandem, der sich seit einem Jahr wie ein Killerzombie benimmt. Hast du da schon mal drüber nachgedacht? Vielleicht hat sie auch von dir die Nase voll.«

»Ich hab ihr Auto nicht gegen ein lausiges Schwein eingetauscht!«

»Nein, hast du nicht«, murmelte Dad. »Das war ich. Und ich habe nicht vor, mich deshalb zu entschuldigen. Ich bin ein 46-jähriger Langzeitarbeitsloser. Lehrer zu sein, fand ich immer schon schrecklich, dahin will ich auch gar nicht zurück, und ich habe auch keine Lust mehr, in meinem eigenen Haus wie ein Schoßhund herumkommandiert zu werden – und wenn das für dich oder deine Mutter ein Problem ist, dann . . .« Er trat gegen einen Eimer mit Gemüseresten. »Und soll ich dir noch was verraten? Diese Arbeit da draußen macht mir total Spaß. Das wäre genau das Richtige für mich, ein bisschen Land kaufen und in Ruhe und Frieden leben.«

»Und womit willst du das bezahlen? Mit Speckschwarten? Genau genommen bringst du ja nicht gerade das große Geld nach Hause.«

Dad klopfte mit den Fingerknöcheln gegen die Wand. »Och, da gibt es immer Mittel und Wege.«

Kim schnappte nach Luft. »Du würdest nicht das Haus verkaufen . . .«

Er hob den Eimer hoch. »Da draußen ist eine neue Welt. London ist nicht alles, weißt du. Dir ist es lange genug gut gegangen, junges Fräulein!«

Er ging zur Hintertür hinaus. »Hier, mein Schweinchen, oink, oink. Komm, mein kleiner Larkin!«

Kim sah mich an. »Das war's dann wohl. Er ist komplett durchgeknallt.«

Freitag, 3. Juli

Letzter Schultag!

Heute Morgen hat Mum angerufen.

»Hallo, mein Schatz, ich bin's.«

»Wo bist du?«

Ich hörte ein Poltern und dann das altmodische Piepen einer Telefonzelle.

»Mum?«

»Ich muss Schluss machen, kein Kleingeld mehr, alles okay, ich komme Sonntag . . .«

Wo gibt es denn noch diese alten roten Telefonzellen? Im All?

Gerade hab ich den neuesten *Hydro*-Song runtergeladen – *Deathscum.*

Das rockt!

Samstag, 4. Juli

Es ist stickig wie in einer Legehennenbatterie. Und es ist heiß. Ich war so sauer, weil ich keine kühle Stelle im Bett finden konnte, dass ich schließlich meine Decke ans offene Fenster gezerrt, mich auf den Boden gelegt und in den Nachthimmel gestarrt habe. Seit die Straßenlaternen um Mitternacht ausgeschaltet werden, sieht man lauter Sterne.

Heute Abend bin ich den ganzen Weg zu den Energieverschwendern zu Fuß gegangen, nur um festzustellen, dass das Treffen abgesagt wurde. Ich habe noch ein Weilchen gewartet, aber von Kim oder Tracey war nichts zu sehen. Vielleicht habe ich neulich überreagiert. Also bin ich den ganzen Weg wieder zurückmarschiert. Die Hühner rannten durch die Küche und Dad verschwand mit einem Eimer Schweinefutter durch die Hintertür. Die reinste Farm der Tiere.

»Kannst du Larkin das Wasser hier bringen?«, rief Dad über seine Schulter.

Ich finde es unglaublich, dass ich so etwas sage – aber Larkin ist wirklich ein cooles kleines Schwein. Als ich das Wasser in seinen Trog goss, hob er den Kopf und grinste, bevor er mir seine haarige Schnauze durch die Stäbe des Gatters hinstreckte. Was blieb mir übrig? Er kann ja nichts dafür. Ich bückte mich also und kraulte ihn hinter den Ohren und vor lauter Behagen kniff er seine kleinen Äuglein zusammen.

»Hallo, Laura.«

Meine Hand schnellte zurück.

»Oh, hi, Ravi.« Ich versuchte, meine Stimme so normal klingen zu lassen, wie es einem Mädchen möglich ist, das gerade das Familienschwein krault und mit einem Jungen spricht, der sich vielleicht, vielleicht aber auch nicht, mit ihr verabreden will. »Wie sind deine Prüfungen gelaufen?«

»Ganz gut. Gestern war die letzte ... Was ist das für eine Geschichte mit dem Schwein?«

Ich schüttelte den Kopf. »Das Schwein gehört meinem Dad – eine lange Geschichte.« Ich wünschte mir nichts sehnlicher, als normal zu sein. Hinter mir machte das Schwein plötzlich eine Art Schweinepurzelbaum rückwärts und quiekte dabei in den höchsten Tönen.

»Wie – hat dein Dad vor, eine Farm aufzumachen?«

»Er hat den Saab dafür eingetauscht.«

Ravi stieß einen lauten Pfiff aus. »Wahnsinn.«

»Und er ist nicht der Einzige – hast du eure Kaninchen noch nicht gesehen?« Ich zeigte mit dem Daumen auf den Verschlag.

Er lief rot an. »Wo? Nein!« Er rannte hin und riss die Tür auf. Acht Paar Ohren zuckten darin herum.

»Wo ist mein Zeug ge...«

»Ah, Ravi.« Shiva erschien auf der Treppe. »Ich wollte dich während deinen Prüfungen nicht stören ... Wie du siehst, wir haben ...«

»Was habt ihr getan? Wo ist mein ganzes Zeug?«

»... ein paar neue Freunde, unsere Kaninchen.« Shiva lächelte. »Sehr nahrhaft, sehr produktiv.«

»Scheiß auf nahrhaft, das hier war meins.«

Shiva runzelte die Stirn. »Gebrauche nicht solche Worte zu deinem Vater. Deine Ausrüstung haben wir für dieses aufregende Familienprojekt an einem anderen Ort untergebracht . . . Ach, tut mir leid, Liebling.« Er machte einen Schritt zur Seite, als Mrs Datta mit einem Sack voller Gemüsereste erschien.

»Aha, ein *Familien*projekt. Deshalb macht Mum auch wieder die ganze Arbeit? Du machst mich krank.«

»Das macht nichts für mich«, sagte Mrs Datta mit einem müden Lächeln.

»Da hörst du, es macht nichts für sie. Männer putzen kein Gemüse, aber wenn Zeit zu schlachten kommt, dann ist Zeit für Mann. Und du, Junge, musst aufpassen auf deine Worte. Ich bin Vater von dieses Haus, ich bin der Mann.«

Ravi schüttelte nur den Kopf. »Wenn du meinst.«

Sonntag, 5. Juli

Heute Morgen kam Mum für ca. 10 Minuten nach Hause.

»Wo ist er?«, flüsterte sie.

Ich zeigte Richtung Garten.

»Gut.«

Sie warf saubere Unterwäsche in ihre Tasche. »Hattest du eine schöne Woche, meine Süße? Ich hab dich vermisst.«

»Und warum packst du dann schon wieder?«

»Weil heute ein besonderer Sonntag ist, Liebes. Muss mich beeilen, ich kann's dir jetzt nicht erklären.«

»Mum, du hast doch nicht deinen Job gekündigt, oder?«

Vorwurfsvoll spähte sie aus dem Fenster. »Natürlich nicht. Irgendjemand in dieser Familie muss ja arbeiten.« Dann küsste sie mich auf den Kopf, zog den Reißverschluss der Tasche zu – und verschwand erneut. Hat sie vielleicht eine Affäre?

Schon wieder eine Mail von Amy.

05.07.2015
Betr. dem untergang geweiht

probiere gerade meinen neuen bildschirmschoner aus, den dad installiert hat, es ist eine endlosschleife, und wenn man zu DEM UNTERGANG GEWEIHT kommt, wird der ganze schirm schwarz und es blitzt wie verrückt
AMERIKA HAT GOTT GELEUGNET
UND SODOMIE GETRIEBEN
DU SOLLST BEI KEINEM MANN LIEGEN, WIE MAN BEI EINER FRAU LIEGT, DENN DAS IST EIN GRAEUEL.
LEV. 18,22
SOLLTE ICH DENN SOLCHES NICHT HEIMSUCHEN, UND MEINE SEELE SOLLTE SICH NICHT RÄCHEN AN SOLCHEM VOLK, WIE DIES IST?
JER. 5,29
AMERIKA IST DEM UNTERGANG GEWEIHT!
als ich das sah, bin ich total ausgeflippt und in die garage gerannt, wo mein dad an das wrack seines geländewagens gelehnt stand und sagte:
einige unserer vorfahren aus dem alten testament haben gesagt, wenn es in einem ort unsittliches verhalten gibt und unzucht getrieben wird, würde gott zulassen, dass dieser ort zerstört wird. das haben wir gerade in einem größeren ausmaß erlebt. wir wissen, dass es an der ostküste unzucht und sexuelle perversionen aller art gibt. dass der hurrikan gerade um

den unabhängigskeitstag herum gekommen ist, ist ein zeichen jehovas, eine deutliche warnung an alle, die unzucht treiben, und an korrupte menschen in der ganzen welt, ihre missetaten zu bereuen und sich von satan zu befreien. gottes zorn hat sie getroffen und alles zerstört. unser land ist zur ödnis geworden, wo nur noch das krächzen der raben zu hören ist. ich sage dir, das ist ein eindeutiges zeichen und eine strafe, die alle christen zum nachdenken bringen soll.
ich habe ihn mit offenem mund angestarrt. was soll ich nur tun, ich würde weglaufen, wenn ich nur wüsste, wohin.
Aimz

Ich weiß nicht, was ich ihr antworten soll. Ich bin total ratlos. Ich habe das Gefühl, einen Fluss hinunterzutreiben ins ... wie heißt das noch mal? Ach ja, ins Herz der Finsternis.

Montag, 6. Juli

Super, wenn man nicht aufstehen muss. Ich liebe Ferien.

Mum ist wieder da und meine Eltern sind unheimlich höflich zueinander. Heute Morgen habe ich sie in der Diele reden gehört.

Dad: »Auf dem Dach will ich Solarpanels installieren. Das wird vielleicht ein paar Tage lang ein bisschen chaotisch werden im Haus. Tut mir echt leid.«

Mum: »Kein Problem, Liebling. Was ist schon ein bisschen Chaos? Haha!«

Wenn Leute so höflich miteinander umgehen, sieht es echt schlimm aus. Sie hat einen neuen Haarschnitt, ganz kurz mit viel Gel.

Ich hab gesagt, ich fänd's schön.

Sie drehte eine kleine Pirouette. »Danke, mein Schatz. Ich hatte das Gefühl, ich bräuchte mal eine Abwechslung.«

Ich bin erleichtert. Mit dieser Moppfrisur hat sie ganz bestimmt keine Affäre.

Dienstag, 7. Juli

Ich lag gerade im Garten in der Sonne, als Ravi nach draußen kam. Ich tat so, als würde ich ihn nicht sehen, aber ich *spürte,* wie er mich die ganze Zeit anstarrte – bis ich die Spannung nicht mehr aushalten konnte und rüberschaute – da saß er und las die *Carbon Times,* dieses kotzgrüne Industriemagazin, das Dave Beard für den Design-Tech-Kurs bezieht. Zutiefst angewidert legte ich mich wieder hin. Plötzlich stellte Arthur sein Solarradio an und rief: »Wetterbericht!«, worauf sich die Nachbarn scharenweise um ihn versammelten, wie ein Aztekenstamm, der um Regen betet. Es gibt nirgendwo mehr Rasen, die Blätter fallen haufenweise von den Bäumen und die Heide sieht aus wie eine Mondlandschaft.

Mittwoch, 8. Juli

Europa fängt an zu kochen. Alte Leute sterben wie die Fliegen, *schon wieder*. Hier ist es heiß und trocken, aber eigentlich ganz okay – es sieht so aus, als wäre drüben alles doppelt so schlimm wie hier. Bald müssen sie auch auf Rationierung gehen. Also, ich meine, denen bleibt doch gar nichts anderes übrig.

Donnerstag, 9. Juli

Heute Abend war ich bei der Gesprächsgruppe von Kim und Kieran. Das waren vielleicht ein paar schräge Vögel!

Kieran – früher Friseur

Kim – böse Hexe

Donna – bildhübsch, arbeitet in der Werbung

Miles – gammelt vor sich hin

Julias – früher in der IT-Branche. Umschulung zum Klempner

Tabitha – Floristin

Phil – australischer Surfer

Laura – mutierter Teenager

Kieran räusperte sich. »Also, willkommen in der Gesprächsgruppe! Danke, dass ihr gekommen seid. Der Sinn dieses Treffens ist, dass jeder seinen Standpunkt zum Thema Dating erläutert – ihr wisst schon, was hat sich geändert, worum geht es, was wünscht ihr euch in der veränderten Szene und so weiter. Wer will anfangen?«

Keiner sagte ein Wort.

Kier trank einen großen Schluck Wein. »Na gut, dann fang ich eben an. Also, der Grund, warum wir *EnergyDating* gegründet haben, ist, dass keiner mehr weiß, welche Regeln es fürs Dating gibt. Das hört man von jedem – ein genereller Verlust an Selbstvertrauen . . .«

»Da sagst du was«, stöhnte Phil, der Surfer, und fuhr mit der Hand durch seine goldblonde Mähne. »Früher war's so: Ich kam in eine Bar, zeigte meinen Bizeps und die Mädels fielen mir reihenweise in die Arme. Na ja . . .«, grinste er, »das hat sich eigentlich nicht geändert, aber jetzt . . . Sie wollen erst mal wissen, was ich mache, bevor es weitergeht. Sie wollen wissen, womit ich meinen *Lebensunterhalt* verdiene! Was soll ich da sagen, dass ich um die Welt vagabundiere und große Wellen fange? Ich bin ein Surfer, Scheiße noch mal. Früher war das genug.«

»Und selbst wenn du einen Job hast – die Frage ist, ob du damit auch Geld verdienst«, unterbrach ihn Tabitha. »Ich habe meinen Laden in Blackheath seit fünfzehn Jahren. Sehr elitär. Eigentlich verkaufe ich exotische Pflanzen – Bambus, Callas, Orchideen –, bloß kann ich mir die jetzt nicht mehr leisten – die Energiekosten sind einfach viel zu hoch. Also biete ich jetzt Rosen, Narzissen und Stiefmütterchen an!« Sie schauderte. »Wer in Blackheath kauft schon Stiefmütterchen?«

»Und deine Meinung?«

»Meine Meinung ist, dass es jetzt eine Menge Leute gibt wie mich. Die kämpfen müssen. Früher bin ich gern essen gegangen. Sogar das ist vorbei. Es werden keine frischen Hummer mehr aus Norwegen eingeflogen oder Bio-Minitomaten aus Italien. Heute sind die Menüs die reinste Travestie – eine Art grässlicher neuer Energiemischmasch, der von der nächsten Autobahn aus geliefert wird.« Tabitha seufzte. »Es kommt mir vor, als gäbe es überhaupt keinen Glamour mehr in meinem Leben – puff, verschwunden in einer Rauchwolke.«

Alle nickten zustimmend.

Miles lockerte seine Krawatte. »Also, mein Problem ist schon ein bisschen anders. Wisst ihr, ich arbeite beim Film und da kommt man kostenlos zu jeder Menge Partys, aber jetzt funktionieren die alten Verbindungen nicht mehr. Früher war ich dauernd unterwegs, ich schnappte mir ein Mädchen fürs Wochenende und nahm sie mit in die Modeszene. Was hab ich jetzt noch zu bieten? Ich bin pleite. Alles, was ich sagen kann, ist *›Hi, ich bin Miles‹.«* Er stützte den Kopf in die Hände. »Hört ihr, wie lahm das klingt? Bei mir läuft gar nichts mehr – ich bin seit einem Monat nicht mehr ausgegangen. Ich habe sogar ... ich habe sogar angefangen, Romane aus dem 19. Jahrhundert zu lesen, um altmodische Anmachsprüche zu finden – aus der Zeit, als es noch keine Elektrizität gab. Das ist doch echt tragisch!«

»Ich sag dir, was echt tragisch ist«, schnaubte die bildhübsche Donna. »Neulich bin ich mit diesem Typ zusammen gewesen. Er war schon eine Weile hinter mir her und ... na ja, es war einfach so weit ...« Sie schlug ihre 200 Meilen langen Armani-Beine übereinander. »Jedenfalls, was ich sagen will, am nächsten Morgen fragte er mich *›Wie wär's mit einem warmen Frühstück, meine Schöne?‹«* Sie verdrehte die Augen. »Als ob ich wüsste, wie man ein warmes Frühstück zubereitet! Also habe ich nur gelacht und da ist er einfach aufgestanden und gegangen. Ich meine, es hatte doch gerade erst angefangen und dann hat er sich nie wieder gemeldet. Muss ich jetzt eine bescheuerte Hausfrau werden, wenn ich einen Mann halten will?«

Schweigen. Jeder war in sein eigenes Elend versunken.

»Was ist mit dir, Julias?«, fragte Kim.

In ihrem ausgebeulten T-Shirt zuckte sie mit den Schultern. »Mir geht's ganz gut – ich lass mich zum Klempner umschulen.«

»Also war die Rationierung für dich eine gute Sache?«

»Klar. Jeder liebt Klempner.«

Die Gruppe warf ihr hasserfüllte Blicke zu.

»Laura?«

Alle schauten mich an.

»Äh ... na ja ... es ist alles ... total verwirrend ... diese ganze Sache ...«

Donna unterbrach mich. »Oh Gott, ja. Teenagerliebe. Krass.«

»Kannst du ein bisschen mehr darüber sagen, Laura?«

Ich spürte, wie ich rot wurde. »Ja . . . also . . . da ist dieser Junge in der Schule. Eigentlich ist er total süß, aber so richtig wird er von niemandem beachtet, weil er ziemlich still ist, so 'n Technikfreak – aber jetzt wissen alle Mädchen, dass er Dinge reparieren kann und sind echt scharf auf ihn.«

Kim grinste. »Ist das ein persönliches Beispiel?«

»Nein! Also ja, aber darum geht es doch gar nicht . . . Ich meine, jetzt ist einfach *alles* anders. Die Leute sind viel politischer geworden. Vielleicht ist es ja gar nicht mehr so wichtig, sich zu verabreden – Überleben ist jetzt die Hauptsache.«

Donna packte mich am Arm. »Und was ist mit den hübschen Mädchen? Die kriegen immer noch genügend Jungs ab, oder?«

»Ja schon, aber Hübschsein allein ist nicht mehr alles. Einfach nur mit dem Arsch wackeln reicht nicht mehr.«

»Tja . . .« Kieran sah Kim an. »Wir stellen also fest, dass *EnergyDating* ein anderes Angebot machen muss – die Leute brauchen einen Ort, an dem es einfach wieder aufregend ist, ein Date zu haben . . . Er muss chic sein, aber nicht teuer, ein Ort, wo man neue Fähigkeiten erlernen kann, ohne das Gefühl zu haben, erst eine Persönlichkeitstransplantation durchmachen zu müssen, man muss . . .«

». . . eine Möglichkeit finden, Rationierung sexy zu machen!«, rief Fiona. »Weil sonst ist einfach Schluss mit Dates.«

Es gab laute Zustimmung.

»Na gut!«, lachte Kieran. »Schluss für heute. Wir wissen, was wir zu tun haben.«

Freitag, 10. Juli

Eine Gruppe Hausfrauen hat einen Golfplatz in Essex gestürmt und sich an die Wassersprinkler gekettet, weil der Klub nicht aufgehört hat, den Rasen zu bewässern.

Samstag, 11. Juli

Gerade kam eine Mail von Mia Metziger.

Eure Band rockt echt, habt ihr Bock mitzumischen?

Ich hab zugesagt. Wir haben uns im *Ollie* verabredet, ein veganisches Skatercafé hinter Covent Garden. Stace und Claire sind verreist und bei Adi bin ich mir nicht sicher. Er könnte ausflippen und Mia Metziger kochend heißen Kräutertee ins Gesicht schütten.

Sonntag, 12. Juli

Ungefähr 6 Wolken sind aufgezogen und haben ein paar Tröpfchen über London ausgespuckt. Das Kricketspiel England gegen Australien im Oval-Stadion wurde für volle 10 Minuten unterbrochen: Alle Zuschauer sind aufgestanden und haben applaudiert.

Dienstag, 14. Juli

Aus Spaß hab ich Adi ins Ollie mitgenommen. Wir kamen vor Mia an, bestellten uns einen Saft und hingen vor dem Schwarzen Brett herum.

Adi zog die Stirn kraus. »Merkwürdiges Volk.«

»Pst, sie sind doch nicht taub.«

»Mir doch egal.« Er deutete auf ein paar Aushänge. »Ich meine, was soll das bedeuten? So 'ne Art einsame Herzen? Guck dir das hier an.«

Name: Beki koolness
Email:
Geb.: 21.06.1998
AOL-Id.: blau_schwarz_flippig_nägel_107
Interessen:
Mangas, Filme, Stürme, mein Leben auf leere Leinwände ätzen, Musik machen mit meiner Band, singen, den Song Taking back Sunday, Mountain Dew-Limo, Katzen, Tattoos, Hydrogenperoxyd, Sarkasmus, blöde Leute verarschen, jeder, der 30 Minuten lang reden kann, ohne das Thema Sex zu erwähnen
Musik:
Afi, Nine Inch Nails, Minor Threat, Joy Division, The Cure, Modest Mouse, The Misfits, The Sex Pistols, David Bowie, Bauhaus, Placebo, Murder by Death, Thursday, Interpol, Bleeding Through, Dead Kennedys, Bad Religion
Kommentar:
Ich hab keinen Penis

Wir fingen an zu lachen. »Was heißt das denn da, der letzte Satz?«

Adi zuckte mit den Schultern. »Wer weiß? Aber wenn du ein Radikaler bist, musst du aufhören, dein Leben wegzuätzen.«

»Na ja, aber es sind ja nicht alle Radikalen so. Ich meine, Mia hat in dem Interview ein paar echt gute Sachen gesagt, zum Beispiel, dass wir aufhören müssen, uns selbst leidzutun und so passiv zu sein.«

»Ich weiß – ich will ja auch, dass sich die Dinge ändern. Ich will es nur nicht auf diese Tour, mit Mountain-Dew-Limo und angepissten Katzen.« Die Tür flog auf und Mia kam hereingeskatet. »Yo, Laura! Wie geht's?« Sie zog den Reißverschluss ihres Rucksacks auf und holte einen Stapel Handzettel heraus, dann drehte sie sich zu dem dürren Typ um, der neben dem Entsafter stand. »Baggy, kann ich die verteilen?« Sie gab mir einen. »Voll cool – Camden-Festival am 22. Juli – da müsst ihr unbedingt hinkommen! Und?«

»Und was?«

Mia ist so schnell, sie gibt mir das Gefühl, einen Schlaganfall gehabt zu haben und nur noch mühsam Worte bilden zu können.

»Wie läuft's denn so?«

»Oh – ganz gut.«

Sie grinste. »Hey, Baggy, machst du mir ein Mia-Spezial zum Mitnehmen? Ich muss um drei unten am Fluss ein.«

Er grinste zurück und griff nach einer Avocado.

»Er spricht nicht viel, aber er ist der absolute Smoothie-King. Seht's euch an, wenn's fertig ist – da ist organisches Sojamark und so was drin.«

Adis Lächeln nahm gefährliche Züge an.

»Na egal, Laura, ich hab da was, wo ihr vielleicht mitmischen wollt. Eine einwöchige Tournee von Politbands durch den Westen ... Ich bin befreundet mit den Organisatoren und gerade ist eine Band ausgestiegen und meine Freunde haben gefragt, he, Mia, kennst du keine andere coooooole Band, und ich sagte, na klar kenn ich eine – ich dachte an euch – und hab gesagt, ich sprech mit euch – also, was meint ihr? Es ist im September.«

Mein Herz schlug mir vor Aufregung bis zum Hals. »Eine Tournee? Mit den *Angels?*«

»Kor-rekt! Mit zwei anderen Bands, ihr fahrt in einem großen alten Bus zu den Klubs und macht euer Ding. Bringt die Botschaft unters Volk. Is echt wichtig, Mann!«

Ich sah Adi an. »Was meinst du?«

Er zuckte nur cool mit den Schultern, als wäre er es leid, dass ihm dauernd Tourneen angeboten wurden.

Ich lächelte Mia an. »Äh, okay . . . ich denke, ich muss erst noch mit den anderen sprechen . . . könnte ein paar Tage dauern . . . Claire ist im Urlaub . . .«

Mia schüttelte den Kopf. »Nee, geht nicht, ich muss es bis morgen wissen . . . He, Bags, ist mein Smoothie fertig? Ich muss weg.«

»Na gut, dann eben morgen. Und das ist auch ganz ernst gemeint – eine richtige Tournee?«

Mia grinste. »Ganz ernst.« Sie skatete zum Tresen, nahm ihren Drink und weg war sie.

Adi und ich gingen hinaus auf die Neal Street. »Scheiße, Adi, was ist los mit dir? Du hättest ruhig ein bisschen positiver sein können.«

Er machte ein finsteres Gesicht. »Müssen wir Gemüse für sie klein schneiden?«

»Für wen?«

»Für die anderen Bands.«

»Weiß ich doch nicht. Warum?«

»Weil, das mach ich nicht, darum.«

Ich stemmte die Hände in die Hüften. »Komm schon, das ist genau die Chance, auf die wir gewartet haben. Willst du ewig in der Garage deiner Mum bleiben?«

»Neeee.«

»Aber was ist mit Stace und Claire? Können wir zusagen, ohne sie zu fragen? Ich habe letzte Woche versucht, Claire anzurufen, aber ich hab keine Verbindung gekriegt, nicht mal per voicemail.«

»Stace macht ganz bestimmt mit – Hauptsache, sie kommt

vor die Tür. Also muss Claire auch mitmachen, ob sie will oder nicht.«

»Meinst du wirklich?«

»Du nimmst dieses Mädchen entschieden zu wichtig, Laura.« Er fing an zu lachen. »Und du hast recht. Scheiße, wenn ich Gemüse schnippeln muss, dann tu ich's halt!«

Mittwoch, 15. Juli

Heute Morgen hab ich Mia angerufen und zugesagt, sie meldet sich dann noch mal wegen der Einzelheiten. Jetzt muss ich es nur noch meinen Eltern verklickern. Ich habe mit Larkin drüber gesprochen, der mir im Moment am nächsten von allen steht. Wir waren der Meinung, sie würden wohl einverstanden sein – und er hat recht, im Augenblick bin ich für sie nicht gerade der Nabel der Welt. Er verschlang gerade den Rest der Toastbrotrinden, als ich Stimmen aus Dattas Garten hörte.

»Also was? Du machst Schluss mit mir? *Du mit mir?*«

Ich ging in die Hocke.

»Thanzila, wir waren nie . . .«

»Ach ja. In dem Café hast du aber was ganz anderes gesagt . . .«

»Hör mal.« Ravi klang leicht verzweifelt. »Ich will ja nicht respektlos sein, aber das konnte einfach nicht gut gehen.«

»Ja. Und weißt du auch, warum? Weil du der totale Versager bist, echt peinlich.«

»Du wolltest mich doch nur rumkriegen, weil ich dir die kalte Schulter gezeigt habe.«

»Tja, und jetzt hab *ich* keinen Bock mehr, Kumpel. Warum machst du dich nicht an das Mädchen von nebenan ran? Sie ist doch genau auf deinem Niveau.«

»Ich mach mich an niemanden ran. Sie ist cool und ich mag sie.«

»Ha! Ich hab's doch gewusst, da läuft was zwischen euch.«

»Thanz, bitte, hör jetzt auf . . . Und da läuft überhaupt nichts. Warum sollte sie überhaupt . . .«

Thanzila quiekte: »Was *stinkt* denn hier so grauenhaft?«

»Ein Schwein.«

»*Laura* hat ein Schwein?«

»Es gehört ihrem Dad . . .«

»Wie *ekelhaft!* Aber das passt genau. Tschüss, du Versager.«

Warum können Leute ihre Sätze nicht beenden? Warum sollte sie überhaupt *was?* Herrje, ich höre mich an wie Lisa Bell.

Freitag, 17. Juli

In Südspanien ist ein Kampf um das Wasser eines andalusischen Flusses ausgebrochen. Es fing damit an, dass einheimische Spanier marokkanische Einwanderer mit Stöcken und Steinen angegriffen haben. Die Marokkaner haben sich zur Wehr gesetzt und den Fluss eine Meile lang eingezäunt – und danach ging es erst richtig los. Auf beiden Uferseiten fielen Bomben und Gewehrschüsse und die Einheimischen gingen in Soldatenuniformen auf Patrouille.

Samstag, 18. Juli

Der Tag begann mit einem ganz normalen Frühstück. Ich starrte auf eine Karte von Devon, Dad starrte in den Garten, Kim starrte auf die Rückseite einer Müslipackung und hatte den e-pod eingestöpselt. Plötzlich knallte Mum die Milchpackung auf den Tisch. »Warum reden wir eigentlich nicht mehr miteinander?«

Kim zog sich den Stöpsel aus dem Ohr. »Weil wir uns nicht leiden können. Der einzige Ausweg ist schweigen.«

Ich gebe es nur ungern zu, aber manchmal bewundere ich meine Schwester einfach.

Sonntag, 19. Juli

Ich bin dazu übergegangen, mich nachts in die Küche zu schleichen und mich an die offene Kühlschranktür zu stellen, um abzukühlen. Mann, ich würde für mein Leben gern da drin übernachten, direkt neben dem Hüttenkäse.

Donnerstag, 23. Juli

In ganz Frankreich sind riesige Waldbrände ausgebrochen, aber sie können nicht gelöscht werden, weil die Wasservorräte auf 50 % geschrumpft sind. Unser Garten sieht mittlerweile aus wie eine Wüste. Ich höre, wie die kleinen Möhren vor lauter Durst leise keuchen. Das Duschwasser reicht einfach nicht.

In zwei Wochen muss ich mein Abschlussreferat bei den Energieverschwendern halten, dann bin ich offiziell wieder ein guter Mensch.

Freitag, 24. Juli

Ravi war im Garten und in meinem Inneren schoss eine riesige Stichflamme hoch. Ich habe es satt, ein doofes kleines Mädchen zu sein, das von nichts eine Ahnung hat. Bevor ich wusste, was ich tat, stand ich schon vor ihm.

»Ravi, magst du mich?«

Schockiert riss er die Augen auf. »Wie bitte?«

»Lass es mich nicht noch einmal sagen.«

»Wie, mögen? Mögen?«

Ich nickte.

»Wie wenn man sich verabredet?«

Ich nickte noch einmal, mein Mut war weg. Es entstand ein grässliches Schweigen, das nur von den Kaugeräuschen der Kaninchen unterbrochen wurde.

Ravi lächelte.

»Was ist so komisch?«

»Du. Laura Brown, du bist echt super.« Und dann lehnte er sich über den Zaun und küsste mich.

Ich stehe unter Schock.

Samstag, 25. Juli

In der brüllenden Hitze bin ich mit Ravi den ganzen Weg bis Oxleas Wood geradelt, dort haben wir auf dem verdorrten Gras gelegen und in den blauen Himmel gestarrt. Zuerst wollte ich nicht, dass er mich anfasst, aber als er nicht mal den Versuch machte, mich zu küssen, wollte ich es doch, also beugte ich mich über ihn, er war irgendwie wehrlos und unsere Zähne stießen aneinander. In meiner Vorstellung gefiel es mir besser.

Montag, 27. Juli

Es fühlte sich sooo gut an! War den ganzen Nachmittag lang mit Ravi zusammen und endlich, endlich haben wir uns geküsst, also so richtig geküsst, aber als ich nach Hause kam und die Nachrichten sah, hab ich mich nur noch scheiße gefühlt. Der Premierminister hat eine Notstandssitzung im Parlament einberufen, es soll darüber abgestimmt werden, ob Stufe 3 der Wasser-Notstandsgesetze eingeführt werden soll. Wenn das durchkommt, gibt es kein Wasser mehr für Privathaushalte, sondern nur noch für öffentliche Wasserstellen an der Straße.

Dienstag, 28. Juli
Die Notstandsdebatte im Unterhaus hat um 8 Uhr heute früh begonnen.

Mittwoch, 29. Juli
10 Uhr abends.
Nach mehr als 24-stündiger hitziger Debatte ist das Notstandsgesetz beschlossen worden. Ganze Teile des Landes werden von der Wasserversorgung abgeschnitten. Wir sind die Ersten auf der Liste. Die *Themse-Wasserwerke* nehmen sich ein Stadtviertel nach dem anderen vor, bis in jedem Privathaus in London das Wasser abgestellt sein wird. Für jeweils 20 Häuser wird eine Wasserstelle eingerichtet. Nach dieser Ankündigung fühlte ich seltsamerweise überhaupt nichts. Das passiert mir immer öfter. Sogar was Ravi betrifft. Ich bin mir sicher, dass ich ihn echt mag, aber irgendwie kann ich es nicht durchgängig fühlen.

Dad stand mit Shiva im Garten, sie schauten auf die ausgetrockneten Beete.

»Die ganze Arbeit für nichts und wieder nichts. Selbst mit unserem Duschwasser ist es kaum mehr machbar. Und wenn sie uns das Wasser erst mal ganz abgestellt haben, weiß ich nicht, wie's weitergehen soll.« Er schüttelte den Kopf. »Morgen beteilige ich mich am Protestmarsch zur Hauptverwaltung der *Themse-Wasserwerke* in Reading. Wir müssen sie zwingen, *irgendwas* zu unternehmen, sie müssen zumindest eine verdammte Entsalzungsanlage bauen. Du weißt schon, um Trinkwasser aus dem Meer zu gewinnen.«

Shiva zog die Stirn kraus. »Wie funktioniert das?«

»Ich weiß es nicht genau – es hat was mit Osmose zu tun und mit der Themse.«

»Aber Nicholas, die Themse ist ein Süßwasserfluss. Da ist kein Salz.«

»Aber ein Großteil hängt mit den Gezeiten zusammen. Ich nehme mal an, dass das näher am Meer passieren muss.«

»Aber . . .«

»Aber was?«

»Es hört sich nach einem langwierigen Verfahren an. Dafür braucht man doch bestimmt jede Menge Öl?«

»Ja schon, aber da muss man sich jetzt wohl entscheiden – verschmutzen oder verbrennen.« Dad stampfte mit dem Fuß auf. »Es muss doch Mittel und Wege geben, diese Stadt mit Wasser zu versorgen.«

Donnerstag, 30. Juli

Portugal ist in Rauch aufgegangen. Mum gab mir die Zeitung. »Mein Gott, Laura, es ist erst zwei Jahre her, dass wir da waren!«

Freitag, 31. Juli

FEUER VERWÜSTET ALGARVE

WALDBRÄNDE BREITEN SICH AUS UND VERSCHLINGEN PORTUGAL

Durch plötzlichen Wechsel der Windrichtung wurden Millionen Hektar Land an der Algarve zerstört.
Die Situation an der Algarve im Süden von Portugal hat sich heute dramatisch verschlechtert. In der Nacht sind durch einen abrupten Wechsel der Windrichtung die schlimmsten Waldbrände in der Geschichte des modernen Europa ausgebrochen.
Seit drei Tagen werden in der Region ganze Dörfer und Städte evakuiert, während die Feuerwehr versucht, die Situation in ausgewählten Gebieten unter Kontrolle zu halten. Die am schwersten betroffenen Orte sind Alcoutim, Lagos, Albufeira und Castro Marim, wo ca. 625.000 Hektar Wald und landwirtschaftlich genutzte Fläche verwüstet wurden.
Die UN hat eine Notstandssitzung einberufen, eine groß angelegte Hilfsaktion ist angelaufen. »Wir kämpfen um unser Leben, bitte, helft uns!«, flehte der portugiesische Innenminister gestern in einem dramatischen Appell. Die Nachbarstaaten Spanien, Italien und Griechenland haben heute Hilfsmaßnahmen in die Wege geleitet, die allerdings aufgrund eigener knapper Ressourcen nur in begrenztem Umfang möglich sind. Alle drei Länder haben Arbeitskräfte zur Verfügung gestellt, Griechenland hat darüber hinaus zwei Canadair-Löschflugzeuge geschickt.

Aber die Hilfe könnte nicht ausreichen und zu spät kommen. Die Lage hat sich in den kontrollierten Gebieten durch den Ausbruch neuer Brände weiter verschlechtert. Eine weitere Million Hektar Land rund um die Ballungsgebiete von Faro, Albufeira, Lagos und Portimao ist unmittelbar gefährdet.
Den Behörden steht eine mögliche Evakuierung von Millionen von Menschen bevor; erschwerend kommt die Sperrung aller Hauptstraßen in der Region hinzu.
Diese neue Katastrophe ist die bisher letzte in einer Reihe verheerender Waldbrände, die das geplagte Portugal in den vergangenen zehn Jahren erleiden musste, wobei die jetzige Tragödie alle vorhergegangenen weit in den Schatten stellt.
Während der Hitzewelle im Sommer 2003 sind 18 Menschen bei Waldbränden ums Leben gekommen und 424.000 Hektar Land wurden verwüstet. Im Jahr 2005 verursachte ein großer Brand im *Arrabida-Naturschutzgebiet* – 50 km von Lissabon entfernt – einen »irreparablen Verlust an biologischer Vielfalt und Natur«.
Zwischen 2008 und 2014 haben Waldbrände schätzungsweise 260 Menschen das Leben gekostet, einschließlich 40 Feuerwehrleuten, die in der Region im Einsatz waren.

AUGUST

Samstag, 1. Aug.
Ich habe den ganzen Morgen für mein dämliches Energieverschwender-Referat zum Thema *Auswirkungen von Hitze auf den menschlichen Körper* recherchiert. Ein paar Sachen sind echt krass. Ich durfte bei Arthur im Netz recherchieren, weil er auf seinem Dach Solarpanels installiert hat. Ich habe nur noch drei Kästchen auf meiner Karte übrig. Alles, was ich gern tue, verbraucht so viel Energie.

Der menschliche Körper ist ständig bemüht, die Kerntemperatur von 37 °C zu halten. Bei dieser Temperatur ist eine normale Funktion der Organe gewährleistet. Um eine erhöhte Temperatur zu vermeiden, pumpt der Körper Blut zur Hautoberfläche. Das ist eine Zusatzaufgabe, die das Herz leisten muss. Darüber hinaus wird das Blut durch die Verdunstung von Wasser dicker, was wiederum die Gefahr eines Schlaganfalls oder Herzinfarkts vergrößert.
Wenn die Kerntemperatur ansteigt, arbeiten die Muskeln nicht mehr richtig, weil durch das Schwitzen Wasser und Salze verloren gehen. Wenn im Gehirn 38,5 °C herrschen, erleidet der Körper einen Hitzschlag. Wenn die Temperatur über 42 °C ansteigt, fängt der Körper an zu kochen. Das ist unumkehrbar. Die Proteine in den Zellen verändern sich, wie bei kochendem Eiweiß. Die Hirntätigkeit hört sogar schon vorher auf, weil das Herz nicht mehr genügend Blut pumpen kann. Die Muskeln

hören auf zu arbeiten, der Magen verkrampft sich, man wird verrückt. Der Tod ist nicht mehr abzuwenden.
Mit zunehmendem Alter reagiert der Körper stärker auf Hitze. Je älter ein Mensch ist, desto mehr lässt die körpereigene Temperaturregulierung nach. »Sie sind unempfindlicher«, sagt Dr. Peter Arnton, Professor für Geriatrische Sozialpolitik an der UCL. »Ältere Menschen empfinden Kälte oder Hitze weniger stark als jüngere, und genau das ist das Problem, weil sie deshalb nicht schnell genug reagieren.«

Ich las Arthur vor, was ich herausgefunden hatte, aber als ich zu den Eiweißen kam, sprang er von seinem Stuhl hoch. »Das reicht, junge Dame!«, bellte er. Ich glaube, er will nicht wahrhaben, wie alt er ist.

Es klopfte an der Tür und Dad kam mit einem schmutzigen alten Stadtplan in der Hand herein. Er breitete ihn auf dem Küchentisch aus.

»Guck dir das an . . . Ich habe nach alternativen Wasserquellen gesucht. Hast du gewusst, dass es in London jede Menge unterirdischer Flüsse gibt? Ravensbourne und der Quaggy sind ganz bei uns in der Nähe. Hier, siehst du?« Er fuhr mit dem Finger über den Flusslauf.

»Der Ravensbourne entspringt in Keston und fließt dann durch Bromley, Lewisham und Greenwich, bevor er in die Themse mündet. Genau wie der Quaggy – der mündet am Bahnhof Lewisham in den Ravensbourne. Das ist nur eine Meile von hier entfernt – wir müssen nur einen Zugang finden.«

Arthur runzelte die Stirn. »Wie – du meinst, wir sollten einen Brunnen graben? In der Hauptstraße am Bahnhof?«

»Nee, das nun nicht gerade. Aber woanders vielleicht, auf Grünflächen wie Heyes oder Bromley Common.«

»Aber gibt es die Flüsse denn überhaupt noch? Ich dachte, sie wären alle zugeschüttet oder zu Abwasserkanälen umfunktioniert worden. Und glaubst du vielleicht, du könntest völlig unbehelligt zehn, zwanzig Meter tief graben? Die Polizei steht doch schon auf der Matte, sobald wir den Wasserschlauch anschließen.«

Dad warf die Hände in die Luft. »Ich weiß es nicht. Ich versuche doch nur, eine Möglichkeit zu finden ... Na gut. Wenn wir keinen neuen Brunnen graben können, wie wär's dann damit, einen bereits existierenden wieder aufzumachen? Am Fleet-Fluss gab es jede Menge Quellen und Brunnen, quer durch die Stadt, bevor sie ihn zugeschüttet haben. Guck mal hier, der St.-Chads-Brunnen. Er war bis zum 19. Jahrhundert in Betrieb, gleich hinter der Kings Cross Station, in einem Viertel namens Battle Bridge.«

»Nie gehört.«

»Es heißt, er stand genau da, wo die letzte Schlacht zwischen Boudicca und den Römern stattfand und achtzigtausend Briten abgeschlachtet wurden. Jedenfalls sind täglich Hunderte von Leuten zu dem Brunnen gegangen und haben sein Wasser getrunken.«

Arthur schnalzte mit der Zunge. »Na ja, einen Versuch wäre es wert, denke ich. Was hältst du von einer Wünschelrute? Als Kind konnte ich damit immer Wasser finden.«

»Mit einem Haselzweig? Da müsste es doch wissenschaftlichere Methoden geben.«

»Was ist denn eine Wünschelrute?«, fragte ich.

»Damit kann man Wasser finden. Manche Leute haben dieses spezielle Talent. Traditionell benutzt man einen gegabelten Haselzweig und geht damit über ein Gelände. Wenn man über eine Wasserader geht, neigt sich der Zweig zu der Quelle hinunter. Man weiß nicht genau, wie es funktioniert, es hat irgendwas mit der Veränderung von Magnetfeldern zu tun. Im Grunde genommen leitet Wasser Elektrizität und der menschliche Körper besteht hauptsächlich aus Wasser und kann von daher ebenfalls Elektrizität leiten. Deshalb kann man Wasser ›fühlen‹. Es gibt viele Leute, die darauf schwören.«

»Und du willst mit einem Zweig in der Hand durch Kings Cross laufen?«

Dad funkelte mich an. »Es ist ja nur eine Idee. Hast du vielleicht eine bessere?« Plötzlich grinste er. »Auf jeden Fall könnten wir einen Kumpel für Larkin finden. Als der Fleet zugeschüttet wurde, war noch die Rede von einer Sage aus dem achtzehnten Jahrhundert – nämlich dass es in London unterirdische Schweine gab.« Er zog ein Blatt Papier hervor. »Das hier stammt aus einer Zeitung vom 24. August 1736: *Man hat kaum je einen fetteren Eber gesehen, als denjenigen, der heute aus dem Fleet-Graben in die Themse geschwemmt wurde. Es stellte sich heraus, dass er einem Schlachter aus Smithfield Bars gehörte, der ihn seit fünf Monaten vermisste, während sich das Tier die ganze Zeit in städtischen Abwässern herumgetrieben hatte . . .*«

Heute Abend hat Ravi mich zu den Energieverschwendern gebracht und vor der Tür haben wir uns ewig lange geküsst. Ich weiß gar nicht, ob ich ihn überhaupt küssen will, aber ich wünsche mir so sehr, *normal* zu sein, dass ich es trotzdem tue. Warum ist alles so kompliziert geworden?

Ich ging rein und sah Tracey Leader in der Nähe des Eingangs stehen. Sie lehnte sich an einen Tisch und starrte mich an. Ich lächelte. Sie nicht. Als ich an ihr vorbeiging, zog sie mich mit ihren fetten Krakenfingern dicht zu sich heran. »Sag dem Mädel, sie soll weitermachen. Is' nich' der richtige Zeitpunkt jetzt, um brav zu werden.«

Ich musste so lange stehen bleiben und Traceys Big-Mac-Mundgeruch ertragen, bis sie mich losließ. Und dann ging ich nach vorn und redete über Eiweiße.

Sonntag, 2. Aug.

Heute Morgen bin ich in Kims Zimmer gegangen.

Sie drehte sich um. »Was zum . . .?«

»Genau. Ich soll dir nur was von Tracey ausrichten. Sie will, dass du weitermachst, Schwesterherz.«

Kim ließ sich aufs Bett fallen. »Scheiße, sie ist eine Psychopathin.«

»Das ist ja ganz was Neues . . .«

»Ich brauche keine Predigt von dir, klar? Ich versuche auszusteigen und stattdessen irgendwas mit *EnergyDating* aufzubauen. Ich mein's ernst.«

»Kim, guck dir doch nur an, was um uns herum los ist. Wie kannst du auf dem Schwarzmarkt . . .?«

»Es ist nur . . . sie . . . sie lässt mich nicht aussteigen. Es ist das totale Chaos.«

»Vielleicht solltest du mit Mum und Dad darüber sprechen.«

Sie schnaubte. »Mit denen? Du machst wohl Witze.«

Was meine Eltern betrifft, hat sie recht. Ich wünschte, sie würden aufhören, so höflich zueinander zu sein. Wahrscheinlich machen sie es ihren Kindern zuliebe, aber ich, das Kind, hätte es lieber, wenn sie sich wieder anschreien würden. Das wäre wenigstens real.

Dienstag, 4. August

Ich habe meine Energieverschwender-Prüfung bestanden. Offiziell bin ich jetzt ein Exenergieverschwender, aber was heißt das schon in dieser Situation? Das Land geht vor die Hunde. In Axminster, wo meine Oma wohnt, kriegen die Leute nur noch jeden zweiten Tag Wasser. Überall im Südwesten ist es dasselbe. Mein Dad macht sich totale Sorgen um sie. Er will, dass sie zu uns kommt, aber das will sie nicht. In Yorkshire ist es genauso schlimm. Die Behörden schicken Tankwagen in die Hälfte der Dörfer in der Grafschaft, aber keiner weiß, wie lange noch, weil der Grundwasserspiegel so schnell sinkt.

Bei uns wird das Wasser am Donnerstag abgestellt.

Mittwoch, 5. Aug.

Letzte Nacht ist ein unter der Erde liegendes Wasserrohr in unserer Straße geplatzt und ganze Familien sind mit Eimern hingerannt, um das Wasser aufzufangen. Die mausähnliche Frau aus Nr. 6 lehnte sich an ihren Zaun und schluchzte wegen der Verschwendung. In Frankreich, Spanien und Portugal sind die Waldbrände außer Kontrolle geraten. Man hat das Gefühl, es wird nie wieder abkühlen. Warum sterben immer die alten Leute? In einem Altersheim in Paris hat man 20 Tote entdeckt. Bei allen war die Körpertemperatur auf 41°C gestiegen.

Ich ging zu Arthur, um zu sehen, wie es ihm geht. Er hat in seiner Küche eine Art Zelt aus vielen Bettlaken errichtet. Als ich reinkam, legte er gerade haufenweise leere Wasserflaschen auf den Tisch.

»Ah, Laura! Komm rein.«

»Geht's dir gut?«

»Sehr gut. Das Geheimnis ist, sich nicht zu bewegen, viel Flüssigkeit, viele Schichten Stoff – das lässt die Luft zirkulieren. Hab ich von den Beduinen gelernt. Ich bin froh, dass du gekommen bist . . .« Er deutete auf einen dampfenden Topf auf dem Herd. »Guck doch mal, ob das Wasser schon kocht. Ich will sauberes Wasser herstellen.«

Ich hob den Topfdeckel hoch. »Äh, wozu ist die Blechtasse hier an der Seite gut?«

»Um das verdunstende Wasser aufzufangen. Ist was drin?«

Ich spähte hinein. »Ja, fast voll.«

»Ah, fantastisch . . . bring's mal her. Wir müssen das Wasser verdunsten lassen und destillieren, um alle Unreinheiten zu beseitigen.« Er nahm mir die Tasse aus der Hand und goss das Wasser in die nächste Flasche. »Und jetzt dasselbe noch mal. Hmm, wie viel brauchen wir? Eine Dreitagesration à eine Gallone pro Person pro Tag – das ist ziemlich viel.«

Ich schaute mich in der Küche um. »Du machst Witze, oder? Das dauert ja ewig. Und so schlimm ist es ja nun auch wieder nicht – an der Wasserstelle gibt es sauberes Wasser.«

Er sah mich von der Seite an. »Natürlich, natürlich. Ist auch nur eine Vorsichtsmaßnahme.«

Ich stellte die Tasse hin. »Sie können nicht das ganze Wasser abstellen. Ich meine, wie sollen wir denn dann . . . leben?«

»Indem wir vorbereitet sind. Und wenn du keine Lust zu dem hier hast, dann musst du wohl Toilettenspülwasser trinken.« Er lächelte. »Außer es ist blau. Dann lieber nicht.«

»Wie kannst du dich darüber lustig machen?«

»Weil das die einzige Methode ist, damit fertig zu werden. Außer du willst dich unterkriegen lassen. Also, würdest du bitte so freundlich sein und frisches Wasser in den Topf gießen?«

Arthur sollte Bürgermeister von London sein anstelle dieses Idioten, den wir da haben.

Donnerstag, 6. Aug.

In Birmingham waren es heute 43 °C. Die höchste Temperatur, die in GB jemals gemessen wurde. Unser Wasser wird morgen abgestellt. Nur Krankenhäuser und lebenswichtige Fabriken sind noch an die Wasserversorgung angeschlossen. Nicht, dass man Lust hätte, ins Krankenhaus zu gehen, sie sind alle total überfüllt. Das *Queen-Elizabeth-Krankenhaus* musste auf dem Parkplatz ein Zelt aufbauen, um all die Leute aufnehmen zu können, die in der Hitze zusammenbrechen.

Freitag, 7. Aug.

Ich hatte es total vergessen. Heute Morgen bin ich ins Badezimmer gegangen und es kam kein Wasser aus dem Wasserhahn. Ich musste die Zahnpasta ausspucken und meine Zähne mit dem Handtuch abwischen.

Später standen Ravi und ich an meinem Zimmerfenster und beobachteten, wie die Nachbarn sich um die Wasserstelle vor Arthurs Haus versammelten. Zwei Eimer pro Person pro Tag.

Ravi strich sich mit der Hand über die Stirn. »Wann das wohl wieder aufhört?«

Ich sah ihn an. »Hast du ... hast du manchmal Angst? Ich meine, was ist, wenn's schon zu spät ist ...«

Er unterbrach mich. »Nee, das kriegen wir schon wieder hin. Das ist das, was ich machen will, Dinge erfinden. Um das Leben besser und sauberer zu machen.«

Ich sagte nichts. Es klang so positiv, wie er es sagte. Irgendwie hörte es sich falsch an. Ich schaute hinunter auf den Vater der Krachmacher-Familie, der mit seinen Kindern in der Schlange stand. Ich wünschte mir, er würde sie wie üblich anschreien, aber er stand ganz ruhig da und sah total erschöpft aus.

»Weißt du, woran mich das erinnert? An diese alten Schwarz-Weiß-Fotos von den frühen Siedlern. Du weißt schon, in Amerika oder Australien. Ich kann mir gar nicht mehr vorstellen, dass wir nur wegen des schönen Wetters ins Ausland geflogen sind. Das macht nur dann Spaß, wenn man eine Dusche hat und eine Klimaanlage, sonst ... sonst ist es die Hölle auf Erden.«

Samstag, 8. Aug.

Ich habe Kieran im Leopard besucht. Die Straßen sind menschenleer, weil keiner mehr tagsüber rausgeht. Die Läden machen erst um 6 Uhr abends auf, wie in Italien. Ich traf Kieran vor dem großen alten viktorianischen Pub hinter der Brewer Street. Er ist stocksauer, weil sie ihr *EnergyDating*-Sommerfestival absagen mussten. Kieran schüttelte die Faust Richtung Sonne.

»Dreißig Jahre immer nur Regen, Regen, Regen – und jetzt, wo ich endlich mal was richtig Gutes vorhabe, muss ich es absagen, weil es so beschissen heiß ist. Unglaublich. Na, wie auch immer, kannst du mir helfen? Wir müssen unser ganzes Zeug wieder aus den Festzelten rausholen.« Er drückte mir eine Unmenge Kerzenhalter in die Arme. »Nur ums Haus herum und die Treppe vom Notausgang hoch, ganz einfach zu finden – es ist die Etage, auf der über den Eingangstüren ein Banner hängt: *Willkommen zur neuen Ära des guten Geschmacks.«*

Ich ging über das Kopfsteinpflaster und war schon halb die Treppe hochgelaufen, als ich aus dem Raum nebenan ein lautes, Furcht einflößendes menschliches Grunzen hörte: »Rrrrraaagghhhh!« Darauf folgte totale Stille, dann eine einzelne weibliche Stimme.

»Fühl – die – Power – in dir!«

Ich blieb stehen und spähte in einen großen hellen Raum – voll mit schwitzenden Frauen, die einen Kreis gebildet hatten, und in der Mitte, groß und stolz, stand Gwen Parry-Jones.

»Komm schon, du Schnecke, mach voran«, keuchte Kieran, der hinter mir die Treppe hochkam.

Ich zeigte mit dem Daumen auf den Raum. »Was zum Teufel . . .?«

Er flüsterte: »Frauen-Power-Voran! Du weißt schon – wie in den 70ern. Haare in den Achselhöhlen, keine BHs, radikal.« Er grinste. »Ziemlich unheimlich, oder?« Ich nickte.

Als ich nach Hause kam, saß Mum auf der Treppe und weinte. »Gott, ich muss raus aus dieser Stadt. Sie macht mich wahnsinnig«, schluchzte sie.

Sonntag, 9. Aug.

In Lewisham, wo Adi wohnt, haben die *Themse-Wasserwerke* die öffentlichen Wasserzapfstellen abgestellt. Angeblich zu Reparaturzwecken, aber man vermutet, dass es einfach kein Wasser mehr gibt. Überall sind die Läden gerammelt voll mit Leuten, die Wasser und Milch kaufen und überhaupt alle Getränke, die sie kriegen können.

Mia Metziger hat mir am Telefon den Termin für die *Angels*-Tournee durchgesagt. Erste Woche im September.

»So, wie's im Moment aussieht, können wir nirgendwohin, Mia.«

»Du willst absagen? Das Land braucht die Botschaft.«

»Mia, das Land braucht Regen, keine Botschaft.«

Niedergeschlagen ging ich in mein Zimmer. Was sind denn schon die *Angels*, wenn ringsum die Leute sterben? Adi hat mir gesimst, es gehe ihm gut. Ob das auch stimmt?

Unten am Rücken habe ich eine geschwollene Stelle. Die tut echt weh.

Montag, 10. Aug.

Ich war bei Adi und habe ewig lange geklingelt, aber keiner hat aufgemacht. Mann, hier ist es jetzt wie in einem Polizeistaat. Sie patrouillieren rund um die Uhr durch die Stadt und haben eine Hotline eingerichtet, damit man seine Nachbarn verpetzen kann. Auf Wasserdiebstahl steht Gefängnis – und was ist mit Drogen und Straßenraub? Die Schwellung ist schlimmer geworden und größer, aber ich erzähle es niemandem, weil ich unter keinen Umständen ins Krankenhaus will.

Dienstag, 11. Aug.

38 °C. Nach 3 Tagen ohne Wasser ist in Lewisham ein Aufstand ausgebrochen. Riesige Menschenmengen marschier-

ten zum Rathaus und verlangten Wasser. Der Bürgermeister rief die Bereitschaftspolizei, die Tränengas in die Menge sprühte und in die Luft schoss, aber zum ersten Mal in diesem Jahr gaben die Leute nicht nach. Als sich das in London herumgesprochen hatte, kamen die Menschen zu Tausenden zum Rathaus, um die Demonstranten zu unterstützen. Die Situation drohte, außer Kontrolle zu geraten, und dann passierte etwas wirklich Furchtbares: Die Polizei hat mit scharfer Munition direkt auf die Menge geschossen. Fünf Menschen wurden getötet. Ich habe solche Angst wegen Adi. Ich habe den ganzen Tag über versucht, ihn anzurufen, aber er ging nicht dran.

Als alles vorbei war, hat der Bürgermeister im Fernsehen eine Ansprache gehalten und erklärt, warum er die Anweisung gegeben hat, das Feuer zu eröffnen. Zum Schutz der Demokratie, blablabla. Ein Haufen Scheiße. Leute sterben buchstäblich vor Hitze. Ich habe eine solche Angst wie noch nie in meinem Leben. Wir stecken in einer Krise und keiner weiß, was zu tun ist. Um drei Uhr heute früh rief Adi endlich an.

»Bist du okay? Willst du hierherkommen?«

»Es ist alles in Ordnung. Sie haben uns versprochen, heute Abend das Wasser wieder anzustellen.« Er hörte sich merkwürdig an. Als hätte sich in seinem Inneren etwas verändert.

Mittwoch, 12. Aug.

Als ich wach wurde, hatte ich wirklich schlimme Schmerzen im unteren Rücken. Mum hat Angst, es könnte was mit den Nieren sein, und will mich ins Krankenhaus bringen, aber das will ich nicht. Sie sagt, sie wartet noch einen Tag ab. Und dann hat sie mir ihre Wasserration gegeben. Ich habe ein schlechtes Gewissen. Ihre Lippen sind ganz rissig.

Mrs Brown, das Huhn, kam ins Haus getorkelt und brach zusammen.

Donnerstag, 13. Aug.

Mir ist schwindelig, aber es geht mir nicht schlechter. Mum hat gesagt, sie wartet noch einen weiteren Tag ab. Die beste Nachricht ist: Über Europa haben sich über Nacht vom Atlantik her Unwetter zusammengebraut. In Spanien, Portugal und Frankreich hat es sintflutartige Regenfälle gegeben. Bitte, bitte, lass sie auch zu uns kommen!

Freitag, 14. Aug.

Die Unwetter haben sich über Frankreich, Italien und Süddeutschland ausgebreitet. Her damit! Die Schwellung auf meinem Rücken geht zurück, aber ich weiß nicht mehr, wann ich das letzte Mal richtig geschlafen habe. Wir haben nicht mal genug Wasser, damit ich mir ein nasses Handtuch auf den Kopf legen kann.

Samstag, 15. Aug.

Kein Regen. In Frankreich waren es gestern 8 Zentimeter. Die Meteorologen wissen nicht, ob die Unwetter auch zu uns kommen. Ich weiß nicht, wie lange wir noch so weitermachen können. Ich liege den ganzen Tag in meinem Zimmer herum und höre Radio.

In Amerika ist es zu Demonstrationen gekommen wegen einer Klima-Gesetzesvorlage, die gestern Abend im Senat abgelehnt wurde. Die Emissionsrate sollte auf 60 % gesenkt werden. Alle Senatoren, die dagegen gestimmt haben, kamen aus den Ölindustriestaaten und sind angeblich bestochen oder gekauft worden.

Am Times Square ist die Nationalgarde aufmarschiert und hat Wasserwerfer eingesetzt, um die Leute auseinanderzubringen. Zehntausende Demonstranten kämpften wie verrückt, warfen Benzinbomben und kletterten über die Absperrungen. Gegen Mitternacht hat das Militär eine Ausgangssperre über ganz Manhattan verhängt, bis zur 8th Avenue runter.

Das Beste ist in Kalifornien passiert: Vier Millionen Menschen haben von Santa Barbara bis nach L.A. eine Menschenkette gebildet. Um Mitternacht wollen sie in die Luft springen, unter dem Motto *Der Große Sprung.* Damit will man die San-Andreas-Spalte auf Dauer aufbrechen. Weil das die einzige Möglichkeit ist, Kalifornien vom schmutzigen Amerika abzutrennen.

Ein Junge aus der Schule ist gestorben. Gerade hat Claire es mir am Telefon erzählt.

»Letzte Nacht.«

»Und woran?«

»Keine Ahnung. War weder eine Krankheit noch eine Infektion oder so was. Einfach ein Hitzschlag.«

Sonntag, 16. Aug.

Immer. Noch. Kein. Regen.

Montag, 17. Aug.

Die Demos sind aus Amerika nach Europa übergeschwappt. In Italien, Frankreich, Deutschland, Belgien, Spanien, Portugal und Polen haben heute in fast allen großen Städten massive Protestaktionen vor Kirchen stattgefunden. Geplant ist ein großer Protestmarsch nach Brüssel vor das Europa-Parlament. Nächste Woche soll dort ein Notstandsgipfel stattfinden. Alle Präsidenten und Premierminister haben wegen der Krise ihren Urlaub abgebrochen. Na toll, vielen Dank, Kumpels.

Dienstag, 18. Aug.

Mitten in der Nacht wurde ich wach. Jemand schüttelte mich. Mum.

»Hörst du's?«

Ich rannte zum Fenster und riss es auf. Wir streckten so weit wie möglich die Köpfe hinaus und schrien:

REGEN!

Mittwoch, 19. Aug.

Den ganzen Tag lang sintflutartiger Regen. Alle sind verrückt vor Freude. Wir haben jeden Eimer und jede Schüssel in den Garten gestellt, um das Wasser aufzufangen.

Die Leute sind tatsächlich aufgewacht. Aus ganz Europa, aus Dörfern, Kleinstädten und Großstädten kommen sie über Felder und Wege, Landstraßen und Autobahnen nach Brüssel und fordern Maßnahmen zur CO_2-Rationierung. Der gesamte Kontinent sieht total verbrannt aus.

Donnerstag, 20. Aug.

Noch mehr wunderbarer Regen. Inzwischen haben sich Hunderttausende der Bewegung angeschlossen. Außerhalb von Brüssel ist so was wie eine neue Stadt entstanden. Zelte und Feuerstellen erstrecken sich meilenweit. Die Armee ist aufmarschiert, aber die Soldaten wissen nicht, was sie machen sollen, weil die Demonstranten nichts Verbotenes tun. Das ist alles so aufregend.

Die europäischen Staatschefs kommen morgen *per Flugzeug* zu dem Treffen. Da kann man mal wieder sehen, wie blöd die sind. In einer gemeinsamen Erklärung heißt es, dass sie nicht Gefahr laufen wollen, vom »Pöbel« als Geiseln genommen zu werden.

Freitag, 21. Aug.

Das war ein großer Fehler, die Demonstranten als »Pöbel« zu bezeichnen. Das hat den Leuten sehr zu denken gegeben. Als sich der Marsch am Morgen in Bewegung setzte, waren es drei Millionen Leute. Am Anfang war alles ganz friedlich. Es fing erst in diesem Vorort – La Marolles – an, als ein paar Autoscheiben zu Bruch gingen, Läden und Bushaltestellen mit Graffiti besprüht und ein paar Molotowcocktails geworfen wurden. Die Polizei ergriff sofort harte Maßnahmen und setzte Gummigeschosse und Tränengas ein – und dann geriet die Situation außer Kontrolle.

Gegen zwei Uhr wurde das Europa-Parlament massiv von Demonstranten belagert, die versuchten, das Gebäude zu stürmen. 4.000 Soldaten, gepanzerte Fahrzeuge, Panzer und Maschinengewehre waren im Einsatz, aber die Menge wollte nicht weichen. Man konnte nur schwer erkennen, was vor sich ging, weil das gesamte Filmmaterial live gedreht wurde – von einem einzigen mickrigen Typen, der seine Kamera aus einem Klofenster im zwölften Stock hielt. Jedenfalls war es ein heftiger Kampf.

Einmal konnte man sehen, wie ein Mann die Stufen hochrannte und einem Polizisten die Waffe entreißen wollte. Andere Polizisten sprangen auf ihn drauf und schlugen ihm mit ihren Gewehrkolben ins Gesicht, worauf die Menge losbrüllte wie ein riesiges Monster. Die Soldaten eröffneten das Feuer, berittene Polizei versuchte, die Massen in Schach zu halten, aber die schoben sich weiter vorwärts, bis sie schließlich von Wasserwerfern zurückgedrängt wurden.

Aber sie gaben nicht nach und eine Stunde später hatten die Demonstranten zwei Panzer in ihre Gewalt gebracht und fuhren damit auf die Kette der Soldaten zu. Es war echt cool. Ich glaube, von diesem Moment an glaubten sie daran, gewinnen zu können. Schließlich hatten sie sich die Bahn freigekämpft und konnten ins Gebäude hinein. Ich konnte nicht glauben, was ich sah. Über lange Zeit passierte überhaupt nichts, man hörte nur Schüsse und Schreie. Die Menge draußen skandierte und forderte die Staatschef auf herauszukommen.

Und dann kamen sie plötzlich, eine Gruppe graugesichtiger, zitternder Männer und Frauen. Unter dem Schweigen der Menge wurden sie gezwungen, sich hinzuknien. Es wurde noch stiller. Ein Mann trat vor, hielt dem EU-Präsidenten seine Waffe vors Gesicht und rief:

»Wir wollen, dass gehandelt wird! Wir haben Sie gewählt, damit Sie handeln. Und nicht, damit Sie nichts tun und wir krepieren wie die Tiere.«

Erneut brüllte die Menge auf. Der Mann sah die Staatschefs an. »Im Namen des Volkes fordern wir sofortige . . .« Und dann ertönte ein einziger Schuss, er fiel zu Boden und das Blut sprudelte aus seinem Hals. Plötzlich tauchten sechs Armeehubschrauber am Himmel auf und schossen gezielt in die Menge. Auf dem Platz brach Chaos aus. Vor dem Parlamentsgebäude wimmelte es vor Soldaten – und wo immer man hinschaute, sah man schreiende, rennende, fallende, blutende, geprügelte Menschen.

Samstag, 22. Aug.
Den ganzen Tag wurde in Brüssel weitergekämpft. Die Armee schlug wie wild auf die Leute ein. Gewehre, Panzer und Wasserwerfer gegen Steine, Molotowcocktails und schiere Wut.

Heftige Unwetter über London. Über Oxleas Wood zuckten die Blitze über den Himmel.

Sonntag, 23. Aug.
Es ist vorbei. Keine Frage, wer gewonnen hat. Tausende und Abertausende sind verhaftet worden, man hat sie alle wie Verbrecher auf dem Platz versammelt. Ich bin so wütend, dass ich kaum noch atmen kann.

Montag, 24. Aug.
Ich bin total fertig, ich kann keine Nachrichten mehr sehen.

Dienstag, 25. Aug.
Gerade hat Mia angerufen.

»Hey. Willst du eine gute Nachricht hören? Grünes Licht für die Tournee.«

»Was? Ich wusste gar nicht, dass sie abgesagt war.«

»Tja, die Organisatoren waren bislang irgendwie deiner Meinung, aber jetzt haben sie's sich anders überlegt. Die Tournee findet statt. Macht ihr mit oder nicht?«

»Weißt du was? Es ist mir egal.«

»Laura, es *darf* dir nicht egal sein. Diese Geschichte in Brüssel macht mich auch ganz krank, aber es gibt nur eine einzige Möglichkeit – zurückschlagen. Stimmt's?«

Ich seufzte. »Stimmt.«

Mein Gott, das ist echt bald – nächste Woche. Ich muss die Band anrufen und einen Weg finden, wie wir unsere Eltern überreden können – in nur fünf Tagen. Ich bin so müde, ich kann kaum denken.

Mittwoch, 26. Aug.

Echt abartig. Mum versammelte uns alle am Küchentisch.

»Also, euer Dad und ich haben beschlossen, die *ganze Familie* muss mal aus der Stadt heraus. In der Wettervorhersage heißt es, dass es ein paar Wochen lang nass und kühl bleiben wird, also ist das die perfekte Gelegenheit. Ich weiß, es kommt ein bisschen plötzlich. Aber diese Leute sind so gastfreundlich – und sie haben einen eigenen Brunnen.«

»Welche Leute?«

Mum schob einen Prospekt über den Tisch. »Ich weiß, es hört sich ein bisschen unkonventionell an, aber ich habe ein paar von diesen Leuten kennengelernt und *wir* haben das Gefühl, wir brauchen . . .« Bei dem Wort *wir* sah sie Dad scharf an.

»Du machst Witze«, sagte Kim.

Mum sah mich an.

»Laura?«

»Mum, es sterben Menschen. Ich will jetzt nicht Urlaub machen.«

»Verschon mich mit deiner Predigt. Wir sind *alle* fix und fertig, aber solange ihr beide die Beine unter unseren Tisch stellt . . .«

»Also, ich weiß nicht, Julia«, sagte Dad. »Ich meine, wenn die Mädchen diesen Vorschlag wirklich schrecklich finden und überhaupt . . . bei diesem Wetter und der Garten, die Tiere . . . Vielleicht sollten wir noch mal drüber nachdenken . . .«

Mum warf ihm einen bitterbösen Blick zu. »Du wirst dich nicht darum herumdrücken, Nick. Sie hatten diese unerwartete Stornierung und ich habe fest gebucht.« Sie schaute Kim und mich an. »Also, ihr zwei – kommt mit. Wenn wir wieder eine Familie sein wollen, dann müssen wir mal weg von hier und *unsere Dynamik neu definieren* – sonst gebe ich für meinen Teil auf. Ich habe es echt satt, der Blödmann hier zu sein . . .«

»Das hast *du* gesagt«, murmelte Kim.

Mum wirbelte herum. »Ach, was bist du komisch!«

Dad legte seine Hände auf den Tisch. »Schon gut, schon gut, kein Streit mehr. Nach dem, was wir durchgemacht haben, brauchen wir eine Auszeit, aber ich weiß nicht, warum du dich nicht für etwas Normaleres entscheiden konntest.«

»Es gibt nichts Normales mehr. Europa ist total verbrannt und voll mit Revoluzzern und die meisten Orte im Vereinigten Königreich sind für Touristen geschlossen. Bei diesen Leuten gibt es Wasser und eine Unterkunft und ein . . . ein Freund hat es empfohlen.«

»Schöner Freund.«

Plötzlich durchfuhr es mich. »Warte mal. Wann soll das stattfinden?«

»Dieses Wochenende. Ich weiß, es kommt ein bisschen plötzlich, aber . . .«

»Aber da kann ich nicht.«

»Wie meinst du das, da kannst du nicht?«

»Die *Angels* gehen auf Tournee . . . Es ist alles organisiert . . .«

»Organisiert von wem?«

»Mia!«

Mum presste ihre Lippen zusammen. »Entschuldige bitte, aber wer ist Mia? Und wann wolltest du *uns* um Erlaubnis fragen?«

»Ich weiß es doch selbst erst seit gestern.«

»Tja, tut mir leid, mein Schatz – du kannst ein anderes Mal mit der Band fahren.«

Ich stand auf. »Das ist unfair!«

Schweigen.

»Bitte? Mum?« Ich spürte, wie meine Stimme brach.

Sie schüttelte den Kopf. »Tut mir leid. Nein. Dieses Mal kommt die Familie zuerst.«

»Welche Familie?«, schrie ich. »Guckt euch doch mal an!«

Also muss ich, anstatt mit den *Angels* auf Tournee zu gehen, mit meiner chaotischen Familie in den New Forest fahren und eine Woche lang im Zelt leben. Ich hab der Band eine SMS geschickt, ich schaffe es nicht, es ihnen ins Gesicht zu sagen.

Donnerstag, 27. Aug.

Den ganzen Tag über fiel sanfter Sommerregen, Ravi kam zu mir und ich lag den ganzen Nachmittag lang zutiefst deprimiert auf dem Bett und sah zu, wie er die Armbrust für seine Mutter abschmirgelte, lackierte, abschmirgelte, lackierte, abschmirgelte und lackierte.

»Und jetzt versucht Mum, dass wir *als Familie miteinan-*

der kommunizieren. Ich könnte echt kotzen. Macht deine Mum auch so was?«

Schmirgel, schmirgel.

»Ravi!«

»Hm?«

»Wollen deine Eltern auch, dass ihr euch hinsetzt und als Familie über Dinge diskutiert?«

»Nee.«

Ich stieß ihn mit den Zehen an. »Nie?«

Er sah auf. »Laura, ich mache meiner Mutter eine Armbrust, damit sie meinem Dad einen Pfeil durch den Kopf schießen kann.«

»Das meinst du doch nicht ernst, oder?«

Er kniff seine schwarzen Augen zusammen. »Mein Dad ist ein Versager – Indienschmindien, vark, vark, zweiundzwanzig Jahre, Jai Rama, Kuhscheiße. Er will meine Schwester mit einem netten Jungen aus Indien verheiraten und ich soll ins Geschäft einsteigen. Er lebt in einer längst vergangenen Fantasiewelt und das Problem ist, dass er meine Gegenwart versaut«, seufzte Ravi. »Aber das Schlimmste ist, dass er meine Mutter wie Dreck behandelt, er macht selbst nicht einen Finger krumm . . . und sie hat sich noch nie in ihrem Leben dagegen gewehrt. Du machst dich über *deine* Mutter lustig, aber sie kann sich wehren. Sie ist eine richtige Frau.«

Ich sank zurück in die Kissen und hatte plötzlich ein seltsames Gefühl. Vielleicht bin gar nicht ich die Hauptattraktion, vielleicht gehört er zu den Jungs, die auf die Mütter der Mädchen stehen . . .

»Nein, ich steh auf dich«, grinste er und schob seine Hand unter mein T-Shirt. Und dann wurde die Tür aufgerissen. Mum.

»Ach Laura . . . ups!«

Ich sah noch das Lächeln auf ihrem Gesicht, bevor sie die Tür wieder zumachte. Mein Gott, jetzt will sie bestimmt mit mir über Verhütung reden. Warum kann sie nicht so restriktiv sein wie andere Mütter? Ich sprang vom Bett auf.

»Was 'n los? Komm zurück.«

»Nein«, sagte ich und verschränkte die Arme. »Ravi Datta, ich hoffe, du entpuppst dich nicht als ein kleiner mieser Arsch. Ich bin nicht Thanzila.«

»Gott sei Dank«, sagte er ruhig und konzentrierte sich auf die Rundung der Armbrust. »Komm, wir gehen nach draußen und probieren das Teil hier mal aus.«

Echt super. Ravis Pfeil durchbohrte eine Ratte, die im Schweinetrog herumwuselte. Mit Wuslern hab ich's nicht mehr so.

Ich kann nicht glauben, was gerade passiert ist. Endlich habe ich den Mut aufgebracht, zur Bandprobe zu gehen und ihnen allen ins Gesicht zu sehen, und als ich kam, stellte ich fest . . . sie machen die Tournee ohne mich!

Claire breitete die Hände aus. »Na ja, Fakt ist, wenn du nicht mitkommen kannst, müssen wir jemand anderen finden. Bisschen kurzfristig allerdings.«

Ich schnappte nach Luft. »Was soll das heißen, jemand anderen finden?« Ich sah die anderen an. Adi starrte stumm auf sein Griffbrett.

»Adi?«

»Ist ja nur für die eine Woche – vielleicht können wir Rrriot Mary kriegen.«

»Du verarschst mich, oder?«

»Also echt, Laura, jetzt sei nicht so dramatisch«, fauchte

Claire. »Die Tournee ist gut für die *Angels*. Jetzt lass Mary doch für eine Woche deinen Platz einnehmen.«

Ich starrte sie an und traute mich nicht zu fragen, was ich wirklich wissen wollte – und was ist, wenn Mary auf Dauer bleibt?

Mary lacht über Claires Witze.

Ich ging nach Hause und fühlte mich echt beschissen.

Ein Hauch von Stille weht
durch das Herz der Menge.
Ein Stoß von Adrenalin
schießt durch meinen Körper.
Der Sound der Musik
lässt meine Seele vibrieren
und ich spüre jeden Beat
wie meinen eigenen Herzschlag.
Für dieses Gefühl lebe ich.

Freitag, 28. Aug.

Adisa kam vorbei.

»Hey«, sagte er.

Ich ballte die Hände in den Hosentaschen zu Fäusten.

»Kann ich wenigstens reinkommen?«

»Warum?«

»Lass deine schlechte Laune nicht an mir aus, Mädel. Mary steigt nur für diese eine Woche ein. Niemand hat vor, dich auf Dauer zu ersetzen.«

»Wenn du meinst.«

»Komm schon. Nach allem, was wir hinter uns haben, brauchen wir das jetzt.« Er nahm meine Hand. »Nur diese eine Woche und dann steigst du wieder ein. Vertrau mir.«

Adi gab mir den Tourneeplan. Der letzte Auftritt ist im *Purple Turtle* in Poole. Das ist nur 20 Meilen von dem Ort im New Forest entfernt, wo ich bin. Wie unfair!

Samstag, 29. Aug.
Heute Abend habe ich mich von Ravi verabschiedet. Wir haben uns richtig leidenschaftlich geküsst und ich habe versprochen, ihm jeden Tag eine SMS zu schicken.

Sonntag, 30. Aug.
7.30 Uhr morgens. Aufbruch der Familie.

1 Uhr nachts. Bin gerade in mein Zelt gekrochen. Zu müde, um zu schreiben.

3 Uhr nachts. Ich kann nicht schlafen. Ich bin umgeben von den Todesschreien verwunschener Waldtiere.

5 Uhr nachts. Das Plärren des Waldvolk-Didgeridoos hat mich geweckt.

Ich habe mich vom Rest der Familie abgesetzt, bin tief in den Wald gegangen und schreibe jetzt am Ufer eines Bachs und schaue dem Regen zu.

Mum hat sofort entdeckt, dass der Waldvolk-Gruppenleiter, Jon Grauer Wolf, eine solarbetriebene Dusche hat, und fing auf der Stelle an, wie eine Verrückte mit ihm zu flirten. In der Zwischenzeit hat Dad wie der klassische Versager mit den zwei linken Händen vergeblich versucht, zusätzliche Zeltheringe in den Schlamm zu schlagen: Sie verbogen sich nur. Dann schlängelte sich Kim wie eine Viper aus dem Zelt und brach einen Streit mit Mum vom Zaun. Plötzlich stand ein kleines Kind mit weißblonden Haaren und aufgerissenen blauen Augen zwischen ihnen.

»Habt ihr 'n Konflick?«

Kim trat einen Schritt zurück. »Arggh. Was willst du?«

»Sch-sch.« Mum streckte eine Hand aus. »Nein, Schätzchen, wir ... wir haben nur ... nur eine Meinungsverschiedenheit.«

»Hört sich an wie'n Konflick«, sagte das Kind und putzte sich die Nase. »Gestern ha'm wir Konflick gelernt. Ich hab'n Stern gekriegt. Ich bin 'n Holzklötzchen. Ich heiß Lucius. Wollt ihr meine Zeichnung sehen?«

»Äh ... na klar«, sagte Mum.

Lucius zeigte auf Kim. »Nee, ich zeig's lieber der wütenden Frau. Die ist böse, hat gestern Abend hinter den Büschen gesessen un' geraucht. Das is' hier verboten.« Er grinste und zeigte eine Reihe perfekter kleiner Milchzähne.

Kim verdrehte die Augen. »Okay, Holzklötzchen, dann zeig mir mal deine Zeichnung.«

Er zeigte mit seinem schmutzigen Finger auf eine Stelle des Baums. »Ich glaub, du hast 'ne gewaltlose Kongfrotazion mit deiner Mammi gehabt.«

»Kann schon sein, Kleiner.« Kim zeigte auf einen anderen Ast. »Aber es könnte sich zu 'ner Kongfrotazion mit Gewalt steigern. Ganz leicht.«

»Kim!«

Lucius schluchzte auf. »Ihr dürft nich' so mit mir sprechen. Ich bin ein Holzklötzchen.«

Plötzlich ertönte ein Schrei über den Zeltplatz: »Lucius, mein Liebling, komm zu Mammi!« Eine Frau im Poncho mit

Indianerzöpfen winkte. Lucius putzte sich erneut die Nase. »Ich komme!«, trällerte er.

Was sind das für Menschen? Hab Ravi gesimst, aber keine Antwort bekommen.

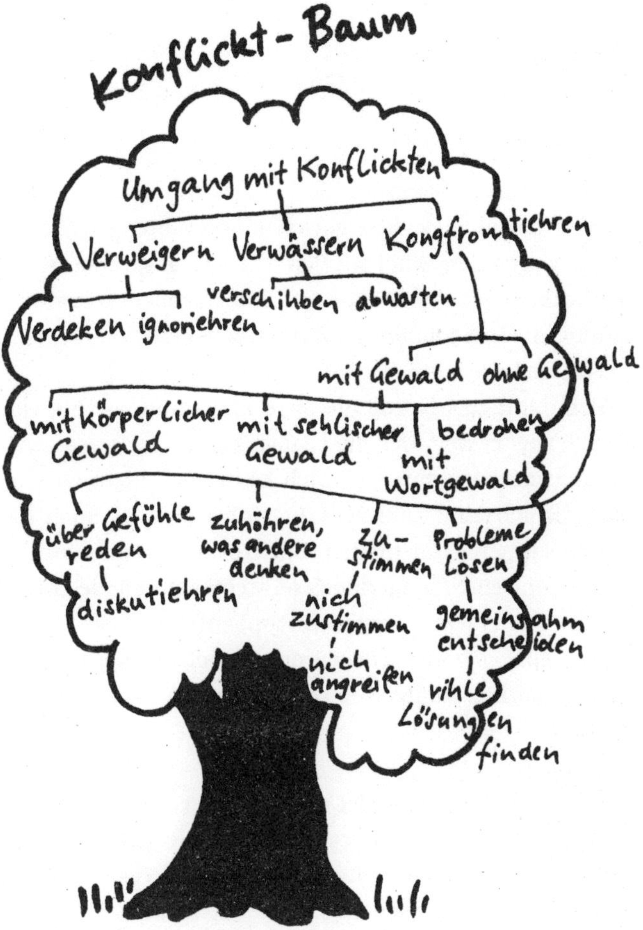

HERBST. SEPTEMBER

Dienstag, 1. Sept.
Heute Nacht kam eine SMS von R.

Hab scheiß gebaut mit kan

Was soll das bedeuten?

Weil ich nicht wieder einschlafen konnte, ging ich ein Stück durch den Wald spazieren. Total langweilig. Als ich zurückkam, war Dad schon auf und zeichnete seltsame Figuren in den Schlamm rund um das Lagerfeuer.

»Hi, Dad.«

»Oh, Morgen.« Er zog die Stirn kraus und wischte einen Strich wieder weg. »Ich denke über einen Speiseresteverfütterungsmechanismus nach. Ich kann mich nicht entscheiden, ob ich eine Zeitschaltuhr einbauen oder mich nach Larkins innerer Uhr richten soll. Was meinst du denn?«

Die Töne eines Didgeridoos schwebten durch die Luft. Ich wurde von einem plötzlichen Panikanfall erfasst – irgendetwas, eine einzige Sache würde ausreichen, damit ich mich wieder normal fühlte.

»Dad?«

»Hmm?«

»Willst du jemals wieder einen richtigen Job?«

»Ich hab's! Ein Ziehdeckelsystem mit einem Gewicht dran! Wenn er Hunger hat, zieht er den Deckel hoch und kommt an sein Fressen!«

»Dad!«

Schweigen.

»Jaja.« Mürrisch malte er im Schlamm herum. »Und wenn nicht – wäre das denn so schlimm?«

»Aber wie sollen wir . . .?«

»Wir finden schon einen Weg.«

»Aber hast du denn keine Sehnsucht nach all den Dingen, die wir früher gemacht haben? Du weißt schon – ins Ausland fliegen, bei McDonald's essen, dieses ganz normale Zeug?«

Er warf einen Blick über den Zeltplatz. »Nein, eigentlich nicht . . . Ich finde diesen Urlaub ja auch blöd, aber die Dinge haben sich eben total verändert. Wir können nicht mehr zurück. Bald fängt auch in Europa die Rationierung an. Das ist dir doch klar, oder?«

»Ja, sicher«, antwortete ich. Automatisch.

»He, Nick, spielst du mit?«

»Oh Gott! Das ist die Morgendämmerungsmusikmännergruppe. Du hast mich nicht gesehen, okay?« Er rannte einen Waldweg hinunter.

Ich fühlte mich unbeschreiblich allein gelassen. Auf gewisse Art hatte er ja recht. Vielleicht war es bloßes Wunschdenken, dass die Rationierung nur für einen begrenzten Zeitraum galt. Aber als ich hier stand, auf einem Zeltplatz im New Forest, begriff ich es endlich. Das ist jetzt mein Leben. Wieso haben die Menschen es so weit kommen lassen? Selbstsüchtige Mistkerle.

Gerade kam noch eine seltsame SMS von Ravi.

Hab kein Hand – Hausarrest – muss aufhören – tut mir lei

Ich drückte auf Antworten und plötzlich machte mein Handy so einen grässlichen Piepston und starb vor meinen

Augen. Ich glaube, es ist in diesem verdammten Tipi nass geworden. Schließlich musste ich zum Laden laufen (ungefähr fünf Meilen von hier) und Ravi eine Postkarte mit einem New-Forest-Pony drauf schreiben. Es kommt mir vor, als hätte es das moderne Leben nie gegeben. Ich kann mich nicht erinnern, wann ich das letzte Mal eine Briefmarke auf irgendetwas draufgeklebt habe.

Huch, auf dem Rückweg vom Laden wurde ich von einer Ponyherde angegriffen. Ich ging quer über ein Feld, als plötzlich ein schielendes schwarzes Pony unter ein paar Bäumen hervorschoss und sich auf meine Schokoriegel stürzte. Und dann kamen die anderen alle hinterher. Ich hatte totale Angst. Ich musste die Schokoriegel opfern und wegrennen. Als ich mich umsah, zerrten sie wie ein paar Piranhas an der Plastikverpackung herum. Das Landleben ist echt brutal.

Mittwoch, 2. Sept.

Ich versuche, nicht an die Band zu denken. Morgen Abend spielen sie in Poole, ich bin total neidisch. Außerdem weiß ich nicht, was aus dem Plan geworden ist, die familiäre Kommunikation zu verbessern. Mum hängt die ganze Zeit mit Jon Grauer Wolf rum und macht eine intensive Einzeltherapie. Gestern ist sie in Tränen ausgebrochen, da hat er sie in den Arm genommen und wie ein Baby hin und her gewiegt, und zwar auf so eine ekelhafte, esoterische Art und Weise. Würg, kotz. Seine »Partnerin«, die Poncho-Frau, sah so aus, als fände sie es auch zum Kotzen.

Dad tut so, als würde er es nicht sehen, aber Kim und ich haben beobachtet, wie er heute Morgen Asche auf das

Handtuch von Grauer Wolf gestreut hat, als er dachte, dass es niemand sieht.

»Los, Dad«, grummelte Kim. »Das ist genau das, was dieser Ort hier braucht: eine richtige Schlägerei. Ich übernehme die Poncho-Frau – sie ist eine schlechte Mutter.«

»Ich dachte, du kannst Lucius nicht leiden?«

»Nee, der ist cool. Hab ihm beigebracht zu fluchen. Diese Frau erzieht ihn nicht richtig – Kinder müssen lernen, wie man flucht.«

»Wie alt ist er, fünf?«

»Dazu ist man nie zu jung – ich hab mit vier angefangen. Du warst total süß, als du zum ersten Mal geflucht hast ... Oh, Gruppenarbeit!« Kim sprang auf und schnüffelte wie ein wildes Tier. Ich sah mich um. Mum stand mitten in einer Waldvolkgruppe und winkte. »Mädels! Der Familien-Workshop fängt an. Kommt!«

Ich sah mich um, aber Kim war verschwunden. Mum klopfte auf den Boden zwischen sich und einem unglücklich dreinschauenden Dad. Es gab kein Entkommen.

»Setz dich, Süße. Wo ist deine Schwester?«

Ich murmelte, sie hätte noch mal Glück gehabt.

»Aber das ist doch wichtig! Wenn Kim zu dieser Familie gehören will, dann ...«

»Ach, lass sie in Ruhe«, brummte Dad.

»Tja, das ist deine Lösung für alles und jedes. Du bist so verdammt passiv!«

Acht Paar Waldvolkaugen funkelten meine Eltern an. Meine Ohren glühten.

»Wenn ich dich kurz unterbrechen darf, Julia«, die Poncho-Frau machte eine besänftigende Geste. »Bevor du tiefer in diesen Konflikt eindringst, musst du dich selbst fragen:

Lasse ich meinen Ärger UNFAIRERWEISE an meinem Partner aus?«

Verärgert sah Mum sie an. »Also, ich glaube nicht . . .«

»Ach, du hast ja keine Ahnung. Du würdest selbst dann nicht wissen, was unfair ist, wenn es dir ins Gesicht springt!«, unterbrach Dad sie.

»Und du, Nick, du solltest dich fragen: *VERLETZEN meine Taten oder Worte die Gefühle meines Partners?«*

Dad klappte hörbar den Mund zu.

Poncho warf ihre Zöpfe zurück, machte den Mund auf und *heulte.*

»Faaaaa-ssssss-ttttt-euch-aaaaaan!«

Die Gruppe fasste sich an den Händen. Ich, natürlich, die von Mum und Dad. Man begann zu singen: *»Mutter Wölfin, wir, die Gruppe, spüren ihren Schmerz. Wir flehen dich an, nimm ihren Ärger weg und befreie ihren inneren Wolf. Nimm ihren Konflikt zwischen deine Kiefer aus Stahl und trag ihn durch den Wald, über die Prärie, in die Berge!«*

Prärie? Welche verdammte Prärie? Ich versuchte, meine Hände zu befreien, aber der innere Wolf meiner Eltern hielt mich zwischen seinen sabbernden Kiefern fest.

»Julia, du weißt, welche Frage du dir stellen musst«, sang die Gruppe.

»Jaja!«

»Sag es! Lass es raus!«

Mum warf den Kopf in den Nacken. »Versuche-ich-ihn-gegen-seinen-Willen-zu-kontrollieren?«

Die Gruppe warf ihrerseits die knochigen Köpfe in den Nacken. *»G-u-u-u-u-u-t! Fühl deinen Schmerz, nimm deine Wut, befreie deinen inneren Wolf. Nimm deinen Kon-*

flikt in deine Kiefer aus Stahl und trag ihn durch den Wald, über die Prärie, in die Berge!«

»Und jetzt du, Nick – *was musst du sagen?«*, kreischte die Poncho-Frau.

Dad saß mit hängenden Schultern da. »Ich kann nicht.«

»Nick!«

»Nei-hein!«

»Doch! Doch! Lass es raus!«

Plötzlich sprang er auf die Füße. »*Na gut,* ich hab *Folgendes* zu sagen!« Er starrte Mum mit wildem Blick an. »Julia, ich weiß nicht, ob ich dich noch liebe. Alles ist anders geworden. Ich wünsche mir, dass alles wieder so wird wie früher, aber ich weiß nicht, ob das möglich ist!« Und dann brach er in Tränen aus.

Die Gruppe war mucksmäuschenstill. Mum schnappte erschrocken nach Luft, ich nutzte die Chance, riss mich los und rannte den Weg hinunter. Und dann bin ich stundenlang herumgelaufen und hatte die ganze Zeit ihren Gesichtsausdruck vor Augen. Als ich mich dem ausgetrockneten Flussbett näherte, hörte ich plötzlich eine wütende Stimme. Kim.

»Nein! Ich will nicht mehr! Du kannst mich nicht zwingen!«

Ich spähte hinter einem Baum hervor und sah, wie sie ihr Handy auf den Boden schmiss.

Ich rannte zu ihr. »Kim! Ist alles in Ordnung?«

Sie wirbelte herum. »Hau ab!«

»Mit wem hast du gesprochen?«

»Mensch, Laura, verpiss dich!«

Ich drehte mich um, aber dann wurde ich schlagartig total wütend. »Warum bist du so sauer auf mich? Was hab ich dir getan?«

Sie schloss die Augen. »Es hat nichts mit dir zu tun ... Ich bin ...«

Plötzlich hörten wir lautes Gebrüll und einen Schrei: »Nick!«

»Was zum ...?«

»Dad!«

Wir rannten zum Zeltplatz zurück und sahen, wie sich Dad und Jon Grauer Wolf auf dem Boden herumwälzten und wie die Wahnsinnigen aufeinander einprügelten.

Kim packte Mum am Arm. »Mein Gott, tu endlich was! Das ist doch alles deine Schuld!«

Mum starrte Kim eine Sekunde lang an und dann schlug sie ihr mitten ins Gesicht.

»Ich hasse euch!«, schrie Mum. »Und ihr hasst mich. Ich will nicht mehr zu dieser Familie gehören!« Und dann rannte sie blindlings in den Wald hinein, während wir uns total schockiert ansahen.

Mir reicht's. Morgen mach ich mich auf den Weg zu den *Angels*.

Donnerstag, 3. Sept.
2 Uhr morgens.

Was für ein Tag! Ich bin auf dem Rückweg nach London, umgeben von verschwitzten Körpern hinten im Tourbus. Bei Tagesanbruch bin ich aufgebrochen und zehn Meilen weit bis Brockenhurst gelaufen, wo ich zum ersten Mal einen anderen Menschen zu Gesicht bekam. In einem Spar-Supermarkt wollte ich mir ein Snickers holen – und musste es dann zurücklegen, weil ich feststellte, dass ich kein Geld eingesteckt hatte. Der Mann im Laden sah mich an, als wäre ich eine Zigeunerin. Aber ich gab nicht auf. Im Nieselregen lief ich die A337 hinunter, während irgendwelche Spießerfamilien in ihren Familienkutschen an mir vorbeirollten. Als meine Blasen an den Füßen richtig wehtaten, hielt ich ein Auto an, das mich mitnahm. Die Frau, die am Steuer saß, sah mich total mitleidig an. Ich starrte die ganze Zeit aus dem Beifahrerfenster raus, um nicht zu weinen.

Gegen vier kam ich in Poole an und lief auf der Suche nach dem *Purple Turtle* durch die ganze Stadt. Mein Gott, jetzt weiß ich, wie sich ein Obdachloser fühlt. Mein T-Shirt und meine Jeans waren total dreckig, weil ich im Wald einen Abhang hinuntergefallen war. Nachdem ich eine Milliarde Menschen gefragt hatte, fand ich den Klub schließlich in einer Seitenstraße, aber er war geschlossen. Ich wusste nicht, was ich tun sollte, also ließ ich mich auf die schmutzige Treppe fallen und wartete und wartete.

»Laura, was zum . . .?«

Ich blickte auf. Adisa.

»Hi.« Ich lächelte. »Ich wollte nur diese heiße neue Band kennenlernen, die *Angels.* Schon mal davon gehört?« Und dann brach ich in Tränen aus.

Manchmal weiß ich echt nicht, was ich ohne ihn tun würde. Er drückte einfach nur meine Hand, bis ich aufhörte zu weinen.

»Ich hasse . . . meine Familie – ich hasse sie alle.«

Er nickte.

»Ich kann den Druck nicht mehr ertragen. Ich pack das einfach nicht, Adi. Ich werde irgendwas ganz Schlimmes anstellen . . .«

»Nee«, sagte er und sah mir in die Augen. »Das glaub ich nicht. Nicht meine Freundin Laura Brown.«

»Warum machen sie so was?«

»Darum.«

»Darum was?«

»Leute bauen nun mal Scheiß. Nicht vorsätzlich, aber es passiert. Und es ist *ihr* Scheiß.«

»Und wenn ich dasselbe tue? Vielleicht bau ich genauso viel Scheiß wie jeder andere.«

»Du bist okay, das musst du mir glauben.«

»Ganz bestimmt?«

»Ja.«

»Laura, Gott sei Dank, dass du hier bist!« Claire stand am Fuß der Treppe. »Ich kann diese blöde Kuh Mary nicht mehr ertragen. Sie ist total bescheuert.«

»Was ist es dieses Mal?«, fragte Adi.

»Sagt, sie spielt nicht mehr. Schon wieder mal.«

Er verdrehte die Augen.

»Was war denn los?«, fragte ich.

»Frag lieber nicht.«

»Ist doch cool, jetzt kann Laura spielen«, sagte Claire.

Ich sah auf sie hinunter und fühlte, wie mein Herz klopfte.

»Claire. Erstens. Du musst dich entschuldigen, dass du mich so mies behandelt hast. Zweitens. Du musst mich *fragen*, ob ich will. Und zwar freundlich. Drittens. Wenn wir zurück sind, schreibe ich ein paar Songtexte und du wirst sie dir wenigstens ansehen.«

Claire starrte mich schockiert an. »Was ist denn mit dir los?«

»Nichts. Ich sag nur, wie's ist.«

Sie schwieg einen Moment lang, Hände in die Hüften gestemmt. »Okay. Erstens. Ich entschuldige mich. Zweitens. Würdest du bitte heute Abend spielen?«

»Und drittens?«

Sie warf ihren Pony zurück. »Herrje. Hast du im New Forest ein Selbstbehauptungstraining oder so was gemacht?«

Mit dem Handrücken wischte ich mir den Rotz von der Nase. »Ich bin im Einklang mit meinem inneren Wolf.«

Um zehn tigerte ich mit Marys Bassgitarre um den Hals hinter der Bühne auf und ab und versuchte, die Panik abzuschütteln. Und dann stand plötzlich die ganze Band um mich herum. Claire boxte mir auf die Schulter. »Also los, Kumpels, volle Kraft voraus!« Sie stolperte auf die Bühne und präsentierte den Zuschauern ihre Titten.

»Wir sind die *Dirty Angels!«,* schrie sie. »Und wir werden euch ans Kreuz schlagen!«

Wir stellten uns hinter sie, Stace wirbelte ihre Stöcke herum, wir fingen an mit *Messed up* und der Saal tobte. Der Adrenalinstoß, der mich auf der Bühne durchfährt, ist mit nichts anderem vergleichbar, ich *liebe* ihn. Einen winzigen Moment lang habe ich dann das Gefühl, etwas ganz Reales zu tun.

Als alles vorbei war, half ich den anderen, die Ausrüstung in den Bus zu laden. Jemand rief meinen Namen. Ich drehte mich um. Mum stand an der Hintertür. Ich wickelte das Gitarrenkabel fest um meine Hand. Sie warf mir den *Angels*-Flyer ins Gesicht und packte mich an den Schultern.

»Mach das nie, nie wieder! Ich bin beinah verrückt geworden. Wenn ich diesen Zettel nicht gefunden hätte . . . Dein Dad läuft immer noch im Wald herum und sucht dich.«

Ich befreite mich aus ihrem Griff. »Für wen hältst du dich eigentlich, dass du plötzlich einen auf fürsorglich machst? Nach allem, was du gesagt hast? Ich bin dir doch scheißegal.«

Ihre Stimme zitterte. »Glaubst du das wirklich?«

Ich zuckte mit den Schultern und dann sah sie mich lange Zeit nur an.

»Laura, es tut mir leid.«

Ich konnte nicht verhindern, dass mir eine dicke, fette Träne die Wange hinunterrollte.

»Und außerdem«, sagte sie, »niemand in dieser Familie wird sich mehr etwas vormachen. Weder du noch ich oder dein Vater oder Kim. Wenn wir zurück sind, ziehe ich aus. Ich habe es satt, immer wieder zu versuchen, uns zu etwas zu machen, was wir nicht sind.«

»Aber . . .«

»Kein Aber. Ich weiß sonst keine Lösung. Irgendwann werden wir eine finden.« Mum seufzte. »Ich weiß nicht, ob bei uns nicht früher schon einiges schiefgelaufen ist und die Rationierung es erst zum Vorschein gebracht hat – aber eins weiß ich genau: Es ist an der Zeit, sich der Situation zu stellen.«

Freitag, 4. Sept.

Kaum waren wir zu Hause, packte Mum ihre Tasche. Dad bot an auszuziehen, aber das wollte sie nicht.

»Du musst auf all das hier aufpassen . . . Ich bin jetzt ein großes Mädchen, Nick.« Sie nahm mich und Kim bei den Händen. »Ich ruf an, sobald ich mich organisiert habe.«

Und dann war sie weg.

In einem Haufen von Junkmails fand ich meine Prüfungsergebnisse. Wie passend! Ca. 50.000 Menschen sind in diesem Sommer um mich herum gestorben und ich habe eine Prüfung versaut. Ich weiß nicht, was ich davon halten soll.

Vorläufiges Prüfungsergebnis
Abschluss-Dokument Juni 2015
Nr. 147432 Fielding College Sechste Klasse

Kandidat Nr. 5042 Kandidat-Name Brown, L., Geschlecht W, Geb. Dat. 8.10.99

Kurs	**Nr.**	**Bezeichnung**	**Pkte.**	**Ergebnis**
Schulabschluss				
4365	Kritisches Denken		91	Nicht best.
	KD1	Einf. in Krit. Denk.	23	
	KD2	Krit. Dialog	36	
	KD3	Analyt. Schreiben	32	
4382	Energie-Initiative		79	Nicht best.
	EIA	Energie-Grundlagen	32	
	EIB	Reisen	11	
	EIC	Gesellschaft u. Energie	36	
3240	Design Technologie		97	Best.
	DTA	Abriebfestes Material	32	
	DTB	Kursarbeit (120)	65	

Dieses Dokument ist KEIN Zeugnis

Ich habe bei Ravi an die Tür geklopft und Mr Datta hat aufgemacht. »Ich hab den nichtsnutzigen Sohn weggeschickt. In ein paar Tagen kommt er zurück. Pech gehabt!«

Was ist hier los?

Samstag, 5. Sept.

Gerade war Kim in meinem Zimmer.

»Hör mal, ich halt mich ein bisschen zurück, bis sich die Dinge beruhigt haben. Also werde ich viel zu Hause sein und an *EnergyDating* arbeiten.«

»Äh – okay.«

»Ich . . . ich will nur, dass du weißt, ich hab was unternommen.«

»Kim, vielleicht wird es Zeit, zur Polizei . . .«

Sie unterbrach mich. »Bitte Laura. Sei so nett!«

Sonntag, 6. Sept.

Mitten in der Nacht wurde ich von einem lauten Kreischen und Knurren geweckt. Dad rannte nach unten und schrie: »Ein Fuchs, ein Fuchs!« Ich rannte hinter ihm her. Im Hühnerstall lag ein Haufen Federn. Mrs Schwarz und Mrs Weiß sind tot und die arme Mrs Pink hatte sich blutüberströmt in einer Ecke versteckt. Schützengrabenneurose.

Montag, 6. Sept.

Die Leute haben eine Stinkwut auf den Fuchs. Seit unserem Wochenendausflug hat er jede Menge Hühner geholt. Heute Abend haben sich etliche Nachbarn auf der Straße versammelt und sind immer wütender geworden – bis schließlich einer der Leaders sagte: »Wir machen eine Treibjagd!«, und alle applaudierten.

»Wenn man an einem Liberalen kratzt . . .«, brummelte Kieran.

»Was dann?«, fragte ich.

». . . kommt ein Faschist zum Vorschein. Guck dir nur die blutrünstigen Gesichter der *Guardian*-Leser an.«

Eine halbe Stunde später hatte sich eine beachtliche Menschenmenge auf Rädern und Rollern um Arthur versammelt, der die Strategie erläuterte: »Also, ist das klar? Die Treiber scheuchen den Fuchs aus den Gärten auf die Bahngleise und die Vorreiter jagen ihn auf die Straße, sobald er seine Deckung verlassen hat. Wenn ich ins Horn blase, geht's los! Fertig?«

Die Jäger ließen ihre Mopeds aufheulen. Wie lächerlich! Und dann entdeckte ich Ravi mit der Armbrust über der Schulter. Ich schaute weg. Dieser Scheißkerl! Ich meine, Mrs Weiß und Mrs Schwarz tun mir zwar leid, aber der Fuchs kann schließlich auch nichts dafür.

Eine Stunde lang hörte man nur noch leises Mopedgeknattere und das Schreien und Rufen der Leute. Hinter dem Chinarestaurant ging es los und dann zerstreuten sie sich in den Straßen. Plötzlich sah ich, wie Dad um die Ecke kam und bei den Mülltonnen hinter unserer Straße vom Rad sprang.

»Da drüben ist er!«

Ich erblickte ein geflecktes rotes Fell. Der Fuchs versuchte verzweifelt, den Mountainbikes zu entkommen – und dann war alles vorbei. Gefolgt von der Menge raste Delaney Leader mit aufheulendem Motor und einem blutigen Fuchsschwanz am Helm die Straße rauf und runter.

»Das muss gefeiert werden!« Shiva Datta stieß seine schmutzige Faust in die Luft.

Dad rief von unten: »Laura! Komm, wir machen ein Barbecue im Garten.«

Ich knallte meine Tür zu und setzte mich an den Schreibtisch.

Rotes Blut, dünner Mann,
jetzt ist er tot.
Man tötet, um zu essen, aber
das Töten macht uns Spaß.

Es klopfte an die Tür.

»Ich hab keine Lust, den Tod eines unschuldigen Fuchses zu feiern«, rief ich.

»Laura?«

Oh Gott, es war Ravi.

»Was ist?«

»Kann ich reinkommen?«

Ich öffnete die Tür einen Spalt weit. »Und?«

»Hi. Ich hab dich vermisst.«

Ich sah ihn kühl an.

»Wie konntest du nur?«

»Was?«

»Ich hab dich gesehen mit deiner Armbrust.«

»Ich wollte doch nur meinem Dad entkommen. Als es losging, bin ich um die Ecke gegangen und hab mich dann bei den Bahngleisen hingehockt. Er ist immer noch stocksauer auf mich, weil ich seine Kaninchen befreit habe.«

»Das glaub ich nicht!«

»Doch. Hab sie einfach laufen lassen.« Ravi grinste. »Kaum warst du weg, fing er an, mir was vorzulabern von wegen ein Mann sein und so, und er wollte, dass ich eins schlachte. Ich bin doch kein Kaninchenmörder. Arschloch. Ich hab dir letzte Woche ein paar SMS geschickt. Hast du sie nicht bekommen?«

»Doch, aber sie waren irgendwie total unverständlich und abgehackt. Ich hätte echt gern mit dir geredet.«

»Oh Mann, das kommt, weil ich das Handy von meinem Kumpel leihen musste, und selbst das konnte ich nur ganz kurz benutzen. Dad hat mich in dieses Energiestrafcamp geschickt. Echt krass.« Er zog die Stirn kraus. »War es schlimm bei euch?«

»Könnte man so sagen.«

»Aber deine Postkarte hab ich bekommen.«

»Ja?«

»Ja. Diese Ponys sahen richtig bösartig aus.« Er schwieg kurz. »Scheiße, das war ein bekloppter Sommer . . .«

Wir starrten uns an und dann küssten wir uns echt leidenschaftlich, als wären wir kurz vorm Ertrinken oder so was.

Dad rief von unten. »Laura, komm runter!«

Ich ging zum Fenster und lehnte mich hinaus.

»Ich hab keinen Hunger.«

»Es ist mir egal, ob du Hunger hast oder nicht, ich will, dass du runterkommst und hilfst.«

»Ich hab keinen Bock auf dieses Schlachtfest.«

»Dann bleibst du in deinem Zimmer. Ohne Abendessen.«

»Vielen Dank!«

»Gern geschehn. Aber schick diesen Jungen runter.«

»Wen?«

Er verschränkte die Arme. »Schick ihn runter.«

Ich drehte mich zu Ravi um. »Er behandelt mich wie ein Kind, dabei bin ich 16 . . .«

»Ja, aber alles ist anders geworden jetzt. Nach dieser Sache mit den Kaninchen dachte ich, ich müsste weg von zu Hause. Aber wo soll ich denn hin? Nur mit meinen Punkten, die mir zur Verfügung stehen, kann ich nicht überleben. Ich *muss* zu Hause bleiben und die Schule zu Ende machen – und es ist völlig ausgeschlossen, dass ich es schaffe, ohne Unterstützung zu studieren. Es gibt nirgendwo mehr Jobs. Letzte Woche habe ich mich umgesehen. Alle sind rausgeschmissen worden. Sogar bei McDonald's. Klar, da gibt es all diese Umschulungsprogramme für Windenergiefarmen und den Einbau von Smartmetern und so was, aber ich will zur Uni.« Ravi ging zum Fenster. »Na ja, und da hab ich letzte Woche was echt Cooles entdeckt. Es gibt da so ein Stipendium für eine grüne Ingenieurfachoberschule – so ähnlich wie Abitur, aber praktisch ausgerichtet. Und weißt du, was das Beste daran ist? Sie ist in Deutschland. Weit, weit weg.«

»Oh«, sagte ich und innerlich wurde mir ganz kalt.

»Laura!!! Muss ich erst raufkommen?«, bellte Dad von unten.

Nachdem Ravi weg war, saß ich die ganze Nacht in meinem Zimmer und beobachtete die Party. Arthur grub ein Loch in die Erde und machte Feuer. Ein riesiger Topf Wasser für die Maiskolben wurde aufgesetzt und Shiva steckte ein paar Hühner und etwas, das verdächtig nach Kaninchen aussah, auf eine Stange. Es waren offenbar nicht alle entkommen. Kinder rannten herum wie im *Herr der Fliegen.* Tja, es scheint vorbei zu sein mit Nussallergien, mit Asthmaspray und übervorsichtigen Müttern; diese Kids gehören eindeutig zu der Spezies *Der Stärkere überlebt.*

Nachdem sie sich die Bäuche vollgestopft hatten, bildeten sie einen großen Kreis. Die Krachmacher-Kinder spielten grässliche Musik vom Rekorder und eine Gruppe von Männern, die ich früher nur beim Autowaschen gesehen hatte, schleppte Bongos an und fing an zu improvisieren, ihre mageren weißen Arme schimmerten im Mondlicht. Zum Schluss stellten sie die Jagdszene nach, Shiva stand in der Mitte und war der Fuchs.

Ich habe Mum eine SMS geschickt. Wo immer sie auch sein mag – dort kann es nur besser sein.

Dienstag, 8. Sept.

Ja! Seit heute haben wir wieder Wasser. Ich stand eine volle Minute am Badezimmerwaschbecken und beobachtete, wie das Wasser durch den Abfluss lief. Was für ein Wunder! Genau genommen ist es das ja auch.

Mittwoch, 9. Sept.

Heute bin ich mit Adi zum Camden Market gegangen und hab ihm von meinem Zeugnis erzählt.

Er blieb wie angewurzelt stehen. »Sagst du es deinen Eltern?«

»Warum sollte ich so was Blödes tun?«

»Stimmt.«

»Ich muss es in diesem Semester wiedergutmachen. Diesmal wirklich. Ohne Scheiß.«

Ein Weilchen gingen wir stumm weiter.

»Adi, was hast du nach der Schule vor?«

»Keine Ahnung. Eigentlich wollte ich Medienwissenschaften studieren, aber mein Dad sagt, da gibt es keine Jobs mehr. Er will, dass ich Medizin studiere. Ziemlich unwahrscheinlich, erstens mit einem Abschluss in Englisch, Geschichte, Kunst und Medien und zweitens, ich will kein Arzt werden. Ich hasse kranke Menschen.«

Vor einem Regal mit Turnschuhen blieben wir stehen. »Aber die Rationierung wird nicht *ewig* so schlimm bleiben wie jetzt«, fing ich an. »Im Moment ist es zwar echt heftig, vielleicht noch zehn Jahre lang . . . aber dann kommen die alternativen Motoren und Treibstoffe.«

Adi nahm einen Schuh in die Hand. »Erinnerst du dich an das Olympiastadion?«

Ich nickte.

»Dass es 100 Millionen teurer wurde als geplant und erst

sechs Tage vor Beginn der Spiele fertig wurde, und dann fiel die beschissene Windkraftturbine drauf?«

»Stimmt.«

»Also ... da ging es nur um ein paar Tausend Tonnen Beton und sie haben es versaut. Das hier ist die totale globale Treibstoffrevolution.« Er sah mich an. »Stell dich lieber drauf ein, Laura, dass sich das in unserem Leben nicht mehr ändert. Vielleicht betrifft es sogar noch unsere Kinder.«

»Kinder? Du willst Kinder in diese Welt setzen?«

»Aber sicher. Irgendwann. Ich weiß genauso wenig wie du, wie es weitergehen wird, aber ich höre nicht auf, mein Leben zu leben, nur wegen irgend so einem beschissenen Treibhausgas.«

Ich warf ihm einen verstohlenen Blick zu. »Und wie denkt Sarah über Kinder?«

»Keine Ahnung, über so was rede ich nicht mit ihr.«

»Aber sie ist doch deine Freundin, wenn du mit ihr nicht sprichst ...«

Er zuckte die Achseln. »Ich tu's eben nicht.«

»Schon gut, schon gut ... Aber hast du keine Angst? Ich meine, was wird sonst noch alles verschwinden?«

»Wir gewöhnen uns dran. Ich meine, denk mal an die *Angels*. Jetzt könnten wir echt was erreichen. Vorher waren wir nur ein paar Deppen mit Gitarren – jetzt sind wir ein paar Deppen mit Gitarren und einer Botschaft, die die Leute wirklich hören wollen. Radikalsein wird zum Mainstream.«

»Du solltest in die Politik gehen, Adi.«

Er lächelte schief. »Vielleicht mach ich das.«

Als ich nach Hause kam, lag Dad schlafend in der Sonne, er hielt das Schwein im Arm und seine Hosen wurden mit einem

Stück Bindfaden festgehalten. Langsam entwickelt er sich zum Penner. Ich habe das Kochen übernommen, weil wir sonst von kalten Bohnen und altem Brot leben müssten. Kim rührt keinen Finger. Entweder hockt sie in ihrem Zimmer und arbeitet oder sie ist in Sachen *EnergyDating* unterwegs.

Mum hat immer noch nicht geantwortet.

Donnerstag, 10. Sept.

Ravi hat in aller Herrgottsfrühe an die Tür geklopft.

»Was ist?«, brummte ich.

»Kommst du?«

»Wohin?«

»Äh . . . deine Ausbildung beenden, damit du von hier wegkommst . . .«

Ich schlug mir auf die Stirn. »Heute?«

»Jetzt mach schon, Mädel.«

Eine Stunde später saß ich mit den anderen Mädchen in der Aula. Ich schaute mich um – alle sahen schlecht aus nach dem langen, heißen Sommer. Bob Jenkins stand auf der Bühne und hielt eine große Willkommensrede, wie stolz er auf uns wäre und was für ein außerordentliches Privileg es für ihn bedeutete, mit so einer fantastischen Gruppe junger Leute zusammenzuarbeiten . . . blablabla. Und dann rückte er heraus damit. Die Schule hat im letzten Semester mehr Energie verbraucht, als sie durfte, und jetzt wird es bis zum Frühjahr keine Heizung und kein heißes Wasser geben. Die gute Nachricht ist, dass die Luftverschmutzung in Greenwich um 22 % gesunken ist und es ist 6-mal unwahrscheinlicher geworden, dass wir von einem Auto überfahren werden. Zum Schluss sagte er, dass die nachfolgenden Generationen uns dankbar sein würden, weil wir die Wahl gehabt und uns entschieden haben, unser Leben zu ändern und den Planeten zu retten. Viele Schüler klatschten und jubelten.

Äh, Entschuldigung, von welcher Wahl ist hier die Rede? Ich bin noch nicht alt genug, um zu wählen. Ich schäme mich, aber im Moment hasse ich die Rationierung – ich will mein altes Leben zurück. Das kann ich den anderen nicht erzählen, aber ich fürchte, irgendwann werde ich noch ganz rechts.

Bob hielt eine Hand hoch. »Als kleinen Willkommensgruß für die Schüler ... Ich glaube, die weiblichen Lehrkräfte haben ein paar Kekse und Snacks vorbereitet.« Er fletschte seine überkronten Zähne in Richtung der unglücklich aussehenden Lehrerinnen, die an der Wand standen. »Guten Appetit.«

»Weibliche Lehrkräfte? Ich muss doch sehr bitten!«

Bob blickte auf. »Äh ... Entschuldigung?«

Gwen Parry-Jones trat vor. »Nein, ich entschuldige gar nichts. Ich habe seit meinem achten Lebensjahr keine Kekse mehr gebacken und ich habe nicht die Absicht, jetzt damit anzufangen, Sie sexistisches Schwein. Sie werden die Rationierung nicht als Vorwand benutzen, um achtzig Jahre weiblicher Emanzipation auszuradieren.«

Totenstille.

»Aha, ha. Tut mir leid, ehrlich. Da hab ich wohl was falsch verstanden.« Bob lächelte, verließ das Podium und ging den Mittelgang hinunter. Als er an ihr vorbeikam, sah ich seine Lippen die Worte formen: *»In mein Büro, sofort.«*

Sie warf nur den Kopf zurück. Diese Frau hat Stil, das muss man ihr lassen.

Freitag, 11. Sept.

Lisa Bell ist sofort über uns hergefallen. Sie kam herein und hatte diese eklige Lehrerinnenbräune. (Millionen von Sommersprossen, Flecken und weiße Streifen vom Bikiniträger.) »Okay. Die erste Hausaufgabe ist hochaktuell. Ich möchte, dass ihr einen persönlichen Bericht über die Rationierung schreibt – und zwar aus der Sicht eines amerikanischen Teenagers.«

Na, diese Hausaufgabe ist schon erledigt. Ich muss nur Amys E-Mails ausdrucken.

Als ich aus der Klasse kam, stand Ravi am Schultor und unterhielt sich mit ein paar merkwürdig aussehenden Leuten. Als ich näher kam, hörten sie sofort auf zu reden und gingen weg. Ravi machte nicht mal den Versuch mich vorzustellen.

»Wer war das denn?«

Er zuckte die Achseln. »Bloß ein paar Leute, die ich kenne.«

»Warum bist du so geheimnisvoll?«

Gereizt warf er seine Haare zurück. »Warum bist du so misstrauisch?«

Endlich hat Mum sich heute Abend gemeldet.

»Tut mir leid, Süße, es ist alles noch total chaotisch.«

»Wo bist du? Wann kann ich dich besuchen kommen?«

»Bald. Es ist nur . . .«

»Mum!« Ich holte tief Luft. Wie peinlich: Ich bettle darum, meine eigene Mutter sehen zu dürfen – die Frau, die ich noch vor sechs Monaten, ohne zu überlegen, für einen Satz Gitarrensaiten eingetauscht hätte!

»Okay, okay, dann komm doch morgen zu mir ins Büro. Wir können zusammen essen.«

Große Neuigkeiten aus Europa. Im Oktober soll in einer europaweiten Wahl über die Rationierung abgestimmt werden. Ich hätte fast geweint, als ich das hörte. Haben all die Demonstrationen also schließlich doch geholfen.

Samstag, 12. Sept.

Hab Mum in ihrem Büro getroffen. Ich war gerade 10 Minuten da, als ihr Terminplaner piepte. Sie sah auf das Display und schlug sich vor die Stirn. »Verdammt. Das hatte ich total vergessen, ich muss zu dieser Veranstaltung . . .«

Ich seufzte.

Sie wedelte mit der Hand. »Ich weiß . . . aber es ist der erste Abend eines ganz wichtigen Workshops.«

»Wie schön!«

Sie griff zum Telefon. »Also, ich kann es auch absagen.«

»Nein, ist schon okay.«

»Ich hab 'ne Idee! Warum kommst du nicht mit? Das wird echt gut! Nur eine Sache . . .«

»Was?«

»Du musst versprechen, nicht zu lachen.«

»Wieso? Was ist das denn für ein Workshop?«

»Eine Frauengruppe – im Alten Lagerhaus.«

»Was – bei uns nebenan? Ich dachte, das Haus steht leer.«

»Nein, tut es nicht. Ich glaube, es ist renoviert worden. Komm! Das wird echt spannend!« Sie zog ihre Jacke an.

20 Minuten später bahnten wir uns einen Weg durch die Müllhaufen, die um das Lagerhaus herumlagen. Eine Treppe führt hinauf zu den stählernen Doppeltüren. Mum stand neben mir, die Hände in die Hüften gestemmt. »Ist es hier? Wo ist denn die Klingel?«

»Schlag mal gegen das Fenster da, das nicht vernagelt ist.«

»Wo?«

Ich zeigte auf eine einzelne schmutzige Fensterscheibe links neben der Tür. Sie beugte sich vor und klopfte. Stille. Sie klopfte noch einmal. Stille – und dann wurde plötzlich ein Gitter in der Tür geöffnet. Ein Paar braune Augen und ein Augenbrauenpiercing erschienen.

»Ja?«

»Ah, hallo . . . ich bin . . . äh . . . bin ich hier richtig beim Workshop Frauen-Power-Voran?«

»Name?«

»Julia . . . Julia Brown. Das ist meine Tochter, Laura Brown.«

»Ich sehe auf der Liste nach.«

»Du hast mir nicht gesagt, dass es um FPV geht«, zischte ich. »Mum, ich kann nicht glauben, dass du hier mitmachen willst! Diese Frauen sind . . .«

Die Tür wurde aufgerissen und eine kleine nussbraune Frau in Karatehosen und einer schmutzigen Weste kam heraus. Sie hielt mir ein Blatt Papier vor die Nase.

»Sie steht nicht auf der Liste.«

»Äh . . . nein«, sagte Mum nervös. »Sie ist mein Gast.«

Die Nussbraune schüttelte den Kopf. »Nee, Kameradin. Kein Eintrag, kein Eintritt.«

»Aber . . .«

Ich stieß sie an. »Ich will da sowieso nicht mit. Warum machst du das?«

»Ach, sei doch nicht so voreingenommen!«

»Rein oder raus? Ich hab nicht den ganzen Tag Zeit«, grummelte die Nussbraune.

Mum gab mir einen Kuss. »Tut mir echt leid. Wir sehen uns ganz bestimmt nächste Woche. Zum Essen. Versprochen.«

Sie drehte sich um und folgte der Nussbraunen ins dunkle Innere des Hauses, die Tür klappte hörbar zu.

Tja, so viel dazu.

Sonntag, 13. Sept.

Heute hat sich die ganze Straße versammelt, um das Gemüse zu ernten, das die Dürreperiode überlebt hat. Dad hatte darauf bestanden, dass ich dabei war. Irgendwann schaute ich hoch und dachte, mein Gott, *sind wir wirklich in London?* Jedenfalls machte es mir nach einer Weile richtig Spaß – und Dad hat noch nie so glücklich ausgesehen. Ravi kam aus seinem Zimmer, setzte sich neben mich auf die Bank und dann haben wir den ganzen Nachmittag lang Erbsen gepult. Blöd war nur, dass alle sich über den Schweinekoben beugten und sich über Larkin ereiferten. Wie die Vampire!

Als alle weg waren, fand ich diese Zeichnung am Schweinegatter. Scheißkerle! Haben sie denn überhaupt kein Herz?

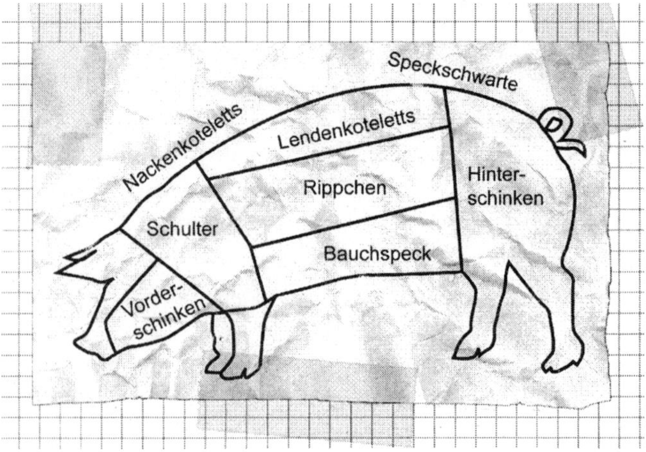

Ich steckte den Arm durch das Gitter und kraulte Larkin hinter den Ohren. »Ich lass nicht zu, dass dir irgendjemand was tut«, flüsterte ich.

Er schnalzte laut mit der Zunge. Ich könnte schwören, dass dieses Schwein jedes einzelne Wort versteht.

Mittwoch, 16. Sept.

GPJ hat uns alle in die Aula gescheucht, um uns ein neues Energiesparprojekt der Schule vorzustellen. Irgendwas mit Muschelnsammeln in Essex, als ob wir nicht schon genug zu tun hätten. Jedenfalls zog sie mich zur Seite, als ich die Aula betrat.

»Ich glaube, du warst am Lagerhaus mit deiner Mum«, sagte sie und drehte einen Schraubenschlüssel in der Hand. »Tut mir leid, dass wir dich nicht reinlassen konnten – wir müssen das erst überprüfen und keiner wusste, wer du warst. Ich vermute, es war ein kleiner Schock für dich, dass deine Mum dahin geht, aber du solltest nicht vorschnell urteilen, sie ist . . .«

Plötzlich wurde ich total wütend.

»Versuchen Sie bloß nicht, mir meine Mum zu erklären! *Sie* kennen sie nicht seit 16 Jahren«, fauchte ich. »Sie sind meine Lehrerin. Ich schreib Ihnen nicht vor, was Sie tun sollen und Sie halten mir keine Predigt über meine Familie. Ist das klar?«

Der Schraubenschlüssel lag ruhig auf ihrer Handfläche. »Klar.« Sie lächelte. »Du bist wirklich die Tochter deiner Mutter.«

»Wirklich?« Ich drehte mich auf dem Absatz um. »Ich habe eher das Gefühl, es ist genau andersherum.«

Samstag, 19. Sept.

Claire hat Karten für das nächste *Hydro*-Konzert im Dezember. Ich hab Ravi gefragt, ob er mitkommen will, aber er wollte nicht.

»Ich muss für die Schule arbeiten«, murmelte er. »Ich muss dieses Stipendium kriegen. Es gibt nur 30 Plätze für das ganze Land und es kann sein, dass es demnächst schon losgeht. Vielleicht schon im November.«

Mir wurde innerlich ganz kalt. Macht er sich denn gar nichts aus mir? Und das Schlimme ist, je weniger er zeigt, dass er mich mag, desto mehr mag ich ihn.

Sonntag, 20. Sept.

Frauen-Power-Voran sind hier in der Gegend echt aktiv geworden. Sie patrouillieren zu zweit durch die Straßen, haben große alte Werkzeuggürtel umgeschnallt und machen Reparaturarbeiten. Dad ist echt schräg drauf, er benimmt sich wie ein Dad in einem Perfekter-Dad-Trainingsvideo. Seit einer Woche besteht er darauf, dass wir gemeinsam essen, und er fragt mich andauernd, wie es mir geht. Das Frühstück ist der reinste Albtraum, er zwingt mich, Haferbrei mit e-kel-haf-ter Ziegenmilch zu essen. Die Mausfrau hält seit dem Sommer zwei Ziegen. Blöde Kuh!

Ich will Mum besuchen. Vielleicht hat sie sich inzwischen ein bisschen beruhigt.

Mittwoch, 23. Sept.

Nach der Schule ist Adi zu dem Treffen mit Mum mitgegangen, weil ich nicht mit ihr allein sein wollte. Als wir beim Alten Lagerhaus ankamen, öffnete die Nussbraune die Tür.

»Du schon wieder?«

Ich nickte.

»Na gut. Folgt mir.«

Wir gingen hinter ihr her durch die leeren Gänge.

»Wohnt ihr hier?«, fragte ich und versuchte keuchend, Schritt zu halten.

»Einige schon. Die, die im Kollektiv sind.«

»Scheiße«, schrie Adi. Ich wirbelte herum und sah eine fette Ratte die Treppe hinaufrennen.

Die Nussbraune lachte. »Ach – vor der braucht ihr keine Angst zu haben, das ist Killer. Die First Lady.«

Plötzlich war ein seltsamer Gesang zu hören.

»Wir sind fast da.«

»Was zum . . .?«, flüsterte Adi, aber bevor er seinen Satz beenden konnte, riss die Nussbraune eine schwere Eisentür auf – dahinter lag ein riesiger Lagerraum, der aussah wie eine Kampfsportschule. Mindestens 30 schweißüberströmte Frauen rannten im Kreis an den Wänden entlang.

Eine vertraute Stimme rief: »Frauen! Power . . .«

Die rennenden Frauen blieben stehen, kauerten sich zusammen wie ein Tiger und riefen: »Voran!« Ich musste gar nicht erst hinsehen. Gwen Parry-Jones.

»Kein Wunder, dass sie es abgelehnt hat, für den alten Bob Tee und Kekse zu servieren«, kicherte Adi, seine Schultern zuckten.

»Lach nicht!«, zischte ich.

»Ich kann nicht anders.«

»Frauen, macht eine Pause!«

Alle ließen sich auf die Matten fallen, die mitten im Raum lagen.

»Nein, Julia. Du bist erst neunundvierzig Runden gelaufen – eine fehlt noch! Sei kein Drückeberger!«

Da war sie. Die arme alte Mum erhob sich mühsam von der Matte und lief langsam an der Wand entlang. Nach ein paar Schritten bemerkte sie uns.

»Oh, hallo, meine Süße!«, sagte sie atemlos und blieb stehen. »Wie geht's? Willst du mit den Mädels chillen?«

Ich ging Richtung Tür.

»Laura! Komm zurück!« Mum rannte mir den Gang entlang hinterher, an der Killertreppe hielt sie mich fest. »Wo willst du hin?«

»Raus. Das ist echt . . . nicht . . .«

Sie verschränkte die Arme. »Und du bist echt . . . voreingenommen.«

»Schau dich doch bloß mal um! Das ist doch eine Scheißbude hier – und diese Frauen . . . Mum, das ist eine Sekte!«

»FPV ist keine Sekte . . . sondern ein berechtigter Ausdruck der Revolte im Namen von entrechteten Frauen in der Rationierungsära. Wir wollen unsere weibliche Kraft, unsere Macht wiederentdecken . . .«

Genau in diesem Moment entdeckte Killer die weibliche Kraft der Nagetiere, sie kam hinter einem Stapel Kartons hervor und sprang auf Mums nackten Fuß.

»Oh Gott!«, kreischte Mum und rannte die Betonstufen hinauf.

»Ja, *Julia,* da hast du deine Power!«

»Du bist so ein gottverdammter Teenager!«, rief sie von oben herunter. »Es ist okay, wenn *du* Straight Edge bist – aber wenn jemand anders seinen Standpunkt klarmachen will . . .«

Eine Glocke ertönte. Plötzlich wimmelte es vor Frauen.

»Was stinkt denn hier so ekelhaft?«, keuchte Adi, als er uns erreicht hatte. »Wie aus dem Gully oder so was . . .«

Gwen Parry-Jones lächelte, als sie an uns vorbeiging. »Ah, Laura, Adisa – schön, dass ihr hier seid. Es gibt gleich was zu essen, bleibt doch bei uns.«

»Linsen!« Adi schüttelte sich. »Mrs B., ich bewundere Ihre radikale Haltung und all das, aber Linsen sind einfach nicht gut. Hülsenfrüchte sind pervers. Glauben Sie mir, ich weiß, wovon ich rede.«

»Vielen Dank, dass du mich an deinen Gedanken teilhaben lässt, Adisa – aber ich denke, ich weiß selbst, was gut für mich ist. Ich bin eine erwachsene Frau, die ihre Power wiederentdeckt.«

Adi schüttelte traurig den Kopf. »Die Frau ist blind. Sie muss sich erst die Finger verbrennen, bevor sie es merkt. Lass uns abhauen, Laura.«

Ich nickte. »Mum, wir gehen!«

Mum machte einen Schritt auf uns zu.

»Schon?«, fragte sie mit Klein-Mädchen-Stimme.

»Ja.«

»Und wann seh ich dich wieder?«

»Äh . . . du weißt ja, wo ich wohne.«

Sie sah mich scharf an. »Du wirst mir kein schlechtes Gewissen einreden, junge Dame. Es ist für uns alle eine sehr schwierige Zeit.«

»Ich weiß, Mum. Guten Appetit!«

Draußen lehnte sich Adi an die Mauer. »Junge, Junge. Eins muss man deiner Mum lassen, sie meint es ernst. Also, diese Frauen sind wie eine Straßengang. Sie lassen sich nichts gefallen.«

»Ich will aber kein Gangmitglied als Mutter. Ich will jemand ganz Normales.«

Adi blies die Wangen auf. »Das sagst du immer, aber ich

wette, insgeheim gefällt es dir doch. Ich meine, bei euch wird es nie langweilig, oder?«

Freitag, 25. Sept.

Lisa Bell warf meine Hausaufgabe für Krit. Denken über die Rationierung in Amerika auf mein Pult und hielt mir Amys E-Mails vor die Nase.

»Soll das ein Witz sein? Dieser Teenager, den du dir da ausgedacht hast, ist total unglaubwürdig. Die Figur des Vaters ist lächerlich. Ich wollte ein paar echte Reaktionen auf die Rationierung. Im wirklichen Leben verhalten die Leute sich nicht so. Also, wirklich, Laura, es ist höchste Zeit, dass du *sowohl* deine Ausbildung *als auch* die Rationierung ernst nimmst.« Ich habe gar nicht erst geantwortet, sondern nur in ihre Glupschaugen gestarrt.

Außerdem ist es mir vollkommen gleichgültig. Morgen geh ich mit Ravi ins Kino.

Samstag, 26. Sept.

Ravi hat mich hängenlassen! Angeblich war er zu beschäftigt mit seinem Stipendium. Er lernt jeden Abend mit ein paar Typen aus der Schule. Das waren also die Jungs von neulich. Es macht mich ziemlich fertig, dass so ein dämliches Treibhausgas mir meinen Freund wegschnappt.

Dienstag, 29. Sept.

Oh Gott! Gerade habe ich herausgefunden, dass in vier Wochen ein Elternabend stattfindet. Sie dürfen da nicht hingehen – wenn sie meine Noten erfahren, bringen sie mich um. Dabei beachten sie mich eigentlich überhaupt nicht. Mum ist total besessen von ihren Workshops und Dad versucht verzweifelt, einen Job zu finden. Das Geld von seiner Abfindung ist alle.

Beim Abendessen hat er mit Kim und mir darüber gesprochen. »Macht euch keine Sorgen. Man hat mich zu einem Bewerbungsgespräch eingeladen – es geht um die Auslieferung von Obst und Gemüse.«

Kim legte ihre Gabel hin. »Und was musst du tun, um den Job zu bekommen? Mit Melonen jonglieren?«

Dad sah sie an. »Sehr komisch. Genau genommen ist es ein bisschen alternativ – mit Pferd und . . .«

»Bitte. Es reicht«, unterbrach sie ihn. »Außerdem kann *ich* jetzt einspringen, ab sofort bring *ich* ein bisschen Geld nach Hause.«

»Du?«

»Ja, Dad. Ich.«

»Aber ich kann doch kein Geld von . . .«

Kim griff nach ihren Schlüsseln und ging zur Tür. »Kannst du wohl! Bis dann!«

Ich warf ihm einen Blick zu. Er war ganz blass geworden. Armer alter Dad.

Jedenfalls – wenn ich die Nachprüfungen im Januar bestehe, ist alles okay.

Mittwoch, 30. Sept.

Mist, Mist, Mist. Ich muss mich unbedingt auf meine Energiespar-Hausaufgabe konzentrieren, aber ich kann immer nur an Ravi denken. Ich muss aufhören, ihm so viel Macht über mich zu geben. Scheußlich kaltes, regnerisches Wetter. Ich weiß gar nicht mehr, wie es sich anfühlt, wenn einem warm ist.

In zwei Wochen findet die CO_2-Rationierungswahl in Europa statt. Wenn sie nicht mit Ja stimmen, bring ich sie um.

OKTOBER

Donnerstag, 1. Okt.

Kim und Kier haben sich auf der ganzen oberen Etage breitgemacht. In seiner Wohnung ist es eiskalt, weil er so viele Punkte verbraucht hat, um durch London zu fahren und Dating-Abende zu veranstalten. Heute Morgen hab ich ihn auf dem Weg ins Bad getroffen.

»Wie läuft's denn?«

Kieran hielt mir einen Stapel Papier hin. »Unglaublich! Ich bin kurz vor einem Nervenzusammenbruch – es ist so wahnsinnig viel zu tun. Wir haben jetzt drei Tagungsorte an vier verschiedenen Abenden. Allmählich werden wir zu . . .« – er zog die Stirn kraus – »wie heißt das . . . zu einem Franchiseunternehmen.«

»Wie Starbucks?«

»Komm mir nicht so, junge Dame! *EnergyDating* ist eine Vision, ein Instrument für den Wandel.«

»Hat das was damit zu tun?« Ich zeigte auf einen Stapel Bücher auf dem Boden in Kims Zimmer. Sie hatten Titel wie *Mythos Geld* oder *Positiv träumen.* Auf dem obersten war ein orangefarben gebräunter Typ mit Perücke abgebildet, der einen goldenen Schlüssel in der Hand hatte. *Weck den Dynamiker in dir.*

»Hübsche Perücke«, kicherte ich.

»Was er schreibt, macht sehr viel Sinn.«

»Er macht sehr viel Geld.«

»Tja, vielleicht machen *wir* auch sehr viel Geld – wir sind schon in ganz London vertreten und planen jetzt Filialen in Manchester, Brighton, Birmingham . . .«

»War das der Grund, warum du damit angefangen hast?«

»Nein«, antwortete Kieran beleidigt. »Du weißt doch, warum – aber es ist auch nett, zur Abwechslung mal erfolgreich zu sein. Deine Schwester ist verdammt gut in Marketing und so was, hast du das gewusst? Mach das bitte nicht kaputt!«

»Okay.«

»Hmm. Und wie läuft's mit dem süßen Jungen?«

»Keine Ahnung.«

»Was? Ich dachte, das läuft richtig gut.«

»Ehrlich gesagt, Kier, ich hab im Moment so viel um die Ohren, dass Ravi Datta nicht wirklich die Hauptrolle spielt.«

Kieran sah mich nachdenklich an. »Okay, du musst es ja wissen. Vielleicht solltest du mal zu einer unserer Abendveranstaltungen kommen – da gibt's jede Menge heißer Typen für dich. Nicht, dass es nur darum ginge«, fügte er rasch hinzu. »Es ist einfach ein geschützter Raum, wo sich die Leute mit ihrer neuen Identität vertraut machen können – autsch!« Er steckte einen Finger in den Mund. »An dem Papier kann man sich echt schneiden!«

Den restlichen Vormittag blieb ich da und half und Kieran ließ sich die ganze Zeit nur über seine Pläne aus und über seine großartige Zukunft. Als er ging, war ich ein bisschen traurig; ich mochte ihn viel lieber, als er noch dürr und traurig und komisch war.

Freitag, 2. Okt.

Schließlich bekam ich Ravi in der Schule zu fassen. Ich musste im Gang hinter ihm herrennen.

»Kannst du mir bitte mal sagen, was los ist? Du tust so, als würdest du mich nicht kennen.«

Er warf einen Blick auf den überfüllten Korridor. »Hör mal, das ist jetzt nicht der richtige Zeitpunkt . . .«

»Was ist so schlimm, dass du es hier nicht sagen kannst?«

»Na gut. Wie du willst.«

Ich hielt die Luft an. »Willst du Schluss machen?«

»Nein. Komm mal mit . . .« Er öffnete die Tür eines leeren Klassenzimmers und ging hinein. Ich folgte ihm und lehnte mich gegen die Tür – mir war eiskalt.

»Laura, es hat nichts mit dir zu tun . . .«

»Herrje! Bitte nicht diese *Es-hat-nichts-mit-dir-zu-tun*-Scheiße! Natürlich hat es was mit mir zu tun. Wenn du Schluss machen willst, dann sei wenigstens ehrlich.«

Er schaute zu Boden. »Ich *bin* ehrlich. Ich hab das Stipendium.«

»Das ist ja echt cool – aber du gehst doch noch nicht sofort, oder?«

»Na ja . . . sie haben das Programm vorgezogen. In drei Wochen fang ich an.«

»In drei Wochen? Und wann wolltest du mir das mitteilen?«

»Ich weiß es doch selbst erst seit Kurzem, Laura. Aber trotzdem – es kommt mir irgendwie nicht *richtig* vor, dass wir uns weiterhin küssen und Händchen halten und all das. Welchen Sinn hat das? Ich meine, das hat doch keine Zukunft – weder für dich noch für mich.«

»Also willst du wirklich Schluss machen? Weil's keine Zukunft hat? Hör doch auf!«

Benommen sah ich mich in dem Klassenzimmer um – und stellte fest, dass wir uns im Lebensmitteltechnik-Labor befanden. Mann, war das peinlich – umgeben von Schürzen verlassen zu werden.

»Du Feigling!«

Mein Blick fiel auf ein Blech mit abkühlenden Harry-Potter-Felsenkeksen.

Eine Stunde später stand ich mit Adi auf der Wiese. »Was, das ganze Blech?«, fragte er.

»Ja. Einer nach dem anderen.«

Er gab einen leisen Pfiff von sich. »Gut gemacht, Mädel. Diese Felsenkekse sind wenigstens hart wie Stein.«

Ich kickte eine Coladose in die Brennnesseln. »Sehr richtig, Adi. Was für ein Versager.«

Er sah mich lange an. »Tut mir leid.«

»Schon gut.« Ich hob eine Hand. »Lass uns einfach das Thema wechseln.«

5 Uhr nachts. Kann nicht schlafen, hab die ganze Nacht geweint. Ich hasse Ravi Datta so sehr. Und weißt du, warum? Weil er keine Hoffnung hat, und jetzt hab ich Angst, dass ich auch keine habe. Dass ich nur eine Rolle spiele und genau weiß, dass keiner von uns eine Chance hat.

Samstag, 3. Okt.

Bin früh aufgestanden und hab auf der Fußmatte die Einladung zum Elternabend entdeckt, die ich sofort in den Müll geworfen habe. Dad hat heute seinen neuen Job angefangen, er liefert mit Pferd und Wagen Obst und Gemüse in und um Blackheath aus. Als er heute Abend nach Hause kam, hatte er 40 Euro in bar verdient und eine Kiste Kohlköpfe.

Jetzt, da er so ein Trottel geworden ist, halte ich es für besser, wenn er der Schule fernbleibt.

Montag, 5. Okt.

Heute Abend war Bandprobe und Claire hatte große Neuigkeiten. Ein *A-&-R*-Typ, ein Trendscout von *poleCat Records,* hat sie angerufen, weil er *Tod dem kapitalistischen Abschaum* runtergeladen hat und es toll fand.

»Wer?«, fragte Adi.

»poleCat – sie vertreten Deadog, Shlasher 6, Grrrrrr und Cheapgirl.«

»Ein Vertrag?«, stammelte Stace.

»Weiß ich noch nicht.«

»Und wann weißt du es?«

»Wenn er wieder da ist. Er sagte, er fährt in Urlaub und nimmt jede Menge Musik mit . . .«

Wir starrten uns total aufgeregt an.

»Oh mein Gott!«, rief Stace. »Wir könnten es echt schaffen!«

Aber Claire schüttelte den Kopf. »Ich kann es noch nicht . . . Es ist einfach zu viel.«

»Ich brauch was, das mich aufrichtet.«

»He!« Sie boxte mir auf den Arm. »Du wirst diesen Versager in null Komma nix vergessen haben. Du bist ein *Dirty Angel!«*

Als ich nach Hause kam, legte ich mich ins Bett und hörte stundenlang Musik, mein Herz schlug wie eine Trommel. Zum Teufel mit RD!

Mittwoch, 7. Okt.

Mrs Datta hat Mr Datta verlassen! Sie hatten einen monstermäßigen Streit auf der Straße und schließlich schrie sie: »Das war's, Mister! Ich bin weg!«, und zehn Minuten später zerrte sie einen zerbeulten alten Koffer aus der Haustür heraus. Sie sah mich am Fenster meines Zimmers stehen.

»Alle Männer sind Schweine, Laura!« Dann schwieg sie, während im Haus jemand etwas sagte.

»Ja, du auch, Ravi!«, rief sie und ging die Straße hinunter.

Mein Gott, hat das gutgetan, dass zur Abwechslung mal jemand anders einen Nervenzusammenbruch hatte.

Ich kann nicht glauben, was gerade passiert ist – Adi hat angerufen und gefragt: »Also, was machen wir?«

»Äh . . . wann?«

»Morgen.«

»Morgen? Nichts, warum?«

»Weil du Geburtstag hast.«

»Mein Gott, Adi, das hab ich total vergessen.«

»*Mein Gott* hört sich gut an. Ich hol dich um sechs ab.«

»Aber ich hab nichts mehr auf der Karte für diesen Monat, um auszugehen.«

»Dann gehen wir eben woandershin.« Er legte auf.

Ich bin ganz durcheinander. Wenn mir jemand vor einem Jahr gesagt hätte, ich würde meinen eigenen Geburtstag vergessen, dem hätte ich glatt ins Gesicht gelacht.

Donnerstag, 8. Okt.

Herzlichen Glückwunsch zu meinem Geburtstag!

Mum hat mich zum Mittagessen in ein abartiges vegetarisches Restaurant in Blackheath eingeladen. Sie war *sehr, sehr* guter Laune. Zeit für einen Zusammenbruch, Leute.

»Ach, ist das schön! Nur du und ich!«, lachte sie und wedelte mit einem Stück Tofu vor meiner Nase herum.

»Mh.«

Sie drückte meine Hand. »Es wird alles wieder gut. Ich wünschte, wir könnten alle zusammen feiern, aber im Augenblick brauchen wir ein bisschen Abstand voneinander. Meine Therapeutin hat gesagt, ich muss erst meine eigene Mitte finden, bevor ich als Mutter wieder funktionieren kann.«

Ich lächelte.

Den Nachmittag über hab ich im Bett gelegen, der Regen klatschte ans Fenster und ich war todtraurig. Er hat nicht mal versucht, mich anzurufen oder so. Als Adi kam, sah er mich nur an, zog mir meine Jacke über und zerrte mich aus dem Haus.

»Ich will niemanden sehen«, murmelte ich.

Wir sind im Regen an den Fluss gegangen, haben uns hingesetzt, Wodka getrunken und zugesehen, wie die Woolwich-Fähre hin- und herfuhr.

Nach einer Weile seufzte Adi: »Jedenfalls sind wir jetzt schon zu zweit.«

»Wie meinst du das?«

»Ich hab mit Sarah Schluss gemacht.«

»Wieso das denn? Ich dachte, ihr kommt so gut miteinander aus.«

»Keine Ahnung. Einfach so.«

Ich starrte ihn an. »Das ist alles? Zwei Jahre und *keine Ahnung?«*

Er stieß die Wodkaflasche gegen das Brückengeländer. »Genau. Es ist vorbei.«

»Wow! Ich glaube, ich brauch echt lange, um über die Geschichte mit Ravi hinwegzukommen. Ich meine . . .«

»Kannst du mir einen Gefallen tun und mal eine Minute lang nicht über diesen Versager reden?«

Ich sah ihn an und entdeckte einen wirklich merkwürdigen Ausdruck auf seinem Gesicht – dann lächelte er. »Happy Birthday, Laura. Lass uns auf die neue Zeit anstoßen . . .«

Freitag, 9. Okt.

Ich kann's nicht beschwören, aber ich glaube, ich habe gerade gesehen, wie Elise Penatata von der Energiebehörde bei den Leaders die Treppe raufging. Die hat ja vielleicht Mut!

Samstag, 10. Okt.

Unser Haus ist das reinste Irrenhaus. In der Küche liegen überall Dads Prospekte über Schweinefarmen herum und das ganze *EnergyDating-Zeug* breitet sich wie ein Virus durch die Diele, auf der Treppe und dem Treppenabsatz aus. Überall fällt man über Handzettel und Prospekte. Ich quetschte mich auf der Treppe an Kieran vorbei und stolperte über einen Stapel Eintrittsformulare.

»Mein Gott, Kier. Kannst du diesen Scheiß nicht mal aufräumen?«

Er runzelte die Stirn. »Eigentlich ist das Kims Zeug, aber ich hab sie seit gestern nicht gesehen.«

»Wart ihr denn verabredet?«

»Na klar. Wir wollten uns heute Morgen treffen, aber sie ist nicht aufgekreuzt . . . Gestern Abend hat sie gesagt, sie wollte ihre Freundin Fiona besuchen, sie bräuchte mal eine Pause.«

Sonntag, 11. Okt.
Heute Morgen lag ein an mich adressierter Umschlag auf der Matte. Ich riss ihn auf. Darin war ein winziger Engel aus Stromkabeln und Kupferdraht. Ich schnappte nach Luft – so schön war er. Dazu lag noch ein abgerissenes Stück kariertes Papier im Umschlag: *Happy Birthday. Tut mir leid. Ich bin so ein Chaot. R.*

Kim ist immer noch nicht wieder da. Seltsam.

Montag, 12. Okt.
In der Schule hielt ich nach Ravi Ausschau, um mich zu bedanken, aber er war nicht da.

Dienstag, 13. Okt.
Ich mache mir Sorgen wegen Kim. Ich nehme mal an, es ist alles okay, aber es ist schon komisch, dass sie verschwunden ist, seit Elise Penatata bei den Leaders war. Ich hab schon fünfmal versucht, sie anzurufen, aber sie geht nicht dran. Ich würde gern mit Adi reden, aber er geht auch nicht dran.

Mittwoch, 14. Okt.
Immer noch nichts von Kim. Kieran ist stocksauer, er marschiert in der Diele hin und her und murmelt: »Wir haben so viel zu tun! Was fällt ihr ein?« Manchmal ist er total egoistisch. Er kommt überhaupt nicht auf die Idee, dass ihr etwas passiert sein könnte.

Ich bin sehr, sehr lange spazieren gegangen und habe mir überlegt, was ich tun soll. Es gibt nur eine Lösung. Also ging ich heute Abend die Treppe hinauf und habe an Tracey

Leaders Tür geklopft. Einen Moment später guckte Delaney aus einem Fenster im ersten Stock.

»Was?«

»Ist Tracey da?«

»Was geht das dich an?«

Plötzlich wurde die Haustür aufgerissen und Conrad stand da.

»Komm rein. Meine Schwester will mit dir reden.«

Ich holte tief Luft und folgte Conrad in die Küche. Die Wohnung war so eine Art Energiefreudenhaus. Sie war riesig, aus drei Wohnungen hatte man eine gemacht – es gab ca. 5 Playstations, eine Popcornmaschine, 50 Halogenspots, einen echt großen Beamer, ein Movie-Surround-System und ein Skilaufband – und alles war gleichzeitig in Betrieb. Mitten drin saßen fünf echt fette *Supersize me*-Leader-Girls auf einem geschwungenen schwarzen Ledersofa und aßen Kebab. Das Skilaufband war offensichtlich nur zum Angeben gedacht.

Tracey sah mich an.

»Ah, Laura, nich'? Wo is'n deine Schwester? Ich such sie überall.«

Ich war so verdattert, dass ich eine Minute lang gar nichts sagte. »Aber . . . dasselbe wollte ich dich fragen.«

Tracey zog die Stirn kraus. »Wenn du das nich' weißt, woher soll ich 'n das wissen?«

»Weil . . . du weißt schon . . .«

Sie stemmte sich vom Sofa hoch. »Nee, zufällig weiß ich das nich'. Sag du es mir.«

Ich schaute auf meine Turnschuhe. »Ich weiß von den Energie. . .«

Plötzlich wurde ich aufs Sofa gestoßen. Gegen meine Panik ankämpfend, sagte ich mit ruhiger Stimme: »Hör mal, es tut mir leid, aber ich will nur wissen, ob es meiner Schwester gut geht . . . Ich habe mit niemandem darüber gesprochen – und ich werde nicht . . .«

»Sehr richtig«, fauchte Tracey. »Ich musste schon diese Behördenkuh hier herumschnüffeln lassen. Ich wette, da hast du hintergesteckt.« Sie hob die Faust.

»Hey, lass gut sein, Trace!«

»Was?«

»Lass sie in Ruhe.«

Aus dem Augenwinkel sah ich ein XXL-Leader-Mädchen, das auf mich zeigte.

Tracey wirbelte herum. »Willste mich verarschen, Chelsea? Diese kleine Göre hier soll wissen, mit wem sie's zu tun hat.«

Chelsea schoss von ihrem Stuhl hoch. »Ich sagte, lass gut sein, Trace. Wahrscheinlich erinnert sie sich nich' mehr . . . aber ich war mit Laura zusammen in der Schule, bevor ich voriges Jahr auf die Clinton gegangen bin. Jedenfalls ham mich die Mackanallys eines Tages in der Mittagspause im Scheißhaus in die Mangel genommen und da is' Laura reingekommen un' hat Debby Mackanally davon abgehalten, mir fettige Fritten in die Haare zu schmieren.«

Alle fünf Augenbrauenpaare der Leaders schossen gleichzeitig in die Höhe.

»Was? *Was?* Du hast zugelassen, dass 'ne Mackanally so was mit dir macht? Schäm dich, Mädel!«, grummelte Tracey. Sie sah mich an. »Stimmt das?«

Ich sah Chelsea an und versuchte, mich zu erinnern.

»Ja, das stimmt«, fuhr Chelsea fort. »Das is' 'n paar Jahre her, da war ich noch 'n bisschen dünner. Du warst echt gut zu mir. Also, lass sie in Ruhe, Trace, kapiert?«

Tracey drehte sich um und starrte mich lange und nachdenklich an. »Na gut, weil du 'ner Leader geholfen hast, lass ich's dir durchgehn. Aber keine Fragen mehr – und wenn du deine Schwester siehst, schick sie zu mir. Du findest allein raus, oder?« Traceys Blick ging zur Tür.

Ich nickte.

»Oink, Laura!«

Ich blieb an der Tür stehen.

»Ist das dein Schwein?«

»Ja, also ich meine, es gehört meinem Dad.«

»Die bluten wie die Schweine, wenn man sie absticht.«

Ich wurde ganz blass. »Das würdest du nicht . . .«

Tracey lächelte. »Ich? Ich tu keiner Fliege was. Bis dann.«

Im Nieselregen saß ich stundenlang auf unserer Gartenbank und versuchte, meine Gedanken zu sortieren. Eigentlich glaubte ich Tracey, dass sie nicht wusste, wo Kim steckte. Keine Ahnung, warum. Aber wo ist Kim? Ich kann nicht mehr lange warten . . . Und zwischendurch stellte ich mir immer wieder vor, wie das Blut literweise aus Larkin heraussprudelt.

Der Strahl einer Taschenlampe flackerte über den Zaun. Arthurs Stimme. »Laura, bist du das?«

Ich traute mich nicht, ihn anzusehen. Es blieb längere Zeit still und dann setzte er sich vorsichtig neben mich auf die Bank. Er sagte keinen Ton, saß nur ruhig da – viel besser, als wenn er etwas gesagt hätte.

»Tut mir leid«, schniefte ich.

Er öffnete ein Päckchen Zigaretten und bot mir eine an. »Das beruhigt die Nerven.«

Ich nahm eine und zog daran. Der Geschmack erinnerte an das Innere eines billigen Sargs.

». . . es ist wegen meiner Schwester, Kim. Ich glaube, sie steckt in Schwierigkeiten . . . und ich weiß nicht, was ich tun soll.«

Er schloss die Augen. »Fang ganz von vorn an und erzähl mir alles der Reihe nach.«

Das tat ich dann.

»Hmmm«, sagte Arthur schließlich.

»Bitte sag was!«, flüsterte ich. »Glaubst du, dass es so schlimm ist?«

»Na ja, ganz einfach ist es nicht, zweifellos. Ich finde wirklich, dass du mit deinen Eltern sprechen solltest.«

Ich schüttelte den Kopf. »Ich weiß nicht, ob das so gut ist . . . und dann ist da ja noch Lar. . .«

»Wer?«

»Niemand.«

»Wolltest du Larkin sagen?«

Ich nickte niedergeschlagen. »Tracey Leader hat gedroht, ihm die Kehle durchzuschneiden, wenn ich mit irgendjemandem rede. Und das meinte sie ernst.«

»Guter Gott, diese Leaders sind wahrlich eine wilde Bande. Obwohl sie auch irgendwie Stil haben . . .« Er kniff abschätzig die Augen zusammen. »Wie tief steckt Kim deiner Meinung nach drin?«

»Ich bin nicht sicher. Sie hat versucht auszusteigen – und ich glaube, dass Tracey sie aus dem wirklich schmutzigen Teil rausgehalten hat. Ich vermute, dass die *EnergyDating*-Kim eher so eine Art Türöffner war – du weißt schon, ein nettes Mädchen, das in der Lage war, Dinge für einen in die Wege zu leiten. Aber jetzt, wo das richtig losgeht mit *EnergyDating,* ist Tracey wahrscheinlich stocksauer, weil Kim ihr aus dem Weg geht. Und besonders merkwürdig ist, dass alles erst anfing, nachdem Elise Penatata aufgetaucht war.«

»Lass uns keine voreiligen Schlüsse ziehen. Es könnte auch alles nur Zufall sein. Glaubst du Tracey, wenn sie sagt, dass sie nicht weiß, wo Kim steckt?«

»Ich weiß nicht. Vielleicht ...« Ich wusste nicht mehr, was ich glauben sollte. »Es ist alles ... so ... kompliziert. Ich hab das Gefühl, als Einzige noch normal zu sein – und alles noch irgendwie zusammenzuhalten. Arthur, ich hab meine Prüfungen echt versaut, aber ich kann es niemandem sagen. Ich versuche, es irgendwie wieder in Ordnung zu bringen, aber ich hab solche Angst.«

Er sah mich lange und nachdenklich an. »Du musst keine Angst haben.«

»Aber ich hab ...«

»Genug für heute, Laura. Genug. Ich werde dir helfen. Wir warten noch einen Tag und dann müssen wir zur Polizei gehen. Die Sache ist zu groß, um allein damit fertig zu werden. Einverstanden?«

Ich nickte.

Donnerstag, 15. Okt.

Kim ist wieder da! Heute Morgen stand sie auf einmal in aller Herrgottsfrühe in meinem Zimmer.

»Mein Gott, wo warst du?«, rief ich. »Ich hatte solche Angst! Ich hab immer wieder angerufen ...«

Sie ließ sich aufs Bett fallen. »Ich weiß. Tut mir leid. Als ich letzte Woche die Frau von der Energiepolizei aus Traceys Tür kommen sah, hab ich Panik gekriegt und bin einfach weggerannt, hab nicht mal mein Handy mitgenommen.«

»Und wo warst du?«

»Unten im Leopard. Ich wollte immer schon mal in einer Kneipe übernachten.« Sie lachte, aber es klang irgendwie aufgesetzt.

»Kim, geht's dir gut? Hat sie dir auch nichts getan . . .«

»Wer? Trace? Nee.«

»Ich war bei ihr.«

Kim sah mich entgeistert an. »Was? Du bist zu den Leaders nach Hause gegangen?«

»Ich wusste doch nicht, wo du warst – und mit Dad wollte ich nicht sprechen. Ich hab dir ja versprochen . . .«

Sie griff nach meiner Hand und legte sie an ihre Wange. »Ach Laura – es tut mir ja so leid . . .« Heiße Tränen tropften auf meine Handfläche. »Ich will einfach nicht aufgeben. Endlich hab ich was gefunden, was mir wirklich Spaß macht, und ich kann nicht zulassen, dass sie . . . Selbst, wenn es bedeutet, dass ich in Soho bleiben muss.« Sie drückte meine Hand. »Ich hab solche Angst, aber bitte hilf mir weiterzumachen.«

Ich glaube, nach zwei Jahren hab ich meine Schwester endlich wieder. Und alles wegen Tracey Leader. Unglaublich.

Arthur klopfte gegen sein Wohnzimmerfenster, als ich vorbeiging.

»Sie ist wieder da. Alles in Ordnung«, flüsterte ich.

»Fabelhaft! Aber jetzt zu Punkt zwei«, flüsterte er und zog seine Netzgardine ein Stück beiseite. »Was hast du diese Woche für Hausaufgaben?«

Ich seufzte. »Ich muss einen Bericht über die Energiewahl schreiben.«

»Bis wann?«

»Montag.«

»Dann komm gleich am Samstagmorgen und wir machen es zusammen.«

»Arthur, du musst das nicht machen.«

»Tschüssi!« Er verschwand hinter dem Vorhang wie ein schnieker alter Spion aus einem James-Bond-Film.

Freitag, 16. Okt.

Morgen früh um 6 beginnen in ganz Europa die Wahlen und dauern zwei ganze Tage. Laut Prognose werden 47 % für eine Rationierung stimmen.

Samstag, 17. Okt.

Ich bin zu Arthur gegangen, um die Wahl im Fernsehen zu verfolgen. Millionen Menschen haben stundenlang vor den Wahllokalen Schlange gestanden. Gegen Abend hieß es, dass die *Nein*-Stimmen mit 5 % vorn liegen.

»Aber sie müssen mit *Ja* stimmen!«, rief ich. »Die Leute können doch nicht derartig bescheuert sein!«

Arthur schüttelte den Kopf. »Doch, können sie.«

Ich trottete äußerst übellaunig durch den aufgeweichten Garten nach Hause. Ich weiß nicht mehr, wann es zum letzten Mal einen Tag ohne Regen gegeben hat.

Wo Adi bloß steckt? Sehr seltsam.

Sonntag, 18. Okt.

Um 10 Uhr abends haben die Wahllokale geschlossen. Das vorläufige Ergebnis ist ein Unentschieden zwischen *Ja*- und *Nein*-Stimmen. Jede Seite glaubt, gewonnen zu haben. Das endgültige Ergebnis gibt es erst um 5 Uhr morgen früh.

Montag, 19. Okt.
Dad rüttelte mich aus dem Schlaf. »Laura, wir haben gewonnen! Mit zwei Prozent. Europa hat die Rationierung!«

Gott, es ist ein supergutes Gefühl, kein Freak mehr zu sein.

Dienstag, 20. Okt.
In Frankreich, Deutschland, Holland und Belgien waren große Feiern geplant, aber es kam keiner. Eigentlich ist es ja auch so, als hätte man ein Eigentor geschossen. Meine Karte macht mir Angst, schon wieder ist ein Kästchen verschwunden. Jetzt hab ich nur noch zwei für den Rest des Jahres.

Donnerstag, 22. Okt.
Ravi klopfte an meine Tür.

»Ich fahre morgen.«

Totenstille. Dann klammerten wir uns aneinander und küssten uns eine halbe Ewigkeit. Und dann ließen wir uns ebenso schnell wieder los.

»Tut mir leid. Ich . . .«, fing er an.

»Ja, aber nicht genug, um zu bleiben.«

»Laura . . .«

Ich schüttelte den Kopf. »Pass auf dich auf, Ravi.« Und dann drehte ich mich um und ging wieder rein. Jetzt fühle ich mich anders – so als wäre alles einfacher geworden. Entweder jemand ist bei einem oder eben nicht.

Freitag, 23. Okt.
Ja! Dank Arthurs Hilfe habe ich eine Eins für meinen Europawahl-Essay gekriegt. Ich glaube, allmählich bekomme

ich alles wieder auf die Reihe. Ich bin gleich zu ihm gerannt.

»Braves Mädchen!«, lachte er. »Aber wir haben noch einen weiten Weg vor uns. Was ist als Nächstes dran?«

Er ist wie einer dieser besessenen olympischen Leichtathletiktrainer.

So langsam flipp ich aus wegen Adi. Er sagt, er will einfach nur eine Weile lang in Ruhe gelassen werden, was ja auch okay ist – aber ich sehe ihn ständig mit anderen Leuten zusammen. Ich habe den Eindruck, dass er mir aus dem Weg geht.

Samstag, 24. Okt.

Heute Morgen stand unsere Terrasse total unter Wasser und ich half Dad, das ganze Laub aus den Regenrinnen und Abflussrohren zu entfernen.

Dad seufzte. »Ich weiß nicht, wie lange wir in dieser Stadt noch überleben können. Es wird langsam Zeit, über einen Umzug nachzudenken.«

»Aber wohin denn, Dad? Das ist doch unser Zuhause hier!«

Er holte tief Luft. »Kannst du bitte ab sofort Müllsäcke und Plastiktüten sammeln? Ich glaube, wir müssen ein paar Sandsäcke vorbereiten.«

Mein Herz wurde schwer. Bitte nicht noch eine Katastrophe.

Sonntag, 25. Okt.

Bandprobe und kein Adi.

»Was ist los mit ihm?«

»Dieser Mistkerl – ich renne rund um die Uhr diesem *A-&-*

R-Typ hinterher und er hält es nicht mal für nötig, zur Probe zu kommen«, schimpfte Claire.

»Gibt's was Neues von *poleCat?«, f*ragte Stace.

Claire schüttelte den Kopf. »Aber es ist nur eine Frage der Zeit, wann ich den Typ erwische und ihn *fertigmache.«*

»Hat Adi einen von euch angerufen?« Ich schaute von einem zum anderen.

»Nicht wegen heute Abend, aber sonst haben wir fast jeden Tag miteinander gesprochen«, sagte Stace.

»Echt? Mir hat er gesagt, er braucht ein bisschen Abstand.«

Stace warf mir einen Blick zu. »Oh ... also, davon weiß ich nichts.«

Als ich nach Hause kam, traf ich Kieran im Garten. »Ach Laura, Gott sei Dank – ich werde mit dem Schwein nicht fertig.«

»Hä?«

Ungeduldig warf er die Hände in die Luft. »Nichts Schlimmes, nur dass dieser verdammte Journalist von der *Mail on Sunday* gleich kommt, um eine Reportage über mich zu machen. Die wollten eigentlich auf meinem Balkon fotografieren – du weißt schon, so in der Art lässiger junger Unternehmer bei sich zu Hause –, aber bei diesem Regen wird das nichts. Ich hab mir den Kopf zerbrochen, wie man es sonst noch machen könnte – und da hab ich das Schwein im Garten gesehen und gedacht: *Schlamm! Schwein!* Mach den Regen zum *Vergnügen* – mach eine Stärke draus statt einer Schwäche!«

»Haha.«

»Ach biiiiitte! Das ist unser erster landesweiter Artikel. Sie kommen in einer halben Stunde, aber Larkin lässt mich nicht an sich heran.«

»Und wie hast du dir das vorgestellt? Was Perverses?«

»Neiiiin! Im Gegenteil, sehr geschmackvoll. Du kannst doch mit aufs Foto, das wäre eine gute PR für die *Angels.* Hab ich schon gesagt, dass es landesweit erscheint?«

»Ja. In der *Mail on Sunday.* Genau richtig für unsere Zielgruppe.«

Kieran zog eine Augenbraue hoch. »Da liegst du aber ganz falsch. All die kleinen Straight-Edge-Kids kommen doch aus den Vororten von Mittelengland. Was, glaubst du, hat sie denn erst so wütend gemacht?«

Ich kaute auf meiner Unterlippe. »Na gut, aber bitte nichts Abartiges. Sonst kriegt Larkin einen Anfall.«

»Versprochen.«

Also stand ich eine halbe Stunde später mit den hochnäsigen Typen von der *Mail,* Justin und Leo, im Schweinegatter. Leo warf einen Blick auf den Garten, rümpfte die Nase, sagte »Mein Gott« und fuhrwerkte mit Licht und Akkus und Einstellungen herum, während Kieran im Haus interviewt wurde. Schließlich hatte ich keinen Bock mehr auf den Nieselregen und ging hinein.

Es war schon fast dunkel, als Kieran den Kopf durch meine Zimmertür steckte.

»Bist du so weit?«, trällerte er mit seltsamer, hoher Stimme.

Ich nahm die Finger vom Griffbrett meiner Gitarre. »Bist du okay?«

»Na klar. Wieso denn nicht?«

»Hör mal, vielleicht solltest du dich lieber allein fotografieren lassen. Das wär mir lieber – ich muss nämlich noch meinen Essay fertig schreiben.«

»Nein, du musst kommen. Das Schwein will immer noch nicht . . . kooperieren.«

»Das Schwein hat einen Namen, es heißt Larkin. Also habt ihr es schon ohne mich versucht? Was ist hier los, Kier?«

»Nichts!«

Oh, dieser Verräter! Als ich runterkam, hatten sie Larkin eine grässliche pinkfarbene Sonnenbrille in Herzform aufgesetzt und ihm eine Perlenkette um den Hals gehängt.

»Was habt ihr gemacht?«

Leo verdrehte die Augen. »Sieh mal, Schätzchen – wir brauchen einen Aufhänger. Es geht um einen Artikel über Dating, da können wir den Lesern nicht einfach nur ein Foto von einem Schwein zeigen. Aber ein Schwein mit Perlen zusammen mit einem hübschen Mädchen, das ist ein echter Hingucker.«

Ich verschränkte die Arme. »So lass ich mich nicht fotografieren. Ihr habt ihm seine ganze Würde genommen.«

Leo warf die Hände in die Luft. »Also, das war's dann. Unter diesen Bedingungen kann ich nicht arbeiten. Kann ihr mal jemand die Meinung sagen?«

Kier nahm mich am Ellbogen und ging mit mir zu den Kaninchenställen.

»Komm schon – wo ist dein Sinn für Humor geblieben?«

»Das ist doch Scheiße.«

»Ich weiß. Aber wenn sie dieses Foto nicht kriegen, dann gibt es auch keinen Artikel. Das ist eine echte Chance für uns. Bitte, Laura«, flehte er.

Ich warf einen Blick auf den aufgeweichten Garten.

»Manchmal hasse ich dich echt. Okay, ich halt ihn fest, aber sie müssen mich rausretuschieren.«

Er wollte noch etwas sagen, aber ich hielt eine Hand hoch. »Das ist mein letztes Wort.«

Ich glaube, ich bin gerade dabei, meine innere Stärke zu finden.

Montag, 26. Okt.

Oh Scheiße. Ich dachte, ich hätte es geschafft, aber nein. Heute Morgen aß ich gerade eine Scheibe Toast, als Dad in die Küche kam.

»Um wie viel Uhr soll ich heute Abend da sein?«

Ich erstarrte.

»Elternabend. Ich hab im Gartencenter Louise Fosters alten Herrn getroffen. Warum hast du mir nichts davon gesagt?«

»Du musst nicht kommen, Dad. Es ist alles in Ordnung mit mir. Es wäre echt langweilig . . .«

Dad sah mich vielsagend an. »Aber ich *möchte* kommen, ich will doch wissen, wie du vorankommst. Oder findest du mich peinlich?«

Ich sah ihn an, mit seinen zerrissenen Hosen, die mit Bindfaden zusammengehalten wurden.

»'türlich nicht. Aber ehrlich, es ist total überflüssig.«

Dad lächelte hinterhältig. »Hmm, die Dame protestiert zu viel . . . Jetzt komme ich *ganz bestimmt*. Um sieben bin ich da.«

Das Lächeln wird ihm *ganz bestimmt* vergehen, wenn er meine Noten erfährt.

Um 18.50 Uhr stand ich mitten zwischen den anderen vor den Toren der Schule; meine einzige Hoffnung war, Dad zu Dave Beard zu manövrieren (den ich mit einer Packung Highland-Teekuchen bestochen hatte, Gutes über mich zu berichten) und ihn dann so lange in den Workshops aufzuhalten, bis es Zeit wurde zu gehen. Und dann hörte ich Hufgetrappel. Oh Gott – er würde doch nicht – aber doch, er würde. Ein Pferdefuhrwerk bog in die Straße ein. Und dann hörte ich hinter mir eine Stimme.

»Huhu, Laura!«

Ich wirbelte herum. Von der anderen Straßenseite winkte Mum mir aus einem Hydro-Kombi mit der Aufschrift FRAUEN POWER VORAN zu. Ich hörte ein paar Jugendliche hinter mir lachen, als sie auf mich zukam. Ich schloss die Augen. Ich bin die Tochter von Karnevalsnarren.

»Mum, was willst du denn hier?«

»Elternabend, was denn sonst? Ich bin schließlich *immer noch* deine Mutter, mein Schatz . . .« Sie strich mir die Haare hinter die Ohren. »Und da *du* es nicht getan hast, hat Gwen mich eingeladen.«

Ich verfluchte den Namen, das Aussehen und die Figur von Gwen Parry-Jones.

»Brrrr!« Der Karren kam neben uns zum Stehen. Dad sah den Jungen an, der neben ihm auf dem Kutschersitz saß. »Pass mal eine halbe Stunde lang auf sie auf, Johnny.«

Mutter starrte zu ihm hoch. »Guter Gott, du bist ja ein richtiges Landei geworden.«

Mit einem Blick auf ihre Latzhose sagte Dad: »Danke gleichfalls.«

»Bürste dir wenigstens das Stroh ab.« Sie zupfte ein paar verirrte Halme von seiner Jacke. »Dein Vater war der reinste Penner, als ich ihn kennenlernte; er trug sechs Monate lang immer dasselbe Hemd. Hast nicht lange gebraucht, um dahin zurückzukehren, oder?«

»Du hast das Hemd geliebt.«

»Nein, Nick.« Sie warf ihm einen schüchternen Blick zu. »Ich habe es gehasst – es war limonengrün und unter den Armen zu eng. Aber *du* warst echt süß.«

Dad wurde rot.

»Na dann!« Plötzlich konnte ich es kaum erwarten, dieses

elterliche Straßentheater zu seinem schrecklichen Ende zu bringen.

Zehn Minuten später saßen wir auf Plastikstühlen vor Gwen Parry-Jones. Eine große glückliche Familie. GPJ verzog ihren Mund zu einem besonders fürsorglichen Lächeln.

»Sie sind bestimmt ziemlich enttäuscht von Lauras schlechten Zeugnisnoten, aber ich kann Ihnen versichern, dass es noch nicht zu spät ist . . .«

Mum runzelte die Stirn. »Pardon?«

Schweigen. GPJ sah in mein feuerrotes Gesicht. »Du hast es ihnen nicht erzählt?«

»Laura!« Meine Mutter. Gefährlich.

GPJ hielt eine Hand hoch. »Bevor wir überreagieren, sollten wir Laura um eine Erklärung bitten.«

Ich grub meine Fingernägel in die Handflächen und zwang mich, nicht in Tränen auszubrechen. Stille.

Mum sah Dad an. »Ehrlich, Nick. Ich kann nicht glauben, dass du nichts davon mitgekriegt hast!«

»Ich? Ich bin doch wenigstens zu Hause und hab mich nicht irgendwo in einer Kommune versteckt.« Er beugte sich vor und nahm meine Hand. »Laura, Liebling, warum hast du nichts gesagt?«

Wütend starrte ich ihn an. Was sollte ich sagen? *Du und Mum, ihr seid solche Chaoten, dass ich das Gefühl habe, ich wäre jetzt eure Eltern?*

GPJ nahm das Blatt Papier mit meinen Ergebnissen. »Vielleicht sollten wir uns lieber auf die Noten konzentrieren statt auf diese persönlichen Themen. Hmm, eine knappe Vier in Design Tech. Es scheint, als gehörten praktische Fähigkeiten nicht gerade zu den Stärken in dieser Familie, Julia.«

»Was soll das denn heißen? Du weißt doch, wie viel Mühe

ich mir in den Praxis-Workshops gegeben habe, Gwen.« Mums Unterlippe zitterte.

»Herrje«, fiel Dad ein. »Es geht doch hier um Laura, nicht um dich.«

»Ach wirklich? Jedenfalls kannst du ihr in den letzten Monaten nicht viel Aufmerksamkeit geschenkt haben, wenn dir das hier entgangen ist. Wieso eigentlich, hast du eine nette kleine Affäre?«

Dad wurde rot. »Natürlich nicht.«

Ich stand so abrupt auf, dass mein Stuhl durch den ganzen Raum flog. »Schluss jetzt! Alle beide! Was glaubt ihr wohl, warum ich nichts erzählt habe? Als würde ich euch überhaupt irgendwas erzählen! Arthur hat mir geholfen. Er ... er ... er kann zuhören.«

Jetzt waren sie mit Schweigen an der Reihe.

Heute Abend habe ich Dad und Arthur im Garten reden gehört. Dad fragte Arthur, warum er nichts gesagt hatte. Zum ersten Mal wurde Arthurs Stimme scharf.

»Weil Laura mich darum gebeten hat. Und ich würde *niemals* das Vertrauen von jemandem missbrauchen«, sagte er und verschwand steifbeinig wie der alte Soldat, der er ist, zwischen den Bohnenstangen.

Dienstag, 27. Okt.

Heute Morgen erschien Dad in meinem Zimmer und legte den Kopf in seine Hände.

»Ich werde mich bessern, Laura, das versprech ich dir.«

Der arme Mann. Wen versucht er zu überzeugen?

Freitag, 30. Okt.

In der Schule hat es heute gestunken. Ich saß hinten in der Design-Tech-Stunde und hatte mir einen Schal vor die Nase gebunden. Dave Beard sah aus, als wäre ihm schlecht.

»Was ist denn los?«

»Die Kanalisationsröhren sind verstopft.«

»Was genau sind Kanalisationsröhren?«, murmelte Claire.

Ich zuckte mit den Schultern. Dave sah uns an.

»Das sind Rohre, die Gebäude mit unterirdischen Ablaufleitungen verbinden – und die sind wiederum mit den Klärwerken verbunden.«

»Ja, aber was ist da *drin?* Ich meine, ich weiß, es sind ... Abwässer aus den Häusern, aber was ist mit Regen und so was? Mischt sich das alles zusammen?«

»In London ist das so.«

»Also fließt die Scheiße die ganze Zeit irgendwo unter unseren Füßen herum?«

Dave nickte. »Im Moment ziemlich dicht unter unseren Füßen.«

NOVEMBER

Sonntag, 1. Nov.
Peinlich, peinlich.

EINE SAUGUTE IDEE!

Justin Giles

Die äußerst erfolgreiche neue *EnergyDating*-Agentur hat ein neues Gesicht – 85 Kilo schwer –, aber es handelt sich dabei nicht um ein attraktives, stattliches Mannsbild, sondern um ein stattliches Schwein!

»Eine echte Schönheit!«, strahlt Kieran Maclean, Mitbegründer der populären Dating-Agentur.

»Wir hier bei *EnergyDating* sind ganz verliebt in ihn – Larkin ist ein Vorbild für uns alle – er ist cool, er ist individuell – und er ist sich nicht zu fein, sich die Finger schmutzig zu machen!«

Die Agentur, die erst vor vier Monaten gegründet wurde, hat die Londoner Dating-Szene gründlich verändert. Sie verfügt bereits über 2.000 Mitglieder und vier reguläre Veranstaltungsorte in der Stadt. Wie erklärt Kieran diesen Erfolg?

»Ich habe einfach festgestellt, dass es aufgrund des neuen Rationierungssystems einen echten Bedarf in der Gesellschaft gibt, Leute auf andere Art und Weise kennenlernen zu können, als das früher an der Tagesordnung war. Unser Motto lautet, die Dinge zu entschleunigen und zu den Grundwerten des zwischenmenschlichen Miteinanders zurückzukehren. Außerdem veranstalten wir viele Workshops – es geht nicht nur um Liebesgeschichten, sondern auch um das Erlernen neuer manueller Fähigkeiten, um das Sichzurechtfinden in einer veränderten Situation.«

Und Larkin? Wäre er bei einer Ihrer Veranstaltungen willkommen?

»Aber sicher«, antwortete Kieran, 35, lächelnd, »bei *EnergyDating* geht es in erster Linie um innere Werte!«

Dad ist so stolz, als wäre Larkin sein eigenes Kind.

Dienstag, 3. Nov.

Das ganze Land ist total aus dem Häuschen wegen der Bonfire Night, dem Freudenfeuer zum Jahrestag des versuchten Schießpulveranschlags auf das Parlament im Jahre 1605. Jeder regt sich über *diesen Angriff auf unsere nationalen Gebräuche* auf. Klassisch britische Traditionen – man kann uns unsere Autos wegnehmen, unseren Urlaub, unsere Wahlfreiheit, unsere Zukunft – aber wehe, es geht um unser Recht, auf einem schlammigen Feld zu stehen, mit einer Wunderkerze in der einen und einer verkohlten, vor Butter triefenden Kartoffel mit Schale in der anderen Hand. Na und? Ich denke, wir könnten doch wohl eine andere Möglichkeit finden, den Mord an einem 400 Jahre alten Katholiken zu feiern.

Donnerstag, 5. Nov.

Die Behörden haben das Freudenfeuer im Greenwich Park verboten, weil eine Gruppe von Leuten die ganze Nacht lang im Regen um das unangezündete Feuer herumgestanden hat. Als ob das den Planeten retten könnte. Jedenfalls hat Arthur Dad und mich zu einem »Indoor-Feuerwerk« eingeladen. Ich habe Dad seit Tagen nicht gesehen, er hat sich im Keller eingeschlossen und braut Bier. Ich schlug gegen die Kellertür und musste ewig lange warten, bis er aufmachte. Er stand da und blinzelte ins Licht wie ein durchgeknallter Wissenschaftler.

»Kommst du mit zu Arthur?«

»Tut mir leid, ich kann nicht. Bin gerade an einem sehr kritischen Punkt mit der Hefe. Und den Pastinaken. Geh du doch allein.«

Also ging ich nach nebenan, um meine bedürftige Person zu besuchen. Haha. Kaum angekommen, drückte er mir einen Blechbecher mit hochprozentigem Rumpunsch in die Hand.

»Fabelhaft. Jetzt kann die Show losgehen. Es lebe das Feuerwerk!« Er nahm eine Schachtel Streichhölzer vom Regal über dem Herd und zündete ein kleines Feuerrad an der Wand an. Stumm beobachteten wir, wie es sich ruckartig drehte und ungefähr sechs Funken versprühte – während sich in Arthurs Speckbratpfanne etwas zusammenbraute, das wie ein Hundehaufen aussah. Arthur räusperte sich.

»Natürlich weiß ich noch, wie das im Krieg mit der Rationierung gewesen ist. Wir lebten auf dem Land, bevor ich Soldat wurde, da war es nicht so schlimm. Ein Kaninchen oder eine Krähe zum Braten fand man immer . . .«

Ich versuchte, es im Kopf auszurechnen.

»Wie alt warst du, als du Soldat wurdest?«

»Äh, hm, siebzehn?«

»In welchem Jahr war das?«

»Pff. Neunzehnhundert. . . äh . . .dreiundvierzig.«

»Dann bist du jetzt . . . 89?«

Er riss die Augen auf. »Muss wohl so sein. Die Zeit verfliegt, wenn man Spaß hat.«

»Das nennst du Spaß?«

»Tja, das Geheimnis ist, man muss es als Abenteuer betrachten . . .«

»Und wenn man nicht weiß, wie das geht?«

Arthur senkte seine Stimme zu einem Flüstern. »Setz deine Fantasie ein. Die hast du doch, oder?«

Ich zuckte die Achseln.

»Oh, ich glaube doch, dass du sie hast. Also, dann gebrauch sie auch! Am deutlichsten erinnere ich mich daran, dass sich trotz Rationierung jeder die allergrößte Mühe gab, so zu tun, als wäre nichts. Und so war es dann auch. Ich weiß, es hört sich schrecklich banal an, aber in gewisser Weise waren es überaus glückliche Zeiten – alle hielten zusammen in dem Bewusstsein, etwas Gutes für das Land zu tun. Und so wird es auch dieser Generation jetzt gehen. Die Energiekrise wird nicht ewig dauern. Wenn wir uns richtig verhalten, wird es bald genügend alternative Energien geben, und dann können wir wieder um den Globus fliegen und all so was.« Er trank einen Schluck Punsch. »Aber Laura, diese Jahre, in denen wir alle gesagt haben *Nein, es reicht!* – für die, die nach uns kommen, werden wir die Helden sein.«

Na ja, für ihn ist es in Ordnung, sich wie Churchill anzuhören – er wird sowieso bald sterben.

Freitag, 6. Nov.
Regen, Regen, Regen. Leicester Square ist überflutet, weil – es ist so ekelhaft! – ein 120 Meter langer Block aus zusammengeklumptem Bratfett den Abwasserkanal unter der Erde verstopft. Der ist entstanden, weil all die Restaurants und Cafés das ganze Öl und Fett in den Abfluss kippen. Die *Themse-Wasserwerke* haben die Bevölkerung aufgerufen, dem Übel mit Spitzhacken zu Leibe zu rücken.

Auf dem Schulhof traf ich Adi und fragte ihn, ob er mitmachen wolle. Er spuckte auf den Boden.

»So wie die uns im Sommer geholfen haben? Aber egal, ich kann das nicht, Laura, dieses Fett ist einfach zu ekelhaft.« Er schüttelte sich. »Hast du's dir angesehen? Es sieht aus wie eine bleiche Leiche.«

»Hast du Lust, nachher zu mir zu kommen? Ich habe diese Woche zwei Extrapunkte zum Downloaden gespart.«

Er schüttelte den Kopf. »Nö, ich kann nicht. Ich ruf dich an, sobald ich Zeit habe.«

»Adi. Was ist los? Bist du sauer auf mich?«

»Nein. Warum sollte ich sauer auf dich sein?«

Ich wollte noch etwas sagen, aber ich weiß nicht, vielleicht hat Stace ja recht, ich sollte mich lieber zurückhalten und ihn nicht bedrängen. Gott, ich höre mich an, als wäre er mein Freund oder so was.

Samstag, 7. Nov.
Eine denkwürdige Bandprobe. Claire kam durch den Garten gerannt, lehnte sich an Adis Garagentor und keuchte: »*poleCat* haben uns einen Track auf ihrem *New-Wave*-Download angeboten! Sie haben am 6. Dezember für einen ganzen Tag ein Profistudio für uns reserviert!«

»Oh mein Gott!«, kreischte Stace und warf ihre Stöcke in die Luft.

Adi umarmte Claire, dann rannte er zu Stace und hob sie in die Höhe – und dann nickte er mir zu. Ich ging raus und setzte mich auf die Gartenmauer.

Plötzlich stand Adi neben mir.

Ich sah ihn an. »Es reicht. Du behandelst mich, als würdest du mich überhaupt nicht kennen.«

»Tja, vielleicht hab ich's einfach satt, dein kleiner Freund zu sein. Du weißt schon, der, der dich immer wieder aufrichtet. Und was ist mit mir? Ich hab schließlich auch Gefühle, Mann!«

»Kommt schon, Leute! Es gibt Bier!«, brüllte Stace.

Adi drehte sich um und ging wieder rein. Ich folgte ihm und beteiligte mich am allgemeinen Blabla, aber in mir hat es gebrodelt. Was soll ich noch in dieser Band, wenn Adi nicht mehr mein bester Kumpel ist.

Sonntag, 8. Nov.

Weil die Abwässerkanäle die Regenmassen nicht mehr aufnehmen können, haben die Wasserwerke 800.000 Tonnen Scheiße in den Fluss gepumpt. Ein guter Tag für die Fische.

Dienstag, 10. Nov.

Central London ist eklig. Überall stinkt es wie verrückt. Man nennt es den Zweiten Großen Gestank – der erste war im 19. Jahrhundert, bevor es überhaupt ein Abwassersystem gab. Aber das Schlimmste sind die Ratten. Sie rennen überall herum, weil ihre Nester weggespült worden sind.

Mittwoch, 11. Nov.

Eine Abwasserwelle ist heute durch die Oxford Street geschwappt und Kim hat in der Wardour Street bis zu den Knien dringestanden. Zum ersten Mal seit Wochen hat sie sich bequemt, nach Hause zu kommen. Mum war gerade da, um ein paar Klamotten zu holen. Als sie Kim sah, sagte sie nur »Um Himmels willen«, schob sie ins Badezimmer und zwang sie, sich 3 Stunden lang zu waschen.

»Ich muss da rein, Mum«, flehte ich. »Sie ist schon seit einer Ewigkeit drin.«

Mum sah vom Laptopmonitor im Arbeitszimmer auf. »Du musst warten. Ich habe recherchiert – dieses Wasser ist total verdreckt, voller Salmonellen, Cryptosporidien, Giardien, Noroviren, Cholera . . . Alles tödliche Bakterien, selbst in geringen Dosen.«

Ich verdrehte die Augen.

Mum grinste. »Mhm, und hör dir das hier an, eine Sturmflut im 18. Jahrhundert, wie Jonathan Swift sie beschrieben hat . . .« Sie klickte eine Seite an.

»Abfälle aus Schlachterläden, Kot, Innereien und Blut, Ertrunkne Hündchen, stinkender Fisch, vom Schlamm aufgeweicht, tote Katzen und Rüben – mitgerissen von der Flut.«

Ich ging in mein Zimmer und machte die Tür zu. Es ist komisch, wenn Mum da ist, so als wäre alles wieder normal. Ist es aber nicht.

Donnerstag, 12. Nov.

Kim blieb über Nacht. Sie und Kier sind wütend, weil sie eine große Veranstaltung auf der South Bank am Wochenende absagen mussten.

»Was ist denn nun mit der globalen Erwärmung?«, maulte Kieran. »Darüber muss ja wohl ganz neu nachgedacht werden, jetzt, wo ganz London zu einem einzigen Fluss geworden ist. Aaaah ... apropos Flüsse, Kanäle – wie wär's denn mit ... Gondeln? Eine Veranstaltung auf dem Wasser! Äh ... *reflektierende Wege zur Schönheit*. Das wird die Sippe anmachen!«

»Sippe?«

Er warf mir einen Blick zu. »'tschuldigung, die *EnergyDating*-Mitglieder. Für mich sind sie schon wie eine Familie.«

Seit dem Elternabend ist Dad irgendwie manisch. Entweder verbringt er seine gesamte Zeit im Keller beim Bierbrauen oder er ist draußen beim Schwein. Der Anblick meiner Mutter macht ihn wahnsinnig. Dafür gibt es zwei mögliche Ursachen.

a) Er hasst meine Mutter.

b) Er liebt sie immer noch.

Larkin sieht elend aus, weil er die ganze Zeit in seinem Gatter eingesperrt ist. Er ist ein großes Schwein.

Freitag, 13. Nov.

Heute Morgen habe ich 40 Minuten bis zur Schule gebraucht, weil die Lee Road überschwemmt ist. Als ich schließlich durchs Tor ging, schichteten die Hausmeister Sandsäcke an den Hauswänden auf. Alle sahen aus, als ob sie Angst hätten, sich aber Mühe geben, es nicht zu zeigen.

Ich ging zu meinem Design-Tech-Unterricht, aber wir konnten Dave Beard kaum verstehen, so laut prasselte der Regen auf das Kunststoffdach des Technologieraums. Plötzlich brach draußen ein Stück von einem Rohr ab und ein Strom schmutzigen Wassers lief über das Dach und die Wände hinunter. Es war wie in einer Autowaschanlage.

Phil Dixon, so 'n debiler Typ mit bis unter die Achseln hochgezogenen Jogginghosen, meldete sich und stellte die Frage, die sich kein anderer von uns zu stellen traute.

»Geht London unter?«

Halt 's Maul, du Idiot, reagierten wir im Chor und der Junge neben ihm gab ihm aus Spaß eine Ohrfeige. Dave Beard hielt die Hand hoch, damit wir still waren.

»Nein, uns wird nichts passieren. London ist durch das Themse-Sperrwerk geschützt.«

Wir starrten ihn an.

»Ihr wisst doch, was das ist, oder?«

Schweigen.

Dave seufzte tief auf, drehte sich zur Tafel um und begann zu zeichnen. »Also, das Themse-Sperrwerk, eröffnet im Mai 1984, besteht aus einer Reihe verstärkter Betonpfeiler bei Woolwich Reach. Ihr Fundament ist siebzehn Meter tief im Boden verankert.« Er lächelte uns an. »Das ist ziemlich tief, meine Damen und Herren.« Als wir sein Lächeln nicht erwiderten, wurde er rot und erklärte weiter. Ich glaube, so konzentriert hat ihm noch nie jemand zugehört.

»Also, es gibt vier Haupttore, die das Wasser der Themse frei durch die Sperre fließen lassen. Normalerweise liegen die Tore auf dem Flussbett, damit die Schiffe durchkommen, aber wenn der Flusspegel ansteigt – aufgrund von Hochwasser, einer Sturmflut oder wegen Brandungswellen –, können die Tore geschlossen werden, und zwar mithilfe hydraulischer Rammklötze, die von einem Turm auf der South Bank aus kontrolliert werden. Das seht ihr hier in meiner Zeichnung. Alles klar?«

»Und wer entscheidet, ob die Tore geschlossen werden?«

Dave legte die Stirn in Falten. »Äh, da bin ich nicht sicher. Vielleicht der Bürgermeister? Früher hatten die einzelnen Stadtbezirke ihre eigenen Notfallpläne, aber seit dem Bau des Sperrwerks wird das ganze System zentral verwaltet. Die Entscheidung fällt aufgrund von Daten des Wetteramtes – und dann werden die Tore vier oder fünf Stunden vor dem Höchstwasserstand geschlossen.«

»Aber«, meldete sich Nathan, »der Wettermann, der hat doch null Ahnung. Er sagt Regen und die Sonne scheint, er sagt Sonne und es regnet.«

Alle nickten.

»Und noch was – Sie ham gesagt, der Bürgermeister entscheidet das? Gestern Abend hab ich mit meim kleinen Bruder zusammen *Der Weiße Hai* gesehen. Sie wissen schon, wenn der Bürgermeister und die reichen Säcke den Strand nich' sperren wollen, trotzdem Inspektor Brody den Hai mit eigenen Augen gesehen hat? Ich trau keinem weißen Bürgermeister nich'.«

Dave schüttelte betrübt den Kopf. »Tja, Nathan, wie auch immer – wenn es weiterhin so regnet oder wenn die Ostküste von einem schlimmen Sturm getroffen wird, dann kann uns nur das Themse-Sperrwerk vor einer Katastrophe schützen.«

Plötzlich klingelte es, obwohl die Stunde noch gar nicht zu Ende war. Dave sprang auf und ging hinaus. Als er zurückkam, sah er ziemlich blass aus. »Okay, alle in die Aula. *Leise.*« Aber es redete ohnehin keiner. Jeder von uns wusste, worum es ging.

Bob stand schon auf der Bühne, als wir hineinkamen. Ich weiß nicht, irgendwas ist mit diesem Typ, je mehr er versucht, so auszusehen, als hätte er alles im Griff, desto weniger glaubt man ihm. Er kam direkt zur Sache. »Wie ihr alle zweifellos wisst, steigt der Flusspegel in gefährliche Höhen. Der heutige Sturm hat, wie ich fürchte, die Lage vollends unannehmbar gemacht – deshalb habe ich beschlossen, die Schule zu schließen, bis sich die Verhältnisse gebessert haben. Was natürlich der Fall sein wird. Noch Fragen?«

Die Aula explodierte förmlich vor durcheinanderschreienden Stimmen. Bob hielt die Hand hoch. »Ich sehe, dass es eine Menge Fragen gibt, also bitte ich nun unsere Energiespezialistin Miss Parry-Jones, uns ein paar Informationen zu Hochwasser-Schutzvorkehrungen zu geben und Fragen zu beantworten.«

GPJ sprang auf die Bühne – sie sah aus wie eine Frau, deren Zeitpunkt gekommen war. »Erster Punkt der Tagesordnung: Sandsäcke«, begann sie und ihre Augen blitzten wie Saphire. »Wenn man früh genug handelt, sorgen Sandsäcke dafür, dass kein Wasser in die Häuser eindringt. Man bekommt sie in Läden wie *B & Q* und anderen Baumärkten, aber man kann sie auch aus Plastiktüten oder Kopfkissenbezügen selbst herstellen. Wichtig ist, dass man nicht zu viel Sand oder Erde hineinfüllt – sonst kann man sie nicht ordentlich übereinanderstapeln und dann dringt das Wasser durch die Lücken ein.« Ein Schüler trug einen Sandsack auf die Bühne und zeigte, wie man ihn befüllt.

Ich saß wie betäubt da, als sie weiterlaberte, dass man Gas und Strom ausschalten, die Badewanne mit Trinkwasser füllen, Schrubber und Eimer bereitstellen und Lebensmittelvorräte, Kleidung, Decken und Haustiere in die oberen Stockwerke bringen sollte. Ich stellte mir vor, wie Larkin oben auf dem Treppenabsatz herumtobte. »Und zu guter

Letzt – bei Hochwasser sollte man nicht nach draußen gehen, schon bei einer Wasserhöhe von zwanzig Zentimetern können Gullydeckel weggeschwemmt und Pflastersteine hochgehoben werden und selbst ausgewachsenen Menschen den Boden unter seinen ...« – ihr Blick traf ganz kurz den meinen – »... oder *ihren* Füßen wegziehen.«

Sandsäcke? Ach, lasst mich doch in Ruhe!

Als ich nach Hause kam, starrte Dad aus dem Küchenfenster auf den ruinierten Garten. Er besteht nur noch aus Schlamm und Wasser.

»Es wird Zeit, die Stadt zu verlassen«, murmelte er.

Ich kann es nicht glauben. Wir stolpern von einer Krise in die nächste. Ich bin so einsam ohne Adi.

Sonntag, 15. Nov.

Etliche Nachbarn haben sich heute in unserer Küche versammelt. Als ich dazukam, sagte Shiva gerade: »Aber dieses Themse-Sperrwerk ist doch bestimmt ausreichend? Die britische Regierung würde London niemals ohne Schutz lassen ...«

Der Krachmacher-Vater schnaubte: »Das glaubst du! Ich habe fünfzehn lange Jahre in der Umweltbehörde gearbeitet und ...«

»Und was?«

»Na ja, im Grunde genommen ist das Sperrwerk zu klein. Und das weiß man auch. Es wurde unmittelbar nach dem Sturm von 1953 gebaut. Das eigentlich Gefährliche für London ist nicht der Regen, sondern eine Sturmflut und die hatten wir damals. Zehntausend Menschen mussten evakuiert werden. Die Docklands wurden überschwemmt, aber Central London ist damals nichts passiert.«

»Ich erinnere mich sehr gut daran«, sagte Arthur. »Eine furchtbare Geschichte – eine einzige Katastrophe im East End. Gerade waren wir noch trocken und in Sicherheit und dann riss diese riesige brüllende Wand aus schmutzigem Wasser alles mit, was ihr im Weg stand.«

Ich warf Arthur einen Blick zu. Echt, er ist wie Forrest Gump – soweit ich das beurteilen kann, ist er bei jedem wichtigen Ereignis im letzten Jahrhundert dabei gewesen.

Dad hielt eine Hand hoch. »'tschuldigung. Was genau ist eine Sturmflut?«

»Grob gesprochen ist es ein riesiger Wasserkörper, der sich an den Grand Banks von Kanada bildet, über den Atlantik rollt und auf dem Weg immer gefährlicher wird. Solche Sturmfluten gibt es immer wieder und meistens rollen sie weiter in Richtung Norden, sobald sie Island erreicht haben, aber manchmal, wenn der Wind aus der verkehrten Richtung kommt, wird der Wasserkörper in die Nordsee geweht und von da in die Themse-Mündung. Ihr könnt euch vorstellen, welche Kraft dahintersteckt.«

»Dazu kommt noch, dass die Mündung die Form einer Trompete hat«, sagte die Mausfrau schüchtern.

Arthur drehte sich zu ihr um. »Die Form einer was?«

»Einer Trompete ... Ich ... ich hab's nachgeschlagen. Diese Form macht die Sturmflut sogar noch schneller. Aber meistens geht es gut – es sei denn, die Sturmflut kommt gleichzeitig mit dem Hochwasser, aber das passiert nur ganz selten. Man nennt es ...«, sie zog ein Blatt Papier aus ihrer Tasche, »... die Sturmflut-Gezeiten-Interaktion! Das bedeutet, dass die Sturmflut fast immer vier Stunden *nach* dem Hochwasser kommt – also kann das Sperrwerk die Pegelstände bewältigen.«

Der Krachmacher-Vater griff nach dem Blatt und fuhr mit dem Finger über London. »Und hier kommt die Politik ins Spiel. Man will nicht noch mehr Geld investieren – das jetzige Sperrwerk hat das Budget schon um 75 Prozent überschritten, also setzt die Regierung die Sturmflut-Gezeiten-Interaktion als unumstößliche Tatsache voraus und behauptet, es sei *unmöglich,* dass Sturmflut und Hochwasser gleichzeitig passieren.« Er schüttelte den Kopf. »Aber es ist nicht unmöglich, sondern lediglich *unwahrscheinlich.* Und wenn es *doch* passiert, dann ist das Sperrwerk zu klein. Wenn man noch all diesen verdammten Regen dazurechnet und den wegen der globalen Erwärmung angestiegenen Meeresspiegel – ich sag euch, es ist nur noch eine Frage der Zeit, wann London untergeht.«

»Wie lange würde das dauern?«, fragte Dad.

Die Mausfrau schaute wieder auf ihr Blatt Papier. »Das Hochwasser braucht nur eine Stunde vom Sperrwerk nach Putney – die Londoner Innenstadt könnte bereits zwei Stunden nach dem Überlaufen des Sperrwerks überflutet sein. Wie hoch, das hängt von der Größe der Flutwelle und der Höhe der Uferbefestigungen ab. Aber in Central London sind die nicht besonders hoch – nur circa fünfeinhalb Meter.«

»Aber es gibt doch sicher ein Rettungssystem – Notfalldienste und andere Pläne?«, warf Shiva ein. »Ich glaube nicht an dieses ganze Weltuntergangsgeschwätz.«

Der Krachmacher-Vater schüttelte den Kopf. »Ich will ja keinen Pessimismus verbreiten, aber durch das Sperrwerk hat sich London in falscher Sicherheit gewiegt. Die Behörden haben nicht mal mehr Karten, auf denen verzeichnet ist, welche Teile der Stadtbezirke am ehesten überflutet werden und welche sicher sind. Ihr macht euch keine Vorstellungen von der Kraft fließenden Wassers – wenn es erst mal über Auspuffhöhe ist, fallen alle Notfall-Einsatzkräfte aus – Feuerwehr, Polizei, Krankenwagen. Dann gibt es nur noch Rettung vom Fluss und aus der Luft. Rettung vom Fluss ist ein Witz – mit den paar Schleppern und Kähnen, die wir haben – und wisst ihr, wie lange es dauert, Leute aus der Luft zu retten?«

Es wurde totenstill in der Küche.

Arthur räusperte sich. »Tja, es ist sicher richtig, sich auf das Schlimmste gefasst zu machen – aber vergesst nicht, es ist sehr unwahrscheinlich, dass es so weit kommt.«

Der Krachmacher-Vater zog hörbar die Luft ein, sagte aber nichts.

Montag, 16. Nov.

Es hat aufgehört zu regnen!

Mittwoch, 18. Nov.

Weiterhin kein Regen. Mein Gott, ich habe gerade im Tagebuch zum Sommer zurückgeblättert, als ich um Regen gebetet habe. Jetzt bete ich, dass es nicht regnet. Was für ein Hickhack!

Donnerstag, 19. Nov.

Noch immer kein Regen und die Pegelstände sind schnell zurückgegangen, weil der Sommer so trocken war – die Erde saugt die Nässe einfach auf. Vielleicht ist es doch nicht so ein Hickhack. Sondern eher ein neues Gleichgewicht.

Samstag, 21. Nov.

Kein Regen. Der Wetterbericht sagt trockenes Wetter für die kommende Woche voraus.

Sonntag, 22. Nov.

Ich wurde von einem ekelhaften Geruch nach etwas Angebranntem wach und stolperte in die Küche, wo Dad sich über den Grill beugte. Durch den Qualm konnte ich gerade eben erkennen, wie er einen schwarzen Pfannkuchen auf einen Teller schaufelte.

»Ah, Laura, mein Mädchen! Hungrig?«

Wie bitte? Er hat noch nie in seinem Leben Pfannkuchen gemacht. Er setzte sich neben mich.

»Meinst du, du könntest hier ein paar Tage lang allein zurechtkommen? Ich hab was zu erledigen – und laut Wetteramt haben wir vermutlich das Schlimmste überstanden.«

»Wo willst du hin?«

Er spielte mit der Gabel. »Äh . . . na ja . . . ich will mir ein paar Gemüsefarmen im Südosten angucken.«

»Aber Dad, ich will nicht umziehen . . .«

»Ich will ja auch erst mal nur gucken. Ich will mir ansehen, wie Gewächshäuser funktionieren – damit könnten wir hier im Garten das ganze Jahr über ernten . . . vielleicht sogar ein paar Exoten anpflanzen.«

»Ach komm, ich bin doch kein Kind mehr.«

»Na gut. Ich weiß, dass du hier nicht wegwillst, aber ich weiß nicht, wie lange wir in London noch sicher sind.«

»Dieses Jahr ist es doch gut gegangen. Es ist nichts Schlimmes passiert.«

Er stocherte in einem Pfannkuchen herum. »Das stimmt nicht und das weißt du auch . . . Auf jeden Fall, wie lange . . .«

»Aber ich will hierbleiben. Mein Leben ist hier, die Band. Du denkst nur an dich.« Ich sah ihm zu, wie er an dem Pfannkuchen herumsäbelte. »Du brauchst eine Kettensäge, um *den da* durchzuschneiden, der ist *radioaktiv.«*

Er warf seine Gabel hin. »Ich weiß nicht, ob wir noch eine Wahl haben.«

Dienstag, 24. Nov.

Dad ist heute losgefahren. Früh am Morgen kam er in mein Zimmer.

»Kommst du auch zurecht? Ich meine, wenn du nicht willst, dass ich fahre, dann bleib ich hier.«

»Ich komm zurecht. Mum und Kim sind ja auch noch da, wenn ich Hilfe brauche.«

»Sicher?«

Ich nickte.

»Na gut. Bis in ein paar Tagen. Keine wilden Partys, okay?«

Den restlichen Tag verbrachte ich mutterseelenallein. Claire und Stace sind auf Klassenfahrt. Mein Stolz verbietet mir, bei Adi anzurufen.

Mittwoch, 25. Nov.

Nichts unternommen. Mit niemandem gesprochen.

Donnerstag, 26. Nov.

Ich habe Kim angerufen, aber in den 30 Sekunden, die ich mit ihr gesprochen habe, klingelte ihr Telefon ungefähr sechs Mal.

»Hör mal, das ist kein guter Zeitpunkt, Laura. Jetzt, wo

das Hochwasser zurückgegangen ist, will jeder wieder ausgehen . . . Die Blumenlieferung ist verspätet und ich habe ein . . . Nein! Nicht da – im Tiefkühlschrank! Pass auf, ich ruf dich später zurück.«

Im Grunde genommen hab ich 48 Stunden lang mit niemandem gesprochen. Verschollen im Weltraum.

Samstag, 28. Nov.

Ich war so verzweifelt, dass ich zum Lagerhaus gegangen bin, um Mum zu besuchen. Ich habe ewig lange an die Tür geklopft, aber es war niemand da. Nur ein Poster hing am Tor.

FRAUEN-POWER VORAN
FLUT-WARNUNG!

NICHT VERZAGEN – FRAUEN FRAGEN
WIR HELFEN EUCH BEI:
KLEMPNERARBEITEN, ROHREN, SANDSÄCKEN,
WASSERAUFBEREITUNG, LEBENSMITTELLAGERUNG,
UMZUG, GESUNDHEITSVORSORGE,
SENIORENBETREUUNG ETC.

Ich hab es nicht mehr ausgehalten. Ich hab Adi angerufen. Ich brauchte nur *Hi* zu sagen und er wusste sofort, wie schlimm es war.

Er seufzte. »Warte. Ich komm rüber.«

Es tat *so* gut, ihn zu sehen. Wir redeten und redeten und redeten, bis es fast wieder Morgen war. Ich weiß nicht mal mehr, worüber. Dann schlief ich auf dem Sofa ein.

Sonntag, 29. Nov.

»Laura! Laura!«

Adi schüttelte mich.

»Wach auf, es ist vier Uhr nachmittags! Sieh dir die Nachrichten an – ein Sturm ist im Anmarsch.«

»Was???«

»Ein Windenergiepark an der Küste wurde zerstört und vor Schottland ist eine Fähre gesunken – 52 Tote. Er kommt direkt auf uns zu.«

Ich setzte mich auf und starrte auf den Fernseher. Die Warnung des Wetteramtes wurde ständig wiederholt.

MASSIVE STURMWARNUNG

Herausgegeben vom Wetteramt London
3 Uhr MEZ am 30. November 2015

Massive Sturm- und Sturmflutwarnung für GB Ostküsten- und Nordseegebiete

Erwartet werden Windstärken von bis zu 160 KMH und mehr als 10 Meter hohe Wellen. An der Ostküste sind Erdrutsche größeren Ausmaßes zu befürchten. In den betroffenen Gebieten ist ein mehrtägiger Stromausfall zu erwarten. Notunterkünfte und Wasserversorgung stehen nur in begrenztem Maß zur Verfügung. Des Weiteren sind massive Schäden an landwirtschaftlich genutzten Flächen und Viehherden zu befürchten.

Die Regierung hat einen Evakuierungsratgeber für die betroffenen Gebiete herausgegeben. Sollten Sie sich gegen eine Evakuierung entscheiden, müssen Sie unbedingt innerhalb Ihrer Grundstücksgrenzen bleiben.

Und noch ein ausdrücklicher Hinweis:
Verlassen Sie Ihr Grundstück UNTER KEINEN UMSTÄNDEN.

Der Anrufbeantworter blinkte. Mum hatte eine Nachricht hinterlassen, sie muss angerufen haben, als ich heute Nachmittag geschlafen habe.

»Wollte nur hören, wie's euch geht. Ich bin unterwegs mit FPV, aber ruf mich bitte unbedingt zurück, Nick! Ich hab gerade von dem Sturm erfahren, bitte bring die Mädchen zum Alten Lagerhaus. Dort sind sie sicher. Ruf mich an. Okay?«

Ich wählte ihre Nummer, aber sie ging nicht dran. Dann versuchte ich es genauso erfolglos bei Dad und bei Kim. Auch Adis Handy funktionierte nicht. Wahrscheinlich war das Netz zusammengebrochen. Adi wollte mich mit zu sich nach Hause nehmen, aber ich wollte lieber hier auf die anderen warten.

Er sprang auf. »Okay. Ich muss nach Hause, damit meine Familie weiß, dass ich in Ordnung bin, und dann komm ich wieder. Es dauert nicht lange, versprochen.« Die Tür schlug hinter ihm zu und im Haus flackerten alle Lampen. Ich habe Angst.

Montag, 30. Nov.

6 Uhr morgens. Bin wieder auf dem Sofa wach geworden. Es sieht schlimm aus. Um ein Uhr in der Nacht sind die ersten Deiche an der Küste von Northumberland gebrochen. Häuser wurden durch riesige Wellen dem Erdboden gleichgemacht. 12 Tote in einem Ort namens Alnwick. Der Sturm fegte die Küste entlang und die Wellen wurden größer und größer. 27 Tote in Scarborough, 38 in Grimsby, 40 in Cromer, 52 in Lowestoft. Er bewegt sich auf South End zu – und dann kommt die Themse-Mündung. Wir. Die See überschwemmt alles. All die armen ertrunkenen Tiere, Abertausende. Die Armee evakuiert gerade Canvey Island. Ich weiß nicht, was ich tun soll.

»Laura!« Schritte kamen durch die Diele. Dad! Er kam ins Zimmer gerannt.

»Oh, Gott sei Dank! Ich konnte dich nicht erreichen. Wo sind Kim und deine Mum?«

»Ich . . . ich weiß nicht, ich konnte sie auch nicht erreichen. Mum ist bei FPV, aber Kim . . . keine Ahnung. Sie ist seit Tagen unten in Soho.«

»Wie dumm von ihr. Ist sie wenigstens mit Kieran zusammen?«

»Glaub schon.«

Dad stieß einen tiefen Seufzer aus. »Wenn sie bis heute Abend nicht zurück ist, muss ich sie holen. Aber erst mal müssen wir hier was tun . . .«

Draußen konnten wir uns vor lauter Wind und Regen kaum auf den Beinen halten.

»Himmelherrgott«, rief er. »Dabei ist der Sturm noch nicht mal hier.«

Auf der Straße hatten sich ungefähr 20 Leute versammelt – und immer mehr kamen aus ihren Häusern heraus. Der Krachmacher-Vater stand mitten unter ihnen.

»Leute! Falls ihr vorhattet abzuhauen, dann ist es jetzt schon zu spät. Ich warne euch, auf den Straßen wird die Hölle los sein, es gibt keinerlei Sicherheitsgarantien. Der Sturm wird in ein paar Stunden hier sein. Falls es eine Sturmflut gibt, weiß man nicht, ob das Themse-Sperrwerk sie aufhalten kann. Ich glaube, es ist am sichersten hierzubleiben, und wenn ihr das auch glaubt, dann müssen wir zwei wichtige Dinge erledigen. Erstens: Alles Notwendige muss nach oben gebracht werden – Lebensmittel, Wasser,

Decken – es kann sein, dass wir eine Weile lang oben bleiben müssen. Zweitens: Wir müssen die ganze Straße mit Sandsäcken schützen. Nehmt jeden Sack, jede Tüte, jeden Müllbeutel – alles, was ihr habt. Und dann fangt an zu graben. Wir müssen die Säcke füllen.«

Um die Mittagszeit war der Sturm da. Ich grub mit ein paar anderen Leuten unten an den Eisenbahnschienen. Wir konnten uns kaum bewegen, so heftig war der Wind. Plötzlich gab es ein Geräusch wie von einem Schuss und ein dicker Ast knallte auf die Gleise.

Um drei kam Mr Datta angerannt und berichtete, dass der Strom weg war. »Jetzt vermisse ich Hyderabad«, rief er. »Da stinkt es zwar, aber es gibt wenigstens genug Kuhscheiße, um die Lampen am Brennen zu halten.«

Arthur wischte sich den Regen aus den Augen und sah auf die Uhr. »In dreißig Minuten ist Flut. Wenn wir die überstehen, haben wir's wahrscheinlich geschafft. Kann jemand ein Radio holen und anstellen?«

Um fünf kamen die ersten Berichte. Das Sperrwerk hatte gehalten! Aber die Docklands sind überschwemmt – das halbe Olympiadorf steht unter Wasser. Und es war nur um Haaresbreite gut gegangen, das Wasser war in Victoria und Chelsea bis zum oberen Rand der Uferdämme gestiegen.

Alle schrien durcheinander und jubelten und fielen sich in die Arme.

»Nicht aufhören!«, rief der Krachmacher-Vater. »Es ist erst vorbei, wenn der Sturm aufgehört hat.«

Wie um seine Worte zu bestätigen, riss der Sturm ein Stück Schornstein aus Arthurs Dach und ein Haufen Ziegelsteine krachte auf den Boden.

1 Uhr morgens. Dad ist nach Soho unterwegs und ich sitze im Schneidersitz auf meinem Bett. Nur dort ist noch ein bisschen freier Platz – überall stapeln sich Konserven, Decken, Kartons, Medikamente. Ich kann kaum schreiben, meine Hände sind total zerkratzt und zittrig. Aber wir haben es geschafft – die ganze Straße, jede einzelne Hauswand ist fast einen Meter hoch mit Sandsäcken geschützt. Mum hat eine Nachricht an die Haustür gepinnt, sie ist mit einer Rettungsmannschaft unterwegs und wir sollen zum Lagerhaus gehen, wenn es Schwierigkeiten gibt. Ich bin so müde, ich kann einfach nicht länger wach bleiben. Hoffentlich ist bei Adi alles okay. Wahrscheinlich hat er beschlossen, lieber zu Hause zu bleiben.

Ich hatte einen sehr schrägen Traum von Kim. Keinen Albtraum, aber traurig. Ein verletzter Vogel flatterte herum und stieß immer wieder gegen eine Glasscheibe. Ich hab keine Ahnung, wieso ich mir so sicher bin, dass es dabei um sie ging.

WINTER. DEZEMBER

Dienstag, 1. Dez.

7 Uhr morgens. Mit wild klopfendem Herzen wurde ich wach. Irgendwas stimmte nicht. Der Sturm tobte immer noch, aber das war es nicht. Ich ging zum Fenster und spähte hinaus. Mir blieb das Herz stehen. Ein Schwall wirbelnden, schmutzigen Wassers floss über die Sandsäcke am Ende der Straße. Ein paar Leute waren draußen, aber sie taten nichts, standen nur fassungslos da und sahen aus wie Spielzeugfiguren.

Ich rannte nach unten, rief nach Dad und guckte in jedes Zimmer, aber er war nicht da. Ich rannte zurück nach oben, und als ich wieder runterschaute, strömte das Wasser schon die Straße hinunter und stieg schnell an.

Von ganz hinten kam ein Auto angefahren und näherte sich dem Punkt, wo das Wasser am schnellsten stieg – und dann blieb es plötzlich stehen. Ich beobachtete es eine Minute lang, aber niemand stieg aus. Das Auto stand einfach da und das Wasser schwappte um die Türen herum. Dann steckte eine Frau ihren Kopf durch das Schiebedach und schrie um Hilfe. Ich riss das Fenster auf und rief den Leuten zu, sie sollten ihr helfen, aber niemand hörte mich. Die Erde hörte auf, sich zu drehen. Eine ganze Minute lang konnte ich mich nicht rühren – dann wurde ich wieder lebendig und rannte so schnell ich konnte die Treppe hinunter.

Die Haustür war durch Sandsäcke versperrt, also ging ich

in Dads Arbeitszimmer und riss das Fenster auf. Einen Moment lang saß ich auf der Fensterbank und überlegte, wie ich mich am besten fortbewegen könnte, weil das Wasser jetzt schon mindestens einen halben Meter hoch war. Dann wusste ich es – ich musste über die geparkten Autos springen. Ich stellte mich auf das Fensterbrett, holte tief Luft und sprang auf die Haube des Elektrokarrens vom Krachmacher-Vater. So weit – so gut. Ich kletterte auf das Dach und schätzte die Entfernung zum nächsten Auto – ein Meter bis zu einem roten Sierra. Obwohl ich zitterte, sprang ich los, aber dieses Mal rutschte ich aus und landete im strömenden Wasser. Mann, die Strömung war unglaublich stark, sie zog und zerrte an meinen Stiefeln wie ein tollwütiger Hund.

Die eingeschlossene Frau war inzwischen völlig hysterisch. Ich stand auf, winkte mit beiden Händen und rief ihr zu, dass ich gleich bei ihr wäre. Sie sah mich an. »Oh mein Gott, ich ertrinke! Die Tür geht nicht auf! Ich kann nicht schwimmen!«

Und dann bekam ich einen *totalen* Adrenalinstoß. Ich sprang über ein Auto nach dem anderen, bis ich die Frau schließlich erreicht hatte. Obwohl sie sehen konnte, dass ich da war, hörte sie nicht auf zu schreien. Sie versuchte, das Schiebedach herauszubrechen.

»Warten Sie«, rief ich und wich zurück, als eine Mülltonne gegen die Tür des Autos krachte, auf dem ich stand. Ich sah auf das Wasser hinunter. Es ging nicht anders, irgendwie musste ich die Lücke überwinden. Ich nahm einen Fuß von der Stoßstange und stellte ihn ins Wasser – und rutschte auf der Stelle aus. Voller Panik griff ich nach dem Seitenspiegel und zog mich daran hoch. Ich zitterte. Zum ersten Mal kam mir der Gedanke, dass ich selbst in Schwierigkeiten steckte.

»Nimm dein Handy! Ruf Hilfe«, schrie sie. »Jemand muss diese Türen aufmachen.«

Ich suchte in der Tasche nach dem Handy und wählte 999. Nichts. Ich schaute auf das Display – kein Netz. Mit zitternden Fingern versuchte ich es wieder und wieder. Umsonst.

Die Frau war jetzt still, sie lehnte sich an den Rücksitz und trat verzweifelt gegen die Türen. Das Wasser stand inzwischen auf Höhe der Fenster. Es war wie in einem Traum. Und dann warf sie plötzlich einen Arm hoch und zeigte auf etwas. Ich drehte mich um und sah – hätte es einen besseren Anblick geben können? – Gwen Parry-Jones, die in einem Kanu auf uns zutrieb. Das sah so verdammt wunderbar aus, dass ich es mit dem Handy fotografierte.

»Warte!«, schrie GPJ mit dem Ruder in der Hand. Die Strömung war so stark, dass sie fast an uns vorbeischoss. »Halt dich am Rand fest, Laura!«

Ich streckte den Arm aus und klammerte mich mit beiden Händen an das Boot und dann wurde ich beinah ohnmächtig vor Schmerz. Das Fiberglas hatte meine Handfläche zerschnitten und mir eine große offene Wunde zugefügt.

»Halt dich fest!«, brüllte GPJ.

Ich zog das Boot dicht an mich heran.

»Gut! Und jetzt klettre rein, aber lass das Auto nicht los, sonst werden wir abgetrieben.«

Ich ließ das Boot los und klammerte mich an den Radkasten, rutschte die Haube hinunter und stieg ins Kanu.

»Okay«, rief sie. »Die Tür geht nicht auf, oder?« Sie griff hinter sich und holte einen Hammer hervor. »Du musst die Scheibe einschlagen. Lass das Auto vorsichtig los und dann nimmst du den hier. Du musst sehr schnell sein, ich kann uns nur ein paar Sekunden lang in der Strömung halten. Alles klar?«

Ich nickte. »Jetzt?«

»Ja!«

Ich ließ den Radkasten los, das Kanu wurde durch die Strömung gerissen und krachte gegen den Wagen.

»Schlag zu!«

Ich griff nach dem Hammer und schlug auf die hintere Scheibe. Ein Riss entstand.

GPJ paddelte wie verrückt gegen die Strömung an. »Noch mal!«

Mit einem Schmerzensschrei schwang ich erneut den Hammer – und dieses Mal ging die Scheibe zu Bruch. Die eingesperrte Frau schlug mit der Faust gegen die restlichen Glasscherben.

»Reiß die Tür auf, Laura!«

Ich beugte mich vor, umklammerte die Fensteröffnung und riss mit aller Kraft an der Tür, während die Frau von innen mit ihrer Schulter dagegendrückte, bis sie sich so weit öffnete, dass sie sich hindurchquetschen konnte. Ich griff nach ihr und zerrte sie Zentimeter für Zentimeter ins Boot. Keuchend lag sie da.

»Oh mein Gott, was ist passiert?«

»Um fünf Uhr heute früh hat das Sperrwerk nicht mehr standgehalten. London ist überflutet.« GPJ hob ihr Paddel hoch. Das Kanu sauste die Straße hinunter, auf unser Haus zu.

»Ich bringe euch zum Lagerhaus – dort haben wir eine Rettungsstation eingerichtet. Vier Stockwerke – da seid ihr in Sicherheit.« GPJ sah mich an. »Bist du okay? Du siehst ziemlich blass aus.«

Ich zuckte vor Schmerz zusammen. »Haben Sie meine Mum gesehen?«

»Ja, sie ist mit ein paar anderen FPV-Frauen unterwegs, um ein Altersheim zu evakuieren. Sie wird bald zurück sein.«

»Und was ist mit Arthur?«

Sie beugte sich vor, schob meinen Ärmel zurück und sah sich meine Hand an. »Oh Laura, das sieht nicht gut aus. Warum hast du nichts gesagt? Ja, ich bin ziemlich sicher, dass wir alle Leute aus deiner Straße herausgeholt haben. Mein Gott, was ist das denn?« Sie legte die Ruder beiseite. Wir waren am Haus der Dattas angekommen, wo schon ein weiteres voll besetztes FPV-Rettungsboot lag. Mrs Datta stand im strömenden Regen vor dem schaukelnden Boot, fuchtelte mit den Armen und stritt sich mit ihrem Mann. Mr Datta lehnte aus dem Fenster im oberen Stockwerk und schüttelte die Fäuste.

»Nein, Varshana. Niemals!«

Mrs Datta winkte wie verrückt. »Komm, bitte!«

»Nein, die Schande ist zu groß. Mir geht es gut auf diesem Dachboden. Die Kaninchen sind bei mir.«

»Shiva, wir haben keine Zeit – bitte komm!«

»Nein!« Sein Gesicht war rot vor Zorn. »Ich will nicht von meiner eigenen Ehefrau gerettet werden. Es ist nicht die natürliche . . .«

Ein Pfeil, der nur wenige Zentimeter neben seinem Kopf im Fensterrahmen stecken blieb, unterbrach ihn mitten im Satz.

»Jai Rama«, japste er. »Du hättest mich beinahe umgebracht!«

Alle schauten Mrs Datta an, die einen weiteren Pfeil in ihre Armbrust spannte. »Verdammt richtig, Mister. Komm sofort runter, du elender Narr!«

»Aber Varshana!«

»Es hat sich ausvarshanat. Zweiundzwanzig Jahre sind genug. Komm jetzt auf der Stelle runter, du dummer kleiner Mann. Ich liebe dich.«

Mit Tränen in den Augen starrten sie sich einen Augenblick lang an.

»Warte, mein Liebling, ich komme!«, rief Shiva und 30 Sekunden später tauchte er am Erdgeschossfenster auf, kletterte ins Rettungsboot und fiel in die Arme von Varshana Datta.

Und dann fiel es mir ein. »Larkin!«

GPJ fuhr herum. »Wer?«

»Unser Schwein, Larkin.«

»Tut mir leid, Laura. Menschen haben Vorrang.«

»Aber er wird ertrinken . . .«

»Tut mir leid. Nein. Erst musst du in Sicherheit sein.« Sie paddelte vom Haus weg.

Ich konnte nichts tun. Wenn ich aus dem Boot gestiegen wäre, wäre ich weggeschwemmt worden. Ich machte fest die Augen zu, als wir um die Ecke am Ende unserer Straße bogen.

Als wir beim Lagerhaus ankamen, stand Mum auf der Treppe. Ich warf mich in ihre Arme.

»Oh, meine Süße, bist du verletzt? Wo sind die anderen?«

»Ich weiß nicht. Dad wollte nach Soho und versuchen, Kim zu finden.«

Sie wurde blass. »Soho? Aber das ist komplett unter Wasser.«

»Julia!« Eine Frau wies mit dem Daumen auf den Ausgang. »Wir müssen wieder los!«

Mum sah mich an. »Ich komme so schnell wie möglich

zurück.« Sie fuhr sich mit der Hand durch die Haare. »Mach dir keine Sorgen, sie passen schon auf sich auf.«

Als Mum weg war, suchte ich im ganzen Haus nach Arthur. Alle waren in der vierten Etage, einer Art riesigem Großraumbüro. Man hatte Holzpaletten und Kisten nach oben geschleppt und sie an den Wänden und in den Gängen aufgestellt. Es war fast dunkel, weil die meisten Fenster mit Brettern zugenagelt waren, nur ein paar Petroleumlampen und Fackeln warfen ein wenig Licht auf blasse, verzerrte Gesichter. Aber nirgendwo war eine Spur von Arthur.

Gegen Abend wurde ich fast verrückt. Ich hatte den ganzen Tag auf der Treppe gewartet und beobachtet, wie ein Boot nach dem anderen mit Überlebenden ankam. Mittlerweile waren es Hunderte. Einigen Leuten ging es richtig schlecht. Und dann stand plötzlich Adi vor mir.

»Bist du das?«, flüsterte ich.

»Tut mir leid, dass es so lange gedauert hat. Ich habe bei mir zu Hause festgesessen.«

»Ist deine Familie okay?«

»Ja. Und deine?«

Ich schluckte. »Ich weiß nicht . . .« Ich begrub mein Gesicht an seiner Schulter. »Ich . . . ich fasse es nicht, dass du zurückgekommen bist.«

»Hab ich doch versprochen.«

Wir sagten lange kein Wort und hielten uns nur fest umarmt. Dann machte ich mich los.

»Arthur ist nicht hier. Ich habe ein ganz komisches Gefühl. Wir müssen bei ihm zu Hause nachsehen.«

»Aber wir haben kein Boot, es könnte ewig dauern, bis eins zurückkommt.«

»Irgendwas müssen wir tun.«

Er zog die Stirn kraus. »Komm mit. Ich hab eine Idee.«

Ich folgte ihm die Hintertreppe hinunter in einen breiten Gang voller Holzpaletten.

»Die hab ich entdeckt, als wir deine Mum besucht haben. Es ist das Beste, was wir im Moment kriegen können. Ich ziehe eine an die Tür und du kannst eine dieser Planken mit dem Fuß entzweibrechen, dann können wir sie als Paddel benutzen.«

Ich tat, was Adi gesagt hatte, und ging dann zu ihm. Er hatte in der Zwischenzeit die Palette zum Fuß der Vordertreppe gezogen. Mit einer Taschenlampe leuchtete er nach unten; Hochwasser und schmutzige Abwässer schwappten vorbei.

»Mann, oh Mann«, sagte Adi. »Bist du sicher? Das hier ist kein Boot.«

»Adi, wir müssen das machen.«

Er schob das Kinn vor. »Okay. Stoß es ins Wasser. Dann steig drauf und halt es für mich fest.«

Ich kletterte auf das rohe Holz, legte mich hin und steckte meine Hände in das eiskalte Wasser, sodass ich mich an den Stufen festhalten konnte. Die Palette schwankte wie verrückt, als Adi draufstieg.

»Lass los!«

Ich ließ die Stufe los und wir sausten durch die Dunkelheit davon. Eine Minute lang war es der schiere Wahnsinn – wir krachten gegen Mauern, Autos und große schwimmende Gegenstände, bis Adi rief: »Wenn ich sage rudern, dann rudere los. Wir müssen in Takt kommen! Und dicht an den Wänden bleiben. Da ist die Strömung nicht so stark. Jetzt – rudern!«

Ich tauchte das Paddel ins Wasser, wieder und wieder und

wieder. Die meiste Zeit hatte man das Gefühl, als würden wir uns nur auf der Stelle bewegen, während die Welt um uns herum dröhnte und schäumte, aber dann glitt der Strahl von Adis Taschenlampe über Arthurs Haustür.

»Stopp!«, schrie ich. »Wir sind da!« Gemeinsam zerrten wir die Palette an die Tür heran. Adi gab mir ein Stück Seil. »Bind uns fest.« Ich lag platt auf dem Bauch und tastete mich so lange vorwärts, bis ich die Tür erreicht hatte und das Seil um den Türklopfer knoten konnte.

»Halt still, Laura. Ich schlag das Fenster ein.«

Die Palette schwankte, als er nach vorn krabbelte. Dann das Geräusch von zerbrechendem Glas.

»Scheiße!«

»Was?«

»Hab die Taschenlampe fallen lassen.«

Ich tastete mich zur Fensterbank hinter ihm vor. Einen Augenblick lang saßen wir beide atemlos auf dem Sims.

»Mein Gott«, keuchte er und wischte sich übers Gesicht.

Ich legte die Hände um den Mund. »Arthur!«

Nichts.

»Na gut, gehen wir rein. Du zuerst? Du kennst dich im Haus besser aus.«

Ich tauchte bis zur Hüfte in das eiskalte Wasser und ging langsam in die dunkle Diele voran, wobei ich immer wieder Arthurs Namen rief. Wir gingen durch die Küche ins Wohnzimmer. Nichts.

»Hier ist er nicht«, murmelte Adi. »Oben vielleicht?«

Ich streckte die Hand aus. »Warte mal.«

»Was?«

»Ich glaube, ich hab was gehört.«

Wir standen mucksmäuschenstill.

»Es war wohl doch nichts.« Ich bewegte mich auf die Treppe zu. Und dann hörte ich es wieder – es kam aus der Küche. »Hier rüber.« Vorbei an schwimmenden Töpfen und Pfannen bahnte ich mir erneut den Weg in die Küche. »Arthur! Wo bist du?« Und dann fiel mir die Streichholzschachtel ein, die immer auf dem obersten Regal über dem Herd lag. Ich tastete mich an der Wand entlang, bis ich das Regal erreicht hatte und betete, dass die Streichhölzer da sein würden. Meine Finger stießen gegen die Pappschachtel. Ja! Ich nahm ein Streichholz und rieb ein-, zweimal über die Zündfläche. Das Streichholz flammte auf und ich warf einen flüchtigen Blick in Adis Gesicht und seine aufgerissenen Augen, bevor ich die Flamme durch die Küche schwenkte. Unmittelbar vor mir sah ich eine Hand. Ich ließ das Streichholz fallen.

»Adi. Hier ist er.«

»Mach noch eins an.«

»Ich . . . ich kann nicht.«

Er watete zu mir herüber. »Gib mir die Schachtel.«

Er strich ein Streichholz an, die Flamme leuchtete auf. Wie jemand in einem Horrorfilm drehte ich mich um und sah Arthur unter einem Haufen Müll begraben bis zum Hals im Wasser liegen.

»Oh Gott«, keuchte ich.

Adi streckte eine zitternde Hand aus.

»Arthur?«

Nichts.

»Er ist unter diesem Balken eingeklemmt. Wir müssen ihn hochheben.«

»Ist er . . .?«

Das Streichholz erlosch und wir standen erneut im Dunkeln.

»Mach noch eins an.«

Als es brannte, beugte ich mich über den alten Mann und legte vorsichtig meine Hände um seinen Kopf.

»Arthur, bitte. Wir müssen dich hier herausholen.« Ich sah ihm prüfend ins Gesicht. Nichts. Ich packte fester zu. »Oh Gott, komm doch. Bitte stirb nicht, Arthur, bitte!«

Und dann lächelte er und flüsterte: »Laura ... fabelha...«, bevor er erneut das Bewusstsein verlor.

Ich hatte das Gefühl, als ob ein Elektroschock durch meinen Körper fuhr.

»Adi, Adi! Er lebt!«

»Okay, halt ihn fest. Ich versuche, diesen Balken anzuheben.«

Ich legte meinen Arm unter Arthurs Kopf, während Adi den Balken langsam zur Seite schob, und dann zerrten wir ihn gemeinsam durch die Diele zur Haustür. Ich habe keine Ahnung mehr, wie wir es geschafft haben, ihn auf die Palette zu hieven und zum Lagerhaus zurückzukommen, aber wir haben es geschafft. Ich denke, das meiste hat Adi getan. Am deutlichsten kann ich mich an Arthurs Gesicht erinnern, so alt und zerbrechlich.

Als wir beim Lagerhaus ankamen, wurde er in eine Ecke des Stockwerks gebracht, wo die Erste-Hilfe-Station eingerichtet war.

»Wird er wieder gesund?«

Die Frau lächelte mich müde an. »Wir tun unser Bestes. Er müsste eigentlich ins Krankenhaus, aber ...«

Sie sprach nicht weiter. Wir wissen ja nicht mal, ob es überhaupt noch ein Krankenhaus gibt.

Um Mitternacht warteten wir immer noch. Adi saß die ganze Zeit bei mir, aber schließlich hatte ich das Bedürfnis, allein zu sein. Ich ging auf die Treppe hinaus. Nach einer Weile kam Mrs Datta mit einem Regenmantel heraus.

»Du wirst ja ganz nass«, flüsterte sie. »Sie kommen bestimmt bald.«

»Wann?«

»Bald.«

»Aber was ist, wenn . . .?«

Sie blickte zu Boden. »Sie werden kommen.« Und dann fügte sie leise hinzu: »Gott sei Dank, dass mein Junge weit weg ist.«

Danach wollte ich nicht mehr reden. Ihr nach unten gerichteter Blick reichte mir. Nach einer Weile fühlte ich etwas Nasses auf meinem Arm. Ich hob ihn neugierig hoch und sah, dass sich der Riss in meiner Hand wieder geöffnet hatte und heftig blutete. Aber ich fühlte es nicht, es war, als ob ich tausend Meilen weit weg wäre. Da glaubt man, es würde einem selbst nie passieren, diese ganze Umweltverschmutzung und der verseuchte Rauch, die Flugzeuge und die Fabriken und diese ganze Scheiße, die kein Mensch braucht. Und plötzlich sitzt man da, mutterseelenallein auf einer Treppe – ein dummes Mädchen, das darauf wartet, ob ihre Familie jemals zurückkommt.

Plötzlich hörte ich ein Geräusch durch den Sturm. Ich erstarrte. Kam da etwas auf mich zu? Ich konnte nicht mal schreien. Und dann tauchte ein Boot in der Dunkelheit auf. Und dann sah ich Mum. Sie beugte sich über jemanden – mein Herz wurde zu einem Eisklumpen. Und dann sah ich Dad. Bewegungslos. Das Boot legte an der Treppe an. Mum rief mir zu: »Schnell, hol Hilfe. Wir haben ihn gefunden, wie er im Wasser trieb! Aber er lebt!«

2 Uhr morgens. Oben in der 4. Etage. Es ist eiskalt. Wir haben Dad und Arthur in Hunderte von Decken gepackt. Arthur schläft friedlich, der zähe alte Vogel. Dad ist bewusstlos, bibbert aber die ganze Zeit. Mum hat seinen Kopf in ihren Schoß gelegt. Gwen Parry-Jones kam und fühlte seinen Puls.

»Ich hoffe, es ist nur eine Gehirnerschütterung«, murmelte sie. »Es tut mir so leid, Julia. Ich wünschte, ich könnte mehr tun.«

Mum strich ihm die Haare aus der Stirn. »Ich weiß, aber es geht schon. Ich passe schon seit zwanzig Jahren auf diesen Mann auf.« Dann verzog sich ihr Gesicht. »Aber Gwen, meine Tochter ist noch da draußen. Warum hat er sie nicht zurückgeholt?«

Mittwoch, 2. Dez.

Heute Morgen flog ein Hubschrauber über uns hinweg. Die Leute rannten aufs Dach und winkten, aber er drehte nur ein paar Kreise über uns und flog dann in Richtung Stadt davon. Das war vor vier Stunden. So viel zur Rettung aus der Luft. Aber Adi ist der große Held – er hat die ganze Nacht daran gebastelt, einen Fernseher an eine Antenne und eine Batterie anzuschließen.

»Okay, Leute, wir haben einen funktionsfähigen Fernseher, kommt alle her«, rief GPJ. Alle warfen ihre Decken und Kleidungsschichten beiseite, als der Bildschirm flackerte und lebendig wurde. Auf *Sky Channel* war eine heftig geschminkte amerikanische Moderatorin zu sehen.

». . . London – eine Stadt am Rand der Katastrophe. Kann die Stadt standhalten? Bisher werden 2.000 Tote gemeldet, Tendenz steigend, aber die *gute* Nachricht ist, dass die Pegelstände seit heute nicht weiter ansteigen. Jedoch gibt es keinerlei Anzeichen, dass der Sturm sich abschwächt – und die Frage lautet: Was passiert bei der *nächsten* Flut?«

Die Kamera zeigte sie aus einem anderen Blickwinkel, ihr Gesichtsausdruck zeigte eine aufgesetzte Betroffenheit. Dann erschien ein Stadtplan von London auf dem Bildschirm.

»Auf dieser Karte ist der augenblickliche Stand der Überschwemmung in der Hauptstadt zu sehen. Die dunkel eingefärbten Flächen entsprechen einem Wasserstand von fünf Metern und mehr. Falls eine Uferbefestigung dem Druck des Wassers nachgibt, entwickelt sich eine tödliche Wasserwand . . .« Sie hob eine Augenbraue, soweit ihr Botoxgesicht dies zuließ. ». . . die wie ein Rammbock wirkt, der alles hinwegfegt, was ihm im Weg steht.«

Schnitt auf Archivbilder vom Olympiastadion. Ein riesiger Kran trieb im Hauptspielfeld und krachte gegen die Tribünen.

»Heute sind buchstäblich Millionen Londoner vom Strom- und Telefonnetz abgeschnitten. Alle Krankenhäuser wurden schwer beschädigt, vor allem das *Guys* und *St. Thomas,* die sich beide in Flussnähe befinden. In der gesamten Stadt sind die Straßen unpassierbar und mit Müll übersät, Autos treiben herrenlos in den Fluten herum . . .«

Schnitt auf Luftaufnahmen des Blackwell-Tunnels – meilenweit nur stecken gebliebene, halb unter Wasser stehende Autos.

»Auch die Londoner U-Bahn wurde ernsthaft in Mitleidenschaft gezogen; insbesondere die innerstädtischen Bereiche und die Linien östlich der Themse, die massiv überflutet sind.«

Ein weiterer Schnitt auf Victoria Station mit überschwemmten Gleisen.

»Der Premierminister hat ein Notstandskomitee – das *Civil Contingency Committee,* kurz Drei-C genannt – in Whitehall zusammengerufen. Im Laufe des Tages wird eine offizielle Bekanntmachung erwartet, ob eine totale Evakuierung stattfinden soll. Dies wird hauptsächlich von der Entwicklung der Sechs-Uhr-Flut heute Nachmittag abhängig gemacht. Falls das Sperrwerk erneut überflutet wird, werden sich alle Rettungsabteilungen der Regierung gezwungen sehen, die Evakuierung auszurufen. Totales Chaos wird die Folge sein. London wartet.«

Und so vergingen die Stunden und wir warteten. Um fünf wurde der Fernseher wieder angestellt. Schweigend beobachteten wir, wie unsere Stadt um ihr Leben kämpfte. Alles starrte auf das Sperrwerk. Die schmutzige, wirbelnde Themse ergoss sich über die Stadt. Flut. Luftaufnahmen. Wasser schwappte über die Ufermauern. Spannung. Minuten wurden zu Stunden. Das Wasser stieg bis zum obersten Schutzwall. Es stieg, es fiel, es stieg, es fiel . . . und dann schließlich fiel und fiel und fiel es – das Sperrwerk hatte gehalten! Alle weinten, schluchzten und fielen sich in die Arme. Hunderte von schmutzigen, verlorenen Seelen.

8 Uhr abends. Dad ist immer noch bewusstlos. Mum ruft immer wieder bei Kim auf dem Handy an, aber es gibt nirgends ein Netz. Bitte, lass sie nicht allein sein.

Mitternacht. Ich stieg aufs Dach und schaute auf die dunkle Stadt. Plötzlich fühlte ich eine Hand auf der Schulter. Ich wusste, dass er es war. Ohne ein Wort zu sagen, drehte ich mich um und wir küssten uns voller Leidenschaft. Wir ließen uns zu Boden sinken. Beide gleichzeitig. Es war perfekt. Ich und Adi und das schwarze Wasser, das um uns herumrauschte.

Donnerstag, 3. Dez.

Als ich wach wurde, lag Adi dicht neben mir. Leise, ohne ihn zu wecken, stand ich auf und ging zu meinen Eltern. Dad macht mir ernsthaft Sorgen, er ist glühend heiß und wirft sich hin und her und murmelt Kims Namen. Adi kam herunter, setzte sich neben mich und unter der Decke hielten wir uns an der Hand. Wir sprachen nicht, hatten nichts zu sagen, konnten nirgendwo hin und hatten nichts zu tun. Am Nachmittag gab es für ein paar Minuten Strom – der Fernseher flackerte auf, der Premierminister bat darum, Ruhe zu bewahren. Mittlerweile sind die Batterien leer. Wann kommen sie und retten uns?

So eine seltsame Stille im Halbdunkel. Manchmal hört man einen dumpfen Aufprall und das Geräusch von strömendem Wasser von draußen. Ein paar Leute reden und lachen, andere sind vollkommen still. In einer Ecke singt eine Frau schon den ganzen Tag leise vor sich hin. Über allem schwebt ein seltsamer Ton, den man fast fühlen kann. Hin und wieder fragt jemand, wie spät es ist, zehn vor sieben, halb eins, Viertel vor sechs – aber das spielt überhaupt keine Rolle. Überall liegen Leute herum und schlafen. Sie sehen aus wie kleine Kinder.

In der Nacht wurde ich wach und hörte Mum weinen. Ich wusste nicht, was ich sagen sollte, ich hielt nur ihre Hand.

Freitag, 4. Dez.

2 Uhr morgens. Ein Wunder! Mein Handy summte. Ich riss es ans Ohr. Kieran.

Erst hörte ich lange Zeit gar nichts, nur ein statisches Rauschen, dann: »Laura . . . mich? . . . hier . . . Kim ist okay . . . aber . . . komm nicht durch . . .«

Das Netz brach zusammen. Wir versuchten stundenlang durchzukommen, vergeblich.

Samstag, 5. Dez.

Ein Hubschrauber erschien und warf Lebensmittel und Wasserkanister aufs Dach. Es waren auch Nachrichtenflyer dabei. Tausende britische und UN-Soldaten sind hier. Sie arbeiten rund um die Uhr, pumpen das Hochwasser ab und errichten Rettungs- und Sanitätsstationen in der Stadt. Der Bürgermeister hat eine totale Ausgangssperre verordnet, außer es handelt sich um einen Notfall. Hört hört!

Dads Fieber geht langsam runter und er hat aufgehört zu zittern wie ein verängstigter Hund. Heute Nachmittag hat er sogar ein bisschen Wasser getrunken und sich aufgerichtet. »Ich konnte sie nicht finden, Julia. Ich bin nach Soho gefahren, zu diesem Leopard, aber da war sie nicht. Ich bin stundenlang durch die Straßen gelaufen und in jede Bar gegangen. Nichts . . . Schließlich musste ich zu Laura zurück.« Er legte die Hände vors Gesicht. »Ich wusste nicht, was ich tun sollte, ich wollte sie nicht im Stich lassen . . .«

Mum streichelte seine Schulter. »Es ist in Ordnung, Nick, sie ist bei Kieran. Wir gehen und holen sie – wir beide zusammen.«

Er nickte. »Ich war schon in Greenwich, als die Flut kam. Ich rannte und rannte und dachte schon, ich hätte es geschafft, aber an der Ecke der High Street riss es mir die Beine weg. Eine riesige Wasserwand ... und dann ... dann weiß ich nichts mehr ...« Er fing an zu husten.

Mum drückte ihn in die Kissen zurück. »Ist schon gut ...« Sie sah mich an. »Ich kann es immer noch nicht glauben, dass wir ihn gefunden haben, Laura. Wir haben verdammtes Glück gehabt.«

Sonntag, 6. Dez.

Endlich, endlich kann man wieder telefonieren, aber alle Notfallnummern sind besetzt. Ich stand mit Adi auf dem Dach, als er mit seiner Familie sprach. Sie sind in Sicherheit, haben jedoch Angst – sie mussten mit 20 anderen in die dritte Etage ihres Hauses. Er beendete das Gespräch und schaute einen Moment lang hinunter auf die Straße.

»Weißt du eigentlich, dass heute unser Studiotermin gewesen wäre?«

Ich fuhr mir mit der Hand durch die Haare. »Oh Gott, ja.«

Er seufzte. »Fühlt sich an wie in einem anderen Leben. Es *war* ein anderes Leben.«

Ich griff nach seiner Hand. »Adi, seit wann hast du es gewusst?«

»Das mit dir?« Er schwieg und dann grinste er. »Keine Ahnung. Ich glaube, es kam ganz allmählich. In diesem Jahr ist eine Menge passiert, so vieles hat sich verändert ... Ich habe es erst gemerkt, als es nicht mehr zu übersehen war. Außerdem dachte ich, dass ich keine Chance hätte. Ich war viel zu normal – ich meine, ich *mag* dich wirklich.«

Ich lachte. »Okay ... aber ich habe mich auch verändert. Irgendwie sind die Dinge viel ... viel klarer geworden.«

Ich schaute auf die Verwüstung unter uns, Hand in Hand

mit meinem wunderbaren Freund, und ich weiß, es hört sich komisch an, aber ich war sehr . . . sehr glücklich.

Mum kann Kim nicht erreichen. Sie versucht es schon den ganzen Tag, kommt aber nicht durch. Heute Nachmittag hatten wir plötzlich zwei Stunden lang Strom und alle Lampen und der Fernseher gingen an. Bei den Docks ist eine große Evakuierungsaktion im Gang, aber der Rest von London ist in Sicherheit, obwohl 40% der Stadt überflutet sind. Im Osten war es am schlimmsten. Die Armee hat direkt hinter dem Blackwell-Tunnel auf der zerstörten Autobahn A2 Tausende von Menschen entdeckt, die ihr Hab und Gut in Supermarktwagen, Wäschekarren – oder was immer sie finden konnten – transportierten. Auf der anderen Seite des Tunnels saß eine Gruppe von Leuten fest. Sie winkten dem Rettungsteam im Helikopter mit leeren Wasserkanistern zu und flehten um Hilfe.

Oh Mann, aber am allerschlimmsten sind die Ratten. Millionen von ihnen sind auf der Flucht vor dem Wasser ins Olympiastadion eingefallen und bedecken die Tribünen wie ein ekliger, dreckiger, lebendiger, atmender Teppich.

Wetten, dass das kein Bestandteil der Olympiabewerbung war?

Montag, 7. Dez.

Hilfe. Ich kann mich nicht bewegen – es ist, als hätte ich einen Schlag auf den Kopf gekriegt.

GPJ sah auf den ersten Blick, was mit mir los war. »Grippe. Grassiert überall. Bleib ruhig liegen.«

Adi kam, gerade, als ich mich in einen Eimer übergeben musste.

Dienstag, 8. Dez.
Kotzen, schlafen, kotzen, schlafen. Ich wurde zwischendurch kurz wach und hörte, wie Mum mit Kieran sprach. Er hat Kim zu einer Sanitätsstation gebracht. Sie hat Fieber und einen gebrochenen Arm. Mum will sofort aufbrechen, aber Kieran sagte, sie solle warten. »Julia, du hast keine Ahnung, was hier in Soho los ist. Man darf sich immer noch nicht frei bewegen. Du kämst überhaupt nicht durch . . . Ich passe schon auf sie auf, so gut ich kann.«

Mittwoch, 9. Dez.
Um Charlton herum ist das Wasser weitestgehend abgeflossen. Von morgen an lässt die Armee wieder Leute passieren, allerdings nur, wenn es sich um medizinische Versorgung handelt. Der Premierminister ist überall in London gewesen. Er hat genau das getan, was Regierungschefs immer tun: Er ist in Hemdsärmeln aus Hubschraubern gesprungen und hat über die Kraft des menschlichen Geistes gesprochen. Die Grippe macht mich total benommen, ich kann mich nicht bewegen, ich kriege kaum mit, was um mich herum passiert. Dieses Gespräch aber habe ich gehört:

»Was machen wir bloß mit den Ratten, wenn wir hier rauskommen? Vergiften?«

»Wie viele sind es?«

»Ich habe gelesen, dass pro Stunde viertausend Ratten in London geboren werden.«

Gwen Parry-Jones mischte sich ein. »Wir müssen sie auf jeden Fall eliminieren – einzeln, wenn es sein muss. Wie das gehen soll, weiß ich allerdings noch nicht. Hat irgendjemand hier irgendwelche Erfahrungen?«

»Ich. Ich war 2005 nach dem Hurrikan Katrina in New Orleans. Hab im Urlaub da festgesessen.«

Ich hob meinen Kopf vom Kissen. Ich kannte den Mann, der da sprach, vom Sehen – das Kerzenlicht flackerte über sein erschöpftes Gesicht.

»Zuerst haben wir so viele wir konnten erschlagen, aber man musste echt sorgfältig vorgehen.« Er zeigte auf eine Brechstange, die an der Wand lehnte. »Man muss so etwas haben und eine Taschenlampe und dann muss man einfach *überall* nachsehen – in Möbelstücken, Schubladen, unter Matratzen, Klamotten, Papieren, Gerätschaften, in dunklen Ecken, auf Dachböden, in Kellern . . .«

Eine alte Frau hob die Hand. »Sie . . . sie greifen einen aber nicht direkt an, oder?«

»Ich will Sie nicht anlügen. Ratten sind ganz schön angriffslustig. Besser man stellt sich darauf ein.«

»Und wenn man gebissen wird?«

Der Mann sah zu Boden. »Krankenhaus und . . . Tierarzt – um zu überprüfen, ob die Ratte vielleicht Tollwut hat.«

Alle sahen aus, als müssten sie sich gleich übergeben.

»Ich weiß . . . es ist schrecklich – aber nachdem wir so viele wie möglich erschlagen hatten, haben wir Gift eingesetzt. In großen Mengen.«

»Und was ist mit den Kindern?«

»Sie müssen im Haus bleiben.«

GPJ runzelte die Stirn. »Und was ist mit dem Müll?«

»Ja, das ist ganz wichtig. Alle Lebensmittelabfälle müssen entsorgt werden. Die Mülltonnen muss man weit nach oben stellen – auf Bäume, an Haken hängen oder so was.« Er schaute in die Runde. »Und danach brauchen wir eine Patrouille, bis das Problem erledigt ist.«

»Für wie lange?«

»Tage, Wochen, Monate.«

»Und woher wissen wir, wann das Problem erledigt ist?«

»Wenn uns nachts keine Ratten mehr über die Füße laufen.«

Arthur schloss die Augen. Er sah aus, als ob er zitterte. Hoffentlich wird er nicht krank, ohne jemandem Bescheid zu sagen.

Später beim Abendessen fiel mir auf, dass Arthur fehlte. Ich kämpfte mich aus meinen Decken und fand ihn schließlich auf der Treppe. Und das auch nur wegen der brennenden Zigarette. Gott weiß, wo er die herhat.

»Arthur?«

Keine Antwort.

Ich stieg die Treppe hinauf und berührte ihn am Arm. »Was ist los?«

Er schwieg und nahm einen tiefen Zug. »Ich war siebzehn und ging Patrouille. Im Ruhrtal. Seit Tagen tobten da die Kämpfe hin und her und keiner hatte Zeit, die Leichen wegzuräumen. Und ich war ein nur ein magerer Junge mit einem Gewehr und einer Taschenlampe, die ich kaum festhalten konnte, weil meine Hand so zitterte. Ich ging am Fluss entlang auf eine Brücke zu und sah im Schein der Taschenlampe etwas da liegen. Ich . . . ich zwang mich, darauf zuzugehen . . .« Arthur nahm noch einen tiefen Zug aus der Zigarette. ». . . und dann sah ich drei tote Männer auf der Erde liegen, sie sahen fast aus, als würden sie schlafen, außer dass . . . aus ihren Mänteln kamen Ratten hervor, riesengroße Ratten, Laura, vollgefressen mit Menschenfleisch. Ich beugte mich über einen der Männer. Sein Helm rollte weg . . . In seinem Gesicht war kein Fleisch mehr, auch die

Augen waren weggefressen. Und aus dem Loch, wo einmal sein Mund gewesen war, sprang . . . eine Ratte.«

Als ich in die Haupthalle zurückkam, überfiel mich der Gestank. Ich schaute mich um – alle sind total erschöpft. Dad sieht aus wie ein alter Mann.

Donnerstag, 10. Dez.

Heute Morgen hat die Nussbraune die großen Stahltore des Lagerhauses geöffnet und alle gingen hinaus auf die Stufen vor dem Gebäude, so als ob wir für ein total abartiges Hochzeitsfoto posierten. Außer Müll und Schlamm gab es nichts Besonderes zu sehen. Und dann kam die Sonne heraus. Alle starrten still vor sich hin, benommen vom Spiel der Sonnenstrahlen auf dem modrigen Wasser.

»Jetzt weiß ich, wie Noah sich gefühlt hat«, murmelte der Krachmacher-Vater mit Tränen in den Augen.

Mum ging los, um Kim zu suchen. Sie wollte nicht, dass Dad mitkam.

»Du bist noch nicht wieder gesund, Nicky. Ich bin ganz schnell wieder zurück.«

Dad seufzte. »Jetzt bloß nicht noch ein Drama – bitte, sieh zu, dass du nicht in Schwierigkeiten kommst.«

»Ich versprech's dir.«

Und dann standen Dad und ich auf der Treppe und sahen ihr nach, wie sie die schmutzige Straße hinunterging und um die Ecke bog. Adi ist auch gegangen – zu seiner Familie. Er ist erst ein paar Stunden weg und schon fühle ich mich ganz einsam ohne ihn.

Mum kam zurück, bevor es dunkel wurde. »Ohne Ausweis konnte ich nicht am *Soho Checkpoint* vorbei.« Ihre Lippen waren grimmig zusammengepresst. »Einen Ausweis für die eigene Stadt. Unglaublich.«

»Was willst du tun?«, fragte Arthur.

»Morgen geh ich nach Hause und suche meinen verdammten Pass.«

»Wie sieht es in der Stadt aus?«

»Frag lieber nicht . . . Die Soldaten suchen in den immer noch überfluteten Gebieten nach Leichen. Es heißt, es gibt inzwischen zweitausendvierhundertfünfzig Tote.«

Einem Gerücht zufolge ist im Osten der Stadt die Cholera ausgebrochen. Das kann nicht wahr sein. Wir sind doch nicht im Mittelalter!

Freitag, 11. Dez.

Die Tage werden immer merkwürdiger. Wie bei Alice im Wunderland, nur dass es Realität ist. Mum ist endlich bei Kim, sie hat uns in Tränen aufgelöst von der Sanitätsstation aus angerufen. Kim hat hohes Fieber und ist nicht transportfähig. Ich hörte, wie Mum ins Telefon weinte. »Aber dieser Ort hier macht sie noch kränker, Nick – nichts als schmutzige Zelte und Leichen. Ich muss sie hier herausholen.«

Es ist doch wahr. In Canning Town ist die Cholera ausgebrochen.

»Cholera?«, schrie die Mausfrau. »Das ist doch wohl ein Witz! Wo leben wir denn?«

»Jetzt in der Dritten Welt«, murmelte GPJ. Der Raum war plötzlich voller Leute, die alle durcheinanderbrüllten.

Die Frau, die die Krankenabteilung leitete, stand auf und hob die Hand. »Soviel ich weiß, ist Cholera eine akute

Darmentzündung – und verbreitet sich hauptsächlich durch verunreinigtes Wasser.«

»Was sind die Symptome?«

Sie zählte an ihren Fingern ab. »Akuter Durchfall, Erbrechen, massiver Flüssigkeitsverlust. In schlimmen Fällen gerät der Körper in einen Schockzustand, fällt ins Koma und . . . Aber meistens ist es behandelbar. Man muss dem Patienten nur genügend Flüssigkeit zuführen – im Notfall auch intravenös. Das Problem ist, dass man sich sehr häufig bei infizierten Menschen ansteckt, die gar nicht krank aussehen.«

GPJ räusperte sich. »Was können wir hier dagegen unternehmen?«

»Okay, wir müssen äußerst sorgfältig sein, was Lebensmittel und persönliche Hygiene angeht – vor allem müssen wir sicherstellen, dass das Trinkwasser sauber ist. Dann müssen wir uns von anderen Menschen fernhalten. Gesund aussehende Bazillenträger und größere Menschenansammlungen sind die schnellste Methode, die Seuche zu verbreiten.«

Dad hob den Arm. »Aber das geht nicht. Wir müssen unsere Tochter nach Hause holen.«

Die Schwester seufzte. »Hierhin können Sie sie nicht bringen. Sie müssen bei sich zu Hause eine Quarantänestation einrichten.«

GPJ schaute uns der Reihe nach an, schmutzig und erschöpft, wie wir waren. »Ich denke, wir haben jetzt zwei Alternativen – entweder warten wir darauf, dass die Behörden etwas tun, oder wir fangen an, uns selbst zu organisieren. Scheiß aufs Warten – das ist meine Meinung – wo waren sie denn, als wir sie gebraucht hätten? Wir haben schon mal bewiesen, dass wir uns selbst helfen können – und wir können es jetzt wieder. Was meint ihr – wollen wir Weihnachten zu Hause sein?«

Stimmen wurden laut in der Halle. Die Leute schälten sich aus ihren Decken, standen auf und fassten sich an den Händen. GPJ lachte und erhob die Faust. »Gemeinsam schaffen wir es – und wir hören nicht eher auf, bis nicht jeder Einzelne von uns wieder zu Hause ist!«

Das muss man dieser Frau lassen. Sie ist eine richtige Heldin.

Samstag, 12. Dez.

Plünderer sind in der Stadt unterwegs und es werden immer mehr. Der Bürgermeister hat 2.000 Soldaten vom Such- und Rettungsdienst abgezogen, um sie gegen die Plünderer einzusetzen. Die Cholera hat sich über Canning Town hinaus ausgebreitet. In der Nacht gab es fünf Tote und 105 Leute aus Beckton und Silvertown wurden heute ins Krankenhaus gebracht. Im Osten wurde das Wasser komplett abgestellt, um die Leute davon abzuhalten, sich mit verunreinigtem Wasser auch nur zu waschen. Wasser gibt es ausschließlich aus UN-Tankwagen. Die Armee hat das Gebiet weiträumig abgesperrt und Soldaten in weißen biochemischen Overalls und Masken stehen Wache.

Mum ist wieder in Soho und Dad und ich sind heute Morgen zu unserem Haus gegangen, um es für Kims Heimkehr vorzubereiten. Als wir dort ankamen, blieben wir wie angewurzelt stehen und starrten auf das Chaos. Das Wasser ist abgeflossen, aber der Schlammhaufen ist riesig und ekelhaft und stinkt. Dad schwankte, weil er immer noch so schwach ist. »Also, fürs Erste können wir nur oben wohnen.«

Ich sah ihn an. Allmählich verstehe ich, warum man so tut, als sei alles ganz normal. Wir würden sonst zusammenbrechen.

Sonntag, 13. Dez.

Es gibt Gerüchte, dass auch Soho unter Quarantäne gestellt werden soll. Das *Queen-Elizabeth-Krankenhaus* unten an der Straße ist wieder geöffnet und nimmt Cholerakranke von jenseits des Flusses auf. Sie richten eine spezielle Diarrhöe-Abteilung ein. Kotz. Ich hörte, wie Mum und Dad sich darüber stritten. Dad will Kim dort hinbringen.

»Kommt nicht infrage!«, rief Mum. »Sie kommt nach Hause.«

»Aber wir haben keine Ahnung, wie wir sie richtig versorgen können, Julia.«

»Du hast nicht gesehen, wie es dort zugeht. Ich schon. Da gehen Leute hin, um zu sterben.«

Dad fuhr sich mit der Hand durchs Gesicht. »Sag doch so was nicht . . .«

Mum seufzte. »Ich will, dass sie nach Hause kommt.«

Er nickte.

Mittwoch, 16. Dez.

Unsere Straße. Seit Tagen nichts als Schuften, Schuften, Schuften. Wohin man auch guckt, sieht man Leute mit Schubkarren, Leute, die hacken, schaufeln, wegräumen und Sandsäcke schultern. Wir sehen aus wie Bauern im Mittelalter . . . und das Seltsame ist, dass alle den Kopf hochhalten und lachen. Adi kam mit Claire und Stace vorbei. Wir kreischten los, als wir uns sahen, und konnten kein Wort herausbringen. Wir sind die *Dirty Angels,* yeah!

Kim zuliebe haben uns viele Leute geholfen. Die ganze Straße hat Energiepunkte gespendet, um – sobald es Strom gab – Sägen, Bohrmaschinen und Wasserpumpen in Gang zu setzen. Um Mitternacht sind wir in die obere Etage unseres Hauses zurückgekehrt – gerade rechtzeitig. Mum und Kieran wollen Kim morgen aus der Sanitätsstation herausschmuggeln. Als ich heute Nachmittag die Treppe sauber machte, schrie Dad aus dem Badezimmer. Ich rannte nach oben.

»Guck mal!«, rief er und zeigte auf den laufenden Wasserhahn. »Wasser!«

Die andere gute Nachricht ist, dass die Plünderungen unter Kontrolle sind. Aber erst, nachdem 20 Leute erschossen wurden. Auf der Lee Road haben vier Geschäfte wieder geöffnet. Alle Kinder aus unserer Straße sind hingegangen, um für alle hier Lebensmittel zu kaufen, falls es welche gibt.

Donnerstag, 17. Dez.

Endlich, endlich ist meine Schwester wieder zu Hause. Mum und Kieran haben sie in die Diele getragen, und als ich ihr Gesicht sah, hätte ich mich beinah übergeben. So schlecht sieht sie aus. Kieran ist jetzt in meinem Zimmer. Ich brachte ihm einen Teller Suppe, aber er schob sie beiseite.

»Wir haben tagelang nur dagesessen. Manchmal schwamm eine Leiche vorbei. Ich wollte ins Wasser steigen und sie festbinden, *irgendwas tun* . . . aber ich kann nicht schwimmen.« Er drehte sich zur Wand um. »Jedes Mal, wenn ich die Augen zumache, sehe ich es vor mir.«

Samstag, 19. Dez.

Zwei Tage lang habe ich am Krankenhaus Schlange gestanden, um Antibiotika für Kim zu bekommen. Sie haben den Empfangsbereich zur Notaufnahme umgebaut und auf dem Parkplatz stehen lauter Zelte. Es war ganz schrecklich. Einmal brachten sie einen kleinen Jungen herein. Er lag zusammengerollt auf der Bahre und wimmerte unentwegt: »Bitte keine Spritze«, aber der Arzt stach ihm eine Nadel in den Kopf und fing an, einen tiefen Schnitt im Hinterkopf zu nähen. Ein Mann saß neben dem Jungen und hielt ganz fest seine Hand.

»Ich habe gewartet und gewartet, dass Hilfe kommt, aber es kam niemand. Niemand kam, um meinem Sohn zu helfen.«

Der Arzt blickte auf, nähte aber weiter. Dann wurden zwei weitere Patienten hereingebracht. Ein Mädchen schrie vor Schmerzen. Der Arzt rannte zu ihr hin.

Ich habe Chlortabletten für meine Schwester bekommen, aber keine Antibiotika. Wir müssen beten, dass sie keine Cholera hat. Ich komme mir so nutzlos vor.

Sonntag, 20. Dez.

Kim übergibt sich immer wieder. Sie fühlt sich eiskalt an, aber ihre Laken sind schweißgetränkt. Die Armee hat sechs Leute, die versucht hatten, aus Canning Town zu fliehen, erschossen. Weitere 11 Menschen sind heute Nacht gestorben.

Montag, 21. Dez.

Mums Geburtstag. Sie hat im Radio gehört, dass es in einem UN-Notfallzentrum im *Crystal Palace* Antibiotika geben soll, sprang sofort auf mein Fahrrad, radelte 19 Meilen hin, stand den ganzen Tag Schlange und radelte zurück nach Hause. Sie brach fast zusammen, als sie zur Tür hereinkam, aber sie griff in die Tasche und holte eine Packung heraus.

»Guck mal, Laura! Ich habe Doxycyclin für Kim bekommen! Eine Wochenration!«

Die Packung fiel ihr aus der Hand, weil sie so sehr zitterte.

Ich gab ihr ein *Shiseido-Moisturizer*-Gesichtstuch, das ich hinten am Schweinestall gefunden hatte. Sie nahm es in ihre zitternden, rauen Finger und brach in Tränen aus.

Ab jetzt wird es Kim besser gehen.

Dienstag, 22. Dez.

Unglaublich! Ich war gerade beim Töpfespülen im Hinterhof, als Arthur mich von der Straße aus rief.

»Laura! Er ist da! Er ist wieder da! Laura, komm schnell!« Ich warf den Lappen hin und rannte durchs Haus – auf die Straße – und da war er . . . Larkin! Ich rannte zu ihm hin und warf meine Arme um seinen Hals und er warf den Kopf zurück und quiekte vor Freude. Ein Wunderschwein!

Alle Nachbarn ließen ihre Werkzeuge fallen und standen um uns herum, als ich ihn in sein Gatter brachte. Als ich den Riegel vorschob, applaudierten alle. Ich sag's dir, dieses Schwein ist echt cool. Er ist das Totemtier der Straße.

Mittwoch, 23. Dez.

Wann geht es Kim endlich besser? Die Antibiotika sollten jetzt eigentlich Wirkung zeigen. Es ist zu gefährlich, sie zu transportieren, und wir kriegen keinen Arzt, der zu uns kommt. Das Unheimlichste sind ihre Nägel und die Fingerspitzen. Sie laufen blau an.

Adi kam vorbei und ich vergrub mein Gesicht an seiner Schulter und weinte, weinte und weinte.

Er flüsterte: »Du musst stark bleiben.«

»Warum?«

»Weil . . . wegen allem.«

Ich schluchzte weiter. »Ich kann nicht mehr, Adi . . . Wie soll das bloß weitergehen . . .«

Er unterbrach mich. »Nicht. Einen Tag nach dem anderen. Und morgen ist Heiligabend.«

Ich starrte ihn an. »Heiligabend? Du machst Witze, oder?«

»Nee, mein Mädchen. Ich hab damit nichts zu tun – das ist ein Witz von Gott.«

Donnerstag, 24. Dez.

2 Uhr morgens. Mum hockte schlafend neben Kim. Ich schüttelte sie an der Schulter. »Mum, leg dich hin. Ich bleib bei ihr.«

Sie fuhr sich mit der Hand durch die schmutzigen Haare. »Okay, aber ruf mich, wenn . . . irgendwas . . .«

»Mach ich.«

Also passe ich jetzt auf meine Schwester auf. Ich beobachte, wie ihre Brust sich hebt und senkt, und habe Angst, dass der nächste Atemzug ihr letzter sein könnte. Draußen ist es dunkel, nur der zunehmende Mond scheint durchs Fenster. Ich habe mich noch nie so hilflos gefühlt. Ich beuge mich vor und packe Kim wütend am Arm.

»Los, du blöde Kuh. Kämpfe!«

Ich sehe in ihr blasses, dünnes Gesicht, so verändert . . . und dann passiert etwas höchst Erstaunliches. Sie holt lang und tief und zittrig Luft – und dann schießt ihr die Röte in Gesicht und Hals. Eigentlich unmöglich – aber es geschieht direkt vor meinen Augen. Das Leben kehrt in meine Schwester zurück.

»Kim . . . Kim!«

Einen Moment lang öffnet sie die Augen. Erkennt mich. Ich drücke ihre Hand. Sie erwidert den Druck und dann schläft sie wieder ein.

Freitag, 25. Dez.

Der schönste Tag in meinem Leben. Uns ist unser ganz privates Wunder geschehen. Es ist Abend und wir sind in Kims Zimmer. Die Kerze ist fast heruntergebrannt, also bringe ich alles herein, bevor das Licht erlischt. Es flackert über Dads Gesicht und er sieht aus wie zwanzig. Er hält Kims Hand. Mum lehnt sich an die Wand, sie schweigt, aber um ihre Mundwinkel spielt ein kleines Lächeln, während sie meine schlafende Schwester betrachtet, die friedlich atmet.

Samstag, 26. Dez.

Adi und ich waren heute Nachmittag bei Arthur. Als er uns sah, hob er einen Finger hoch, rannte aus der Küche und kam einen Moment später mit einer Flasche Rum und drei Gläsern wieder.

»Man muss immer einen geheimen Vorrat haben – das ist meine Meinung!« Er setzte sich auf einen Stuhl und die tief stehende Wintersonne schien ihm ins Gesicht.

»Ah – es fühlt sich gut an, am Leben zu sein!«

Er nahm unsere beiden Hände in die seinen. »Genauso war es auch im Krieg. Ich war jeden Tag einfach nur dankbar, noch am Leben zu sein.«

Montag, 28. Dez.
Kim geht es eindeutig besser. Heute Nachmittag hatte sie sogar einen kleinen Streit mit Mum. Das war Musik in meinen Ohren. Vorhin habe ich auf meine Energiekarte geguckt – ich hab's geschafft, hab sogar noch ein halbes Kästchen übrig. Unglaublich!

Dienstag, 29. Dez.
Es scheint, als wäre die Choleraepidemie unter Kontrolle. Letzte Nacht gab es keine Toten.

Mittwoch, 30. Dez.
Alles in Ordnung so weit.

Donnerstag, 31. Dez.
Alle schuften wie verrückt, weil etliche Familien immer noch nicht wieder nach Hause zurückkehren konnten. Heute ist was wirklich Tolles passiert. Tracey Leader raste mit ihrem Jeep die Straße hinunter. Gott weiß, wo sie gewesen war. Sie parkte, stieg aus, zündete eine Zigarette an und schaute die Straße hinauf und hinunter. Es sah aus, als würde sie uns auslachen. Es wurde ganz still. Und dann machte die Mausfrau – ausgerechnet – einen Schritt nach vorn.

»Nein«, sagte sie.

Tracey schaute sie von oben bis unten an.

»Was is'?«

»Schluss mit dem Jeep, Schluss mit dem Schwarzmarkt. Wir wissen . . .«

Tracey schnaubte. »Klar wisst ihr's. Ihr seid es doch, die bei mir kauft.«

»Nein. Du irrst dich. Nicht *wir.*« Die Mausfrau schob sich

an Tracey vorbei, hob ihren Arm und schlug mit dem Hammer auf die Haube des Jeep.

Tracey wollte sie wegzerren, aber der Krachmacher-Vater hinderte sie daran. Er schubste Tracey zu Boden und fuhr mit seiner Kettensäge über die Tür des Jeeps, dass die Funken nur so sprühten. Und dann wurde ein Vorderreifen von einem Pfeil aus einer Armbrust getroffen. Innerhalb von 30 Sekunden war der Jeep mit außer Rand und Band geratenen Nachbarn bedeckt, sie sprangen wie ein Rudel Schakale darauf herum – Glas splitterte, Teile wurden abgebrochen, abgerissen, der Wagen wurde hin und her geschaukelt – bis er nach einem heftigen Stoß umkippte und auf dem Dach lag.

Die Mausfrau sah Tracey an. »Tracey Leader«, keuchte sie. »Vielleicht kann das Gesetz dich nicht erwischen, aber wir können es. Jetzt pack entweder mit an oder verpiss dich!«

Das war so ungefähr das Beste, was ich im ganzen Jahr gesehen hatte.

Das ist also der letzte Tag. Ich wünschte, ich hätte ein paar große Worte zum Abschied, aber die habe ich nicht. Ich hab's geschafft – aber wie es mit meiner Familie, den *Angels,* der Schule in Zukunft weitergeht – ich weiß es nicht. Wie Adi gesagt hat: von jetzt an einen Tag nach dem anderen. Etwas anderes bleibt mir nicht übrig.

Berlie Doherty

Das Mädchen, das Löwen sah

Abela lebt in einem kleinen Dorf in Afrika. Als ihre Mutter an Aids stirbt, soll für sie in England ein neues Leben beginnen. Ihre Adoptivschwester Rosa ist von dem fremden Mädchen zunächst wenig begeistert. Schließlich hat ihre Mutter schon eine Tochter! Doch als sie Abela kennenlernt, schleicht sich plötzlich etwas in Rosas Herz, das größer ist als ihre Eifersucht.

Arena

256 Seiten.
Arena-Taschenbuch.
ISBN 978-3-401-50134-5
www.arena-verlag.de